CARTAS

CARTAS
GRACILIANO RAMOS

9ª edição

EDITORA RECORD
RIO DE JANEIRO • SÃO PAULO
2022

CIP-BRASIL. CATALOGAÇÃO NA PUBLICAÇÃO
SINDICATO NACIONAL DOS EDITORES DE LIVROS, RJ

R143c
9. ed.
Ramos, Graciliano, 1892-1953
  Cartas / Graciliano Ramos. – 9. ed. – Rio de Janeiro: Record, 2022.

  ISBN 978-65-5587-485-3

  1. Ramos, Graciliano, 1892-1953 – Correspondência.
  2. Escritores brasileiros – Correspondência. I. Título.

22-78653
CDD: 869.6
CDU: 82-6(81)

Gabriela Faray Ferreira Lopes – Bibliotecária – CRB-7/6643

Copyright © by herdeiros de Graciliano Ramos
http://www.graciliano.com.br

Projeto gráfico de capa e miolo: Leonardo Iaccarino
Ilustrações de capa: Renan Araujo

Todos os direitos reservados. Proibida a reprodução, armazenamento ou transmissão de partes deste livro, através de quaisquer meios, sem prévia autorização por escrito.

Texto revisado segundo o Acordo Ortográfico da Língua Portuguesa de 1990.

Direitos exclusivos desta edição reservados pela
EDITORA RECORD LTDA.
Rua Argentina, 171 – Rio de Janeiro, RJ – 20921-380 – Tel.: (21) 2585-2000.

Impresso no Brasil

ISBN 978-65-5587-485-3

Seja um leitor preferencial Record.
Cadastre-se em www.record.com.br
e receba informações sobre nossos lançamentos e nossas promoções.

Atendimento e venda direta ao leitor:
sac@record.com.br.

NOTA DE HELOÍSA RAMOS

Convenço-me da necessidade de publicar a correspondência íntima de Graciliano Ramos, falecido há 27 anos. Durante tão longo tempo esses papéis permaneceram comigo, parte da minha saudade. Graciliano preservava a sua identidade ao ponto de não permitir intrusões em seu espaço pessoal, era avesso a qualquer publicidade, muito contido em suas relações com terceiros e dizia que só após vinte anos de sua morte se deveria publicar seus inéditos. O escritor, cidadão que viveu o seu tempo e sobre ele opinou de maneira tão particular, deu-se generosamente a todos através de sua obra de criação, cada vez mais presente e atuante, estudada não apenas no Brasil mas também nos muitos países onde está publicada. É natural que da ressonância obtida ao longo do tempo pelos seus romances, contos e volumes de memórias, de par com sua visão acerbamente crítica da realidade, tenha surgido uma imagem idílica do homem: a obra de ficção por ele criada criou, por sua vez, a figura fictícia de seu criador. Também para não interferir com este fenômeno, legítimo e por certo lisonjeiro, preferi manter inéditos os papéis reveladores de sua convivência familiar e com amigos íntimos, que mostram sua verdadeira face.

Ocorre, porém, que aos estudos analíticos e interpretativos da obra do artista começam a seguir-se as tentativas biográficas, ainda pouco numerosas. É tempo de deixar o próprio Graciliano revelar suas relações com o quotidiano e as pessoas com as quais mais de perto conviveu — e isto sem a fragmentação de documentos e sem interpretações passionais. Os futuros estudiosos e biógrafos passam a contar com uma fonte documental direta.

Já que a tanto me resolvi, pretendo cumprir da melhor maneira este novo encargo que se junta ao da administração da obra de Graciliano, esforço que desenvolvo sozinha há mais de um quarto de século. Considero que a publicação de sua correspondência, iniciada com a dessas cartas íntimas, deve completar-se com a de cartas a amigos, escritores, críticos, editores, etc., o que não depende somente de mim. Assim sendo, solicito a quem possua mensagens de Graciliano Ramos que delas me conceda cópia e a competente autorização para divulgá-las. Aproveito para consignar meu agradecimento a Isaura Brandão da Mota Lima, viúva de Joaquim Pinto da Mota Lima Filho, amigo de toda a vida de Graciliano, pela permissão para publicar as cartas que constam deste volume.

Rio, out. 1980

HELOÍSA RAMOS

AS CARTAS

1910-1914
Palmeira dos Índios
Maniçoba, Viçosa 11

1914-1915
Rio de Janeiro 45

1920-1926
Palmeira dos Índios 103

1928
As cartas de amor 127

1930-1936
Palmeira dos Índios, Maceió 157

1936
Os bilhetes da prisão 247

1937-1952
Rio de Janeiro, Moscou 253

Pessoas e personagens referidas 335

Notas 351

Vida e obra de Graciliano Ramos 355

1910-1914
PALMEIRA DOS ÍNDIOS
MANIÇOBA, VIÇOSA

Nasci em 27 de outubro de 1892, em Quebrangulo, Alagoas, donde saí com dois anos. Meu pai, Sebastião Ramos, negociante miúdo, casado com a filha dum criador de gado, ouviu os conselhos de minha avó, comprou uma fazenda em Buíque, Pernambuco, e levou para lá os filhos, a mulher e os cacarecos. Ali a seca matou o gado — e seu Sebastião abriu uma loja na vila, talvez em 95 ou 96. Da fazenda conservo a lembrança de Amaro Vaqueiro e de José Baía. Na vila conheci André Laerte, cabo José da Luz, Rosenda lavadeira, padre José Ignácio, Felipe Benício, Teotoninho Sabiá e família, seu Batista, dona Marocas, minha professora, mulher de seu Antônio Justino, personagens que utilizei muitos anos depois.

1910-1914

Palmeira dos Índios. Cidade do agreste alagoano, onde, à época, Sebastião Ramos de Oliveira, pai de GR, estabelece uma casa comercial, da qual o aspirante a escritor se ocupa enquanto a família cuida da mudança definitiva de Viçosa.

Maniçoba. Fazenda de propriedade da avó materna de GR, Teresa Ferro, perto de Buíque, no sertão pernambucano, de clima seco e saudável.

Viçosa. Cidade da zona da mata alagoana onde GR passa parte da infância e a adolescência.

1

A MARIA AMÉLIA FERRO RAMOS

Logo apareço, daqui a uns dez anos

PALMEIRA, 14 DE NOVEMBRO DE 1910. Minha mãe: Recebi sua carta, mas só agora posso responder por não ter tido portador seguro. Estimo que tudo por lá vá em paz. Marili está boa, não é assim? E Carmem?

Aqui estamos todos bons nesta santa Palmeira, terra que, se não é boa, sempre é menos ruim do que eu julgava. Aqui não há cafés, há maus bilhares, pouca cerveja, nenhum divertimento. Enfim gasta-se pouco dinheiro e vende-se alguma coisa, (1) isto é, ganha-se mais do que se gasta.

Adeus. Lembranças às meninas. Logo apareço, daqui a uns dez anos. Graciliano. E as minhas ceroulas? Estou quase nu.

2

A MARIA AMÉLIA FERRO RAMOS
Guarde todos os meus Malhos

MANIÇOBA, 19 DE JUNHO DE 1911. Minha mãe: Aqui cheguei em *paz e salvamento*, graças a Nosso Senhor Jesus Cristo. Isto aqui é bom como o diabo: acorda-se às cinco da manhã, leva-se o dia lendo, fumando, comendo e rezando; dorme-se às nove da noite. Uma vida de anjo. Quando chegar aí — está compreendendo? — hei de ter o corpo pesando 70 quilos e a alma leve de pecados, tão leve como os *vagons* que levam material para a construção da estrada de ferro de Palmeira. Fui visitar o tal Lajedo das Cobras, segundo a senhora insinuou-me, e não vi nada que se parecesse com cobras. Tenha a bondade de dizer-me onde ficam esses bichos, sempre tenho vontade de admirá-los. Só se são umas listas pretas que há em cima da pedra. Mas quem lhe meteu na cabeça que aquilo eram cobras, hem? Nem semelhança, minha senhora! Ali nunca houve cobras nem nada. Isto agora está seco, sabe? um pouquinho seco. A água do Ipanema tem assim uns tons de verde-paris: é mesmo da cor do açude daí. Por aqui nada de novo, tudo na santa paz do senhor... não, há uma *coisa* de novo: o Siriaco, o velho Siriaco, o impagável, o incomensurável Siriaco. Diga a meu pai que lhe não escrevo porque nesta carta vai tudo o que é preciso dizer.

Adeus. Lembranças às meninas, a tia Ju, etc. Recomendações à família do sr. Antero, a d. Iaiá, e mais a algumas pessoas conhecidas. O filho e amigo Graciliano. NB: Mando dizer ao Antônio Panta que guarde todos os meus *Malhos*. (2) Não se esqueça deste recado. Lembranças a d. Anatólia.

3

A SEBASTIÃO RAMOS DE OLIVEIRA

Querendo, pode mandar montaria

MANIÇOBA, 21 DE JULHO DE 1911. Meu pai: Há mais de um mês que aqui estou e creio que me tenho dado bem com o clima do sertão. Estou perfeitamente bom. Só agora tenho ensejo de escrever-lhe. Querendo, pode mandar montaria. Caso mande, peço-lhe que mande logo que receba esta carta, porque daqui para o fim do mês desejo voltar; se não vier portador de lá irei com o Félix Guengue.

Encontrei-me com o padre João Inácio e com o José Leonardo. Ambos mandam-lhe lembranças. Adeus. Recomendações a todos. O filho e amigo Graciliano.

4

A J. PINTO DA MOTA LIMA FILHO

Santo Antônio é muito nervoso e tem um medo danado de relâmpagos e trovões

PALMEIRA, 27 DE OUTUBRO DE 1911. Amigo Pinto: Dominus tecum. Eu não te escrevo somente por gosto de escrever: escrevo-te para pedir-te uma informação, duas informações quero dizer, sobre assuntos que muito me interessam. Rodolfo escreveu-me há dias uma carta. Não tratei de respondê-la logo, perdi-a, estou agora sem saber o endereço do ex-futuro membro da Academia Brasileira de Letras. (Falo assim porque ele abandonou covardemente aquela obra monumental que estávamos a escrever, com o pseudônimo de M. Soares.) Voltando à vaca fria, quero que me mandes dizer o número da casa em que ele mora. Apenas sei que é na Rua dos Arcos.

Vamos ao outro assunto, o principal, o ponto capital desta carta.

Li no *Jornal de Alagoas* as penitências de um tal Rui d'Alcântara, um indivíduo que, sofrendo uma violenta crise de caiporismo, escapou de comer *cuscuz* com cabelos e de tomar café pelo bico de um bule, um pobre-

-diabo que *viu estrelas* em uma noite tempestuosa de junho. Hás de dizer que não vem a propósito falar aqui no caiporismo do Rui; mas sempre desejo saber se conheces alguma coisa a respeito desse teu conterrâneo, esse tipo que parece aparentado com o nosso ex-embaixador em Haia e com S. M. D. Pedro Banana, que o diabo tenha debaixo de sua santa guarda. Creio que esse Rui d'Alcântara é um falsário, um indivíduo que, antigamente, com o nome de Aníbal não sei de quê — uma mistura de italiano com espanhol —, andou viajando pelos Andes, pendurado nas garras de uma águia. Mas o Alcântara foi mais infeliz que o Aníbal, porque ao menos este não passou um dia sem comer. Também cabelo não é lá muito bom alimento, principalmente para um pobre de Cristo que passa uma horrível noite de penitência, em risco de morrer afogado, vendo uma coisa que ninguém nunca viu — uma trovoada em junho. Dize ao Rui, se o conheceres, que Santo Antônio é muito nervoso e tem um medo danado de relâmpagos e trovões. Mas deixemos em paz o Alcântara (cujo trabalho agradou-me, tirando-lhe os trovões, é claro) e falemos de outras coisas, de coisas secundárias.

Que é feito da Argos?

Não admires minha ignorância a tal respeito, que aqui vivo absolutamente isolado.

Tens continuado a escrever? Finalmente, creio que cultivas o realismo, mas em tudo que escreves aparece claramente o imaginário, o impossível. Eu tenho sido caipora, porque tudo quanto produzo é miseravelmente assassinado pelos senhores tipógrafos. Apenas um dos meus trabalhos, uma coisa parecida com juízo crítico sobre o *Il cacciatore di smeraldi*, de Carlo Parlagreco, teve poucos erros, malgrado ter sido estragado um trocadilho com que eu fechava o troço. Eu escrevi: "Se o senhor Carlo *parla greco*", saiu publicado: "Se o senhor Carlo *parla grego*". Ora não há *grego* em italiano — há greco. Demais o Sr. Carlo é Parlagreco e não gosta que lhe mudem o nome, como disse Eça de Queiroz.

Aí está, meu Pinto velho dos pés compridos. Eu sou um mártir dos revisores e dos tipógrafos. Em dois sonetos meus houve estas encantadoras trocas: *pranto* em vez de ponto, triste em lugar de *tonto*, *bramido* por *brunido*. É verdade que *bramido* e *brunido* são quase a mesma coisa — quase não houve alteração. Outro assunto. Creio que, para o ano vindouro, ainda irei passar uns dois meses no sertão. Queres ir comigo? São dois meses de absoluta ociosidade, dois meses de vida turca. Poderás, à vontade, falar sobre história... de Mil e uma noites, Contos da carochinha, etc. Ainda estás muito pegado às lendas?

A propósito de lendas, está fundado aqui o Grêmio Literário Correia Paes, uma sociedade exemplar, extraordinária, que se propõe a ensinar leitura a muita gente boa daqui. Vou terminar. Adeus. Recomendações a d. Zefinha, d. Nane e d. Iaiá, muitas lembranças ao Revmo. Mota Lima, e mais alguém que ainda por aí se lembrar do Graciliano Ramos.

P.S. Hoje é um dia de tristeza para mim — envelheci mais um ano.

5

A J. PINTO DA MOTA LIMA FILHO

Este meu corpo é um saco de moléstias

Palmeira dos Índios, 7 de fevereiro de 1913. Meu velho: Fiz um papel desgraçado em não te escrever quando recebi o almanaque. Mas a triste figura que fiz teve um motivo: tenho estado doente como um corno. Doença nos dentes, doença na garganta, doença nos ossos, doença em partes inconfessáveis, uma chusma de achaques que sinto sempre que se avizinham chuvas. Este meu corpo é um saco de moléstias. Enfim posso escrever-te hoje. Começo por agradecer-te a remessa do almanaque. Desejaria, porém, que me houvesses mandado dizer o preço do bruto, para a coisa não ficar parecendo um presente pedido, pois que tu não tinhas a ideia de me oferecer um exemplar do Almanaque do Malho. Não fui passar o carnaval aí, conforme teu convite, porque, durante os três dias de mascarada, estive com o queixo inchado como todos os diabos. Não havia de ser bonito ir visitar tua terra, numa época de festa, com uma máscara natural deste tamanho pregada à cara. Mas cá fico sempre esperando que cumpras a promessa que me andas fazendo há muito tempo, grandíssimo bandalho! Não gozarás aqui de grande conforto — mas sempre encontrarás um quarto com duas cadeiras e uma mesa, um bocado de livros, uma bilha de água, papel, penas e tinta, enfim o necessário a um indivíduo que tem fumaças de literatura. Perguntas se ainda estudo o italiano. Não, eu não estudo nada: já sei muito, mais até do que era preciso saber. Quanto ao conselho que me deste sobre o francês, língua miserável inventada pelo diabo para tormento dos infelizes como eu, não o tomei e é muito provável que o não tome. Tenho aqui um método de Brunswick, que não me serve de nada por enquanto. Se quiseres, poderei trocá-lo temporariamente pelo teu Pereira. Agora, visto os caminhos estarem mais curtos por causa da estrada de ferro em Quebrangulo, não deves ter medo de moer o resto de tuas carnes em grandes caminhadas em cavalos maus, e espero que afinal venhas iluminar minha pobre palhoça com tua presença e minha velha cabeça com as luzes de teu espírito. Se resolveres vir, avisa-me com antecedência, para que eu me prepare com tempo para ouvir sem espanto as grandes coisas que me hás de dizer ou ler. Não te esqueças de trazer contigo umas *noites de penitência*... Eu agora estou burro *pra burro*. Dá lembranças a todos os teus, especialmente ao dr. Mota, e recebe um abraço do amigo velho Graciliano Ramos.

P.S. Eu já não leio jornais. Se vires no *Malho* alguma coisa minha, faze-me o favor de cortá-la e meter dentro de alguma carta que me escreveres. Tens recebido carta de Rodolfo? G. Ramos.

6

A SEBASTIÃO RAMOS DE OLIVEIRA

O apurado ontem foi 515 mil-réis

PALMEIRA, 31 DE AGOSTO DE 1913. Meu pai: Recebi sua carta e ainda desta vez não posso informar sobre o negócio da venda de quatro burros a Júlio Amorim. Mandei pegar os animais, como o senhor mandou em uma carta, mas o comprador, depois de vê-los, resolveu ficar apenas com dois, o que não me pareceu razoável, porque ele naturalmente escolheria os melhores, coisa que não tinha combinado consigo.

Da outra vez esqueci-me de mandar os jornais pelo Clodoaldo, mas mandei-os por uma pessoa (não me lembro quem) que me disse que havia de encontrar-se consigo. Vão pelo Clodoaldo os desta semana.

Já sabia que o senhor tinha recebido 100 mil-réis do sr. Isidoro. O freguês de que fala em sua carta não veio saldar, como lhe prometeu. O apurado ontem foi 515 mil-réis. Pouca gente tem aparecido para saldar.

Adeus. Lembranças à minha mãe e às meninas. O filho e amigo Graciliano.

7

A J. PINTO DA MOTA LIMA FILHO

Inconveniente hábito de montar nas ventas do próximo

PALMEIRA, 2 DE FEVEREIRO DE 1914. Pinto: Saudosos tempos *pautílicos*, palestras dominicais, *helvéticos* discursos, *hostilidades* amorosas, preceptoras *luzentes,* cacetadas *olímpicas, augustas* festas de igreja (3) — que resta de tudo isto?

Como foi que esse espírito impregnado de alexandrinos franceses conseguiu esquecer tão depressa aquelas impagáveis rezas e aquelas correrias doidas por entre bancas de jogos, em busca de uns grandes olhos negros e de uns cabelos complicadamente encaracolados? Já não te lembras, bandido, de umas graves censuras portuenses contra um simples *brandão* apagado que pretendia esclarecer certos disparates *livianos* (com i)? Já não há em teu espírito uma recordação ao menos desta boa terra onde a maior parte da gente gosta de cavalgar nosso humilde nariz, quando tomamos cerveja? É por isso, é por causa do inconveniente hábito de montar nas ventas do próximo, que alguns indivíduos aqui se chamam *cavalcantes.*

Que é dos sonetos, miserável? Que é da correspondência francesa que prometeste? Não te mando agora alguma coisa, como combinamos, porque ainda estou a trabalhar naquele conto que me deixaste a fazer. Desenvolvi-o, ampliei-o, estão escritas já quase setenta tiras. Se chegar a concluí-lo — o que acho difícil, quase impossível, porque caí na tolice de me meter em certas funduras — talvez te mande uma cópia.

E tu, meu filho, que é que tens feito? Já acabaste aquela diatribe que andavas a preparar contra o *menino sublime*? E os versos, os grandes trabalhos artísticos? Olha que eu estou aguardando uma récua de alexandrinos teus. Se os fazes como fazias aqui aqueles célebres sonetos filosóficos, a coisa é fácil. Tenho esperado cartas tuas, mas em vão.

Estás perdoado. Também eu não te escreveria agora, como já deves ter compreendido, se não precisasse de um favor teu. Uma bonita criatura esbelta, de saia estreita, olhos lânguidos, nariz levemente recurvado e fala suave, uma aparição deliciosa enfim, desceu um dia do céu e me disse, num tom de angelical indignação, que não tinha encontrado aqui contas de aljôfar. (Está aí um período que não é nada realista.) Não sou propriamente um daqueles *augustinos* que viviam adulando as imperatrizes romanas, mas prometi as contas à moça. E aí está porque te peço que me compres o dinheiro que vai junto de contas de aljôfar brancas, pequenas, boas.

Mandar-me-ás a encomenda pelo correio, registrada, com a maior brevidade possível. Se não encontrares isso por aí, creio que te não será difícil pedir as contas para Maceió. Ficar-te-ei muito obrigado. (Aí estão alguns períodos que não têm nada de romântico.)

E as *pautilificações*? Continuas ainda muito *equestre*? A rosa daquela noite já murchou? Manda-me dizer alguma coisa sobre o estado de tua alma. Eu nunca mais a vi. De

longe apenas, algumas vezes. Não aparece mais à janela.
Creio que o sol *lhe* tinha queimado o rosto. Pudera! um
mês inteiro recebendo aquela quentura na cara. Parece-
-me que o Lalá acabou de afrouxar o resto dos parafusos
— cada vez mais anda desengonçado.

Recebi o retrato de Rodolfo. Gordo como o diabo,
não achas? O dr. Mota que me mande sua bênção apostólica. Dize-lhe que lhe mandarei breve, quando tiver
portador para aí, *Les morts qui parlent*. Lembranças ao
Doca, a d. Zefinha, d. Iaiá e d. Nane. Recebe um abraço
do Graciliano.

N.B. Deixaste aqui uma camisa, um pente e um espelho.
Devo mandar estas coisas à Pautila, como recordação tua?
Não te esqueças das contas. Escreve-me, Graciliano.

8
A J. PINTO DA MOTA LIMA FILHO
Nunca estive tão burro

PALMEIRA, 8 DE FEVEREIRO DE 1914. Pinto: Recebi
a primeira carta da correspondência francesa e traduzi-a com facilidade. Não falei sobre ela no que te escrevi

por uma razão muito simples — não a tinha recebido ainda. Fiquei satisfeito ao saber que continuas a fustigar o quengo e a arrancar dele várias coisas aproveitáveis. Já se vê que me não refiro aos alexandrinos sem sentido que mandaste ao *Malho*. Achei a carta do Japuru interessante, magnífica, cheia de uma seriedade idiota de indivíduo que tem muita certeza de estar fazendo coisa boa. Fiz a tradução do *Désillusion*, mas não me parece ainda apresentável. Vou modificar alguns versos, transformar a primeira estância, ver se posso fazer um trabalho digno do original. Se não tens muita pressa, posso passar com ele mais alguns dias. Agora estou numa quadra de estupidez medonha. Faz quase duas semanas que não faço nada — nunca estive tão burro. Coisa alguma pode deter meu pensamento diante da tira de papel. Agora mesmo, enquanto te estou a escrever, a pena para sem que eu o perceba, minha imaginação vai se ausentando pouco a pouco, atravessa o Quadro, desce, mete-se pela Rua de Baixo e põe-se a doidejar por aqui, por ali. Não há nada que a possa deter. Tenho raiva. Que fazer? Sei lá. Faz mais de uma semana que Marcos Valente e Lima Filho estão na igreja, feito dois malucos, ouvindo umas rezas que nunca mais se acabam. No outro lado, junto da grade, há uma criatura de olhos negros e há uma criatura de cabelos encaracolados. Querem sair, não podem. Quem me dera poder afastar tanta gente da igreja! Quem me dera poder libertar os dois pobres-diabos que ali estão! Idiotas, imbecis, verdadeiros pobres-diabos. Há gente que vive do prazer de ser enganada. Que triste prazer! Dize-me com franqueza — tu acreditas nessas coisas? Eu não posso. Estive, há dias, a palestrar com essa criatura que te prende. Falamos de ti longamente. Parece que guarda recordações tuas. Não sei. O melhor é abandonar tudo isso e meter-se a gente em casa a fazer contos e a fazer versos, quando se pode, já se vê, quando a imaginação vagabunda não anda a voar à toa, de rua em rua. A causa de nossos maiores pesares, de nossas mais complicadas tristezas, não vale, de ordinário, uma lágrima. Mas nós, sabendo que tudo é burla, continuamos a ser enganados de muito boa vontade. Não me refiro a ti — refiro-me a nós todos. Admirei-me de não teres feito mais que concluir o *Désillusion*. E dizem por aí que essas coisas inspiram. Inspiram mágoas, pesares... Espero que me mandes em breve uma chusma de sonetos. Aproveita esse bando de saudades que se agitam em teu espírito — o Natal, a festa de Palmeira de Fora, as novenas, aqueles olhares de carvões em brasa, a janela ao sol, o *Questa o quella*... Tu me prometeste versos, muitos versos. Eu não os posso fazer. Já é um prazer ler os teus. Estou infecundo. Aquele monte que nós víamos do oitão da igreja, ao longe, azul, doirado pelo sol da tarde, não é o Parnaso, com certeza. Que vida levas tu aí? Sais, estudas, escreves, tomas banho no Paraíba, jogas bilhar? Eu não faço nada. Comecei a ler a *Origem das espécies*, *O capital*, *A adega*, *Napoleão — o pequeno*, *A campanha da Rússia*, uma infinidade de gramáticas e outras cacetadas. De nenhum livro cheguei a ler vinte páginas. Esquecia-me de dizer-te que li diante de tua Déa a tradução que fiz do teu soneto. Bom, muito bom, achou tudo muito bonito. Não tenho mais assunto. O resto fica para outra vez. Escreve-me sempre. Dá muitas lembranças ao dr. Mota, ao Doca, a todos os teus. Recebe um abraço do amigo velho Graciliano.

P.S. Pedi-te em minha primeira carta que me mandasses umas contas. Até agora não recebi nada. Se não recebeste o que te escrevi, aqui renovo meu pedido — manda-me dois, três ou quatro mil-réis de contas de aljôfar, brancas, pequenas. Mas, como já te disse, tenho muita precisão das contas. Peço-te, portanto, muita pressa.
Manda-me sem falta na volta do correio.

9

A J. PINTO DA MOTA LIMA FILHO

O velho Sebastião já mandou quatro vezes que eu largasse isto e fosse fazer a correspondência comercial

PALMEIRA, 18 DE FEVEREIRO DE 1914. Pinto: Recebi tua carta de 9 ontem à noite. Escrevo-te agora às 8 horas da manhã, rapidamente, para não perder o correio. Falemos intelectualmente; falaremos depois *coracionalmente*. Se estivesses aqui presente, dava-te um abraço capaz de rebentar todos os teus ossos. Esse *Mirage* está delicioso — melhor, muito melhor que o primeiro. Não o mandes para o *Jornal de Alagoas* se não queres passar pela raiva de vê-lo *esculhambado*. Se lá se desgraçam até os próprios trabalhos feitos em português. Quando tiveres concluído a reforma do *Désillusion*, manda-me uma cópia. Tenho também de transformar alguns versos da tradução que fiz, mas espero que tenhas feito primeiro as modificações que desejas. Não podia ser de outra maneira. Quando viste publicada no *Malho* essa extraordinária *Cornucópia*, o fruto mais perfeito da parvoíce humana, com que cara ficaste? Puseste ao lado, na margem, um grande ponto de interrogação. E eu respondo, muito naturalmente: — Sei lá! Naturalmente, não leram a droga. Se leram, são uns burros. O Policarpo Japuru esperou pregar uma troça ao *Malho*, mas saiu logrado. Ah! V. julgava estar fazendo coisa sem sentido? Não, senhor, tudo aqui está muito bom, fique v. sabendo. Não seria melhor mudares aquele doux do primeiro verso da última estância? "... *si doux d'entendre*". Não é uma observação, Deus me livre de pensar em tal. Já disse que achei o soneto magnífico. Não sabia que a métrica francesa manda alternar no soneto versos graves com agudos. Eu te disse uma vez que versos agudos só eram aceitáveis nos tercetos. Mas eu falava sobre a poesia portuguesa, brasileira, quero dizer. Tu o poderás ver na *Versificação* de Olavo Bilac e Guimarães Passos.

Falaste sobre uma semelhança que há entre os tercetos dos dois sonetos. Li, com cuidado, a chave de ambos. Não sei onde está a tal semelhança.

Não ouvi falar ainda na substituição que te disseram ter sido feita. Enganaram-te, parece-me. Passo diariamente... ou antes noturnamente (como diz o Lalá) duas horas deliciosas... Dizem-se tolices, olha-se o céu cheio de estrelas, passa-se rapidamente um tempo infinito. E há pequeninas coisas que têm uma grandeza extraordinária. Tudo aquilo é mentira, eu bem sei. Mas há gente que sente prazer em ser enganada. Foi numa ocasião assim que nós nos encontramos com tua *ela*. Falamos sobre viuvez, saudades, coisas *del cuore*... E ela ouvia com prazer, ria, falava também. Ultimamente houve aqui duas *badernas* formidáveis, a segunda melhor que a primeira. Coisa feita pelo dr. Helvécio, a coisa melhor que há por aqui agora, o nosso patrono, o patrono da gente moça. Foi na segunda *baderna* que *nós* nos encontramos com ela. "— Dê-me notícias do sr. Pinto." "— Ah! O sr. Pinto vai muito mal. Vive a escrever versos franceses e a suspirar por essas longínquas Viçosas. Está escaldando, está ardente." Nem me lembro mais o que dissemos. Tanta coisa! Li diante dela a tradução que fiz do teu soneto. Creio que já te contei, não? Faço tanta coisa! Já nem me lembro do que faço! Lamentei que vocês não tivessem feito relações mais íntimas. E disse: "— Perderam muito tempo. Dois meses somente em olhares e sorrisos! E a calçada da Intendência aí tão próxima..." E outra pessoa que estava conosco concordava, por trás do leque, que vocês tinham perdido muito tempo. E *ela* ria com aquele modo preguiçoso que tu conheces... Os olhos lânguidos, os braços caídos, todo o corpo pendido para a frente num abandono... Fizeram-se confidências. Ah! se tu estivesses aqui. Nem sabes o que perdeste. Uma *baderna* formidável com gente escolhida, uma cervejada levada do diabo, moças em quantidade. Imagina que lá esteve o pessoal do Oásis. E a gente ia ficando lá até três e meia da madrugada, presa pelas leis do atracão, as leis que eu conheço, que tu conheces, que nós todos conhecemos.

São 9 horas, o correio vai sair, o velho Sebastião já mandou quatro vezes que eu largasse isto e fosse fazer a correspondência comercial. Não sei se chegarei com tempo de encontrar o correio. Falar-te-ei com mais vagar em outra carta. Creio que é de nosso interesse mútuo que ninguém veja o que escrevemos.

Adeus. Recebe um abraço de quebrar ossos. Graciliano.

N.B. O velho Sebastião como um Cérbero anda a me vigiar. Tem uma raiva desesperada das tolices que eu faço. Eu finjo que não entendo. Não tenho tempo de ler o que escrevi — naturalmente um bando de asneiras.

10

A J. PINTO DA MOTA LIMA FILHO

És um animal extraordinário

PALMEIRA DOS ÍNDIOS, 22 DE FEVEREIRO DE 1914. Pinto: Escrevo-te rapidamente à hora da partida do Padilha. Não tenho tempo de dizer muita coisa. Como vai o Carnaval por aí? Aqui um *esculhambamento* de morte.

Estive há pouco a ler inda uma vez teu *Mirage*. És um animal extraordinário. Compreende-se que se possa, aos vinte e quatro anos de idade, fazer versos passáveis, mesmo quando se não tenha aprendido a fazê-los. Mas que se principie por fazer sonetos alexandrinos em francês... Aceita inda uma vez meus parabéns.

Como vamos de amor? Saudades ainda? Vai fazendo versos, versos sempre, versos líricos, para matar saudades. O meu *Sudra* anda pela página 86. Escrevi ultimamente *As Estrelas*... Se o Padilha me der tempo, tirarei aqui uma cópia. Manda-me o que tens feito. Escreve-me sempre. Que é da flor? Teu velho Graciliano.

11

A J. PINTO DA MOTA LIMA FILHO

Está magnífica! Cada vez mais lânguida,
com aquele ar sorna e velhaco

PALMEIRA, 13 DE ABRIL DE 1914. Pinto: Reconheço que tenho sido sofrivelmente bruto em não te haver respondido ainda as duas últimas cartas que me mandaste. Economia de tempo, de papel, de trabalho: preguiça.

Sinto-me incapaz de escrever. Queres crer que a última coisa que me saiu da cabeça foi aquele pobre *Estrelas*?

Abandonei o *Sudra*, faz mais de um mês que não olho para ele. E já estavam escritas cento e cinquenta tiras. Não posso fazer nada: sinto-me mais bruto que de ordinário. E tu, que tens feito? Como vais? Quanto soneto já fizeste depois de *Mirage*? Parlapatão! Mentiroso! *Passeios, beijos, palavras açucaradas...* Patife! Tu algum dia passeaste com ela, safado? Algum dia beijaste a moça? Toda essa corja de sujeitos que fazem versos mente, e mente muito. Detesto semelhante gente. Quero acreditar que para o futuro serás menos mentiroso.

A rapariga do *Mirage*, a dos *passeios*, dos *beijos*, das *palavras doces*, manda-te lembranças. Tive vontade de traduzir o teu soneto diante dela. Mas depois pensei... Não, era uma tolice. Se ela soubesse que tu tinhas dito que a tinhas beijado, mandava-te às favas. É uma grande coisa a gente escrever versos em francês... Está magnífica! Cada vez mais lânguida, com aquele ar sorna e velhaco de quem tem preguiça até de falar, até de olhar para a gente. Magnífica!

Eu tenho estado um bocado desgostoso. Mandou-me daí *alguém* dizer ter sabido que eu andava a fazer a respeito do mesmo *alguém* referências pouco lisonjeiras. Tu sabes que eu, que só tenho motivos para ser muito grato a essa pessoa, pela grande cópia de gentilezas que sempre recebi dela, não sou tão canalha como algumas pessoas pensam. Que te tenho eu dito sempre a respeito dela? O que é certo é que ninguém, absolutamente ninguém, terá sido capaz de afirmar que eu molestei essa amável pessoa, atirando sobre ela comentários maldosos: todas essas coisas nasceram da fantasia da própria pessoa que se julgou ofendida. Digo-te isto aqui entre nós, em segredo. Não me quero justificar.

Ainda ontem ri muito: estiveram-me a contar, com todos os pormenores, as amáveis referências que uma velha senhorita palmeirense tinha deitado sobre mim: canalha, miserável, infame, patife, pulha, bandido, assassino até, toda a linguagem que costuma usar a boa imprensa alagoana. Engraçado, não? Pensas que me zanguei? Não — respeito muito as ideias dos outros. Lembraste do que te disse eu durante o Natal? Um bando de tolices, muitas verdades. Eu, em meu *Sudra*, previ tudo. Uma pândega... Afinal falo friamente, não tenho a mania das perseguições, como Jesus... A propósito, a semana santa aqui foi uma desgraça, mas eu gostei dela. Acredito que, se cá estivesses, terias gostado igualmente. Muitas velhas na igreja, por toda a parte os escapulários vermelhos do Coração de Jesus. E que rezas! Que cantigas! Um horror.

Fiz um caderno com trinta e seis cadernos de papel e estou a copiar tudo quanto fiz o ano passado. Ponho em ordem todas as minhas coisas, porque ando com um pressentimento ruim. Isto por aqui está cada vez mais pau. Se resolveres mudar de pasto, se tiveres saudades destes ares *pautílicos* e resolveres refazer o espírito à luz benéfica de uns grandes olhos pretos e fabricar novos alexandrinos e fazer novas tolices, cá tens a mesma enxerga, as mesmas tiras de papel, os mesmos romances franceses e o amigo velho. Graciliano.

12

A J. PINTO DA MOTA LIMA FILHO

Tenho pensado em ser padre

PALMEIRA, 20 DE JULHO DE 1914. Pinto: Lamento de coração que o jovem poeta tenha levado a sério uma brincadeira que eu disse muito ingenuamente. O homem caiu-me em cima como uma bomba. E gritou-me logo que o francês se presta a eufemismos e a outras coisas de pronúncia difícil... Quando receberes os jornais que reproduziram teu soneto, não te esqueças de mim — manda-me um número. Não me admirei de teus versos serem transcritos em revistas do Rio. Se me não engano, aconselhei-te mesmo que os mandasses ao *Figaro* ou a qualquer outra folha dessas que se publicam nos lugares onde há civilização, segundo ouço dizer vagamente. É que eu previa aquela *grossa esculhambação do Jornal*. Para fechar o capítulo, vai aqui uma de se tirar o chapéu. Dois dias antes de receber tua última carta, falava a teu respeito com um dos letrados cá da terra, um camarada nosso, um bom tipo. Dizia-me ele que não achava em ti jeito nenhum para fazer versos. — Um bom rapaz, mas não tem jeito de poeta. — Já leu algum trabalho dele? perguntei. — Não, respondeu o homem muito naturalmente.

Que observador profundo! E que pena não seres mais gordo e não possuíres uns bigodes como os do Emílio de Menezes!

Rogo-te que me escrevas uma carta grande, dizendo-me muitas coisas a teu respeito. Várias pessoas me têm dito que vives aí metido numa misantropia dos diabos. Há em ti algum desgosto sério, dizem todos, alguma coisa parecida com uma paixão grande. Aqui tu te divertias. Se te aborreces aí, por que não vens passar uma temporada aqui, a olhar aquela musa benfazeja e bonita de cabelos pretos e olhos também pretos e grandes? Tua cama ainda está em meu quarto. Tua camisa, teu pente e teu espelho esperam-te. (Estes dois últimos objetos têm-me prestado um serviço inestimável.) Aquela pinta que uma velha te ofereceu já não é a mesma — fez-se grande e bonita; é possível que já esteja a concorrer para o desenvolvimento da espécie. Manda-te lembranças.

Algumas coisas que se têm passado ultimamente nesta terra que tanto te agrada. Havia uma questão no foro. Os advogados das duas partes eram dois bacharéis autênticos. Uma noite, no salão da Intendência, tratavam de limitar um terreno. Um dos advogados ditava: "— Seguindo do riacho à cerca, há dois marcos..." O escrivão levantou a pena, indeciso: não sabia escrever o *há*. O outro advogado auxiliou-o: "— *Há* com *H*, verbo *haver*." O primeiro advogado deu uma risadinha: "— Ora essa! Se fosse verbo, eu o não mandaria pôr no singular." "— Diria *hão* dois marcos, disse o outro." Houve altercação, mas o cabeçudo doutor não se convenceu e terminou por dizer ao escrivão: "— Não é verbo, é preposição, faça o favor de lhe pôr em cima um acento."

Este diálogo, que é quase autêntico, foi-me narrado por um terceiro bacharel também autêntico. O terceiro bacharel, três dias depois de me haver contado o interessante diálogo, queria por força meter-me na cabeça que *élite* em francês era uma palavra proparoxítona. Pela primeira vez em minha vida, parece-me, alterei-me diante de um letrado oficial: "— Isso é uma heresia, doutor, é um disparate: em francês não há vocábulos esdrúxulos." Meti-lhe nas mãos um dicionário francês. O homem teimava: gritava que o acento do primeiro *é* indicava a tonicidade desta sílaba. Convenceu-se depois de meia hora.

Esteve aqui um russo, sujeito muito muito simpático que me contou um bando de coisas a respeito dos anarquistas. Um tipo de muita leitura: conhece literatura francesa como o diabo. Eu, naturalmente, gostei muito dele. Apenas senti que ele pronunciasse *mijares* e *mijões* em vez de *milhares* e *milhões*.

O Antônio Padilha — coitado! — tem sido extraordinariamente *esculhambado* pelo pessoal das saias. Dão-lhe pra baixo. É natural: a colônia viçosense sempre fez aqui uma péssima figura.

Depois de procurar por muito tempo alguma ocupação, resolvi-me a ensinar alguma coisa à rapaziada palmeirense. Tenho quinze alunos. Posso dizer que, pela primeira vez em minha vida, tenho ganho algum dinheiro honradamente. Falta-me uma pessoa que ensine aritmética. Tenho pensado em ti...

Vi pela primeira vez nesta terra, há coisa de uma semana, um homem ilustrado. Não lhe sei o nome. Sei apenas que era um espírita convicto e que falava sobre tudo como se estivesse trepado numa cátedra. Imagina que ele me falou sobre a possibilidade de a terra não ter núcleo!... Um talento, menino, um erudito que fazia aqui a impressão de um palhaço. Ouvi-o uma vez atirar uma furiosa diatribe contra o catolicismo. E um dos espirituosos cá da terra, caindo numa risada alvar, disse, apertando a barriga para não se desmanchar: — O senhor é um pândego! Que troça!

Fundaram ultimamente uma sociedade de dança. É a terceira sociedade que há nesta terra, parece. Tem vários sócios, é muito popular, desenvolve-se. Apenas o presidente não sabe ler. Um pau por um olho... tolice... Um analfabeto que marca quadrilhas em francês não é um analfabeto. O orador é um dos mais atrasados de meus alunos. Tenho de fazer-lhe em breve um discurso para uma sessão solene.

Finalmente, parece-me que, com a chegada da Paulista aqui, *seu* Sebastião Ramos resolve-se a procurar outro meio de vida. Tenho a vaga esperança de abandonar esta *porcaria*. E pergunto a mim mesmo que é que vou fazer. Tenho pensado em ser padre. (Seriamente, tenho pensado em ser padre.) Parece-me que é a única profissão compatível com meu gênio.

Quando recebi os dois livros que me mandaste, comecei a escrever esta carta. Faz mais de dois meses, creio. Estou hoje com vontade de terminá-la. Não te peço desculpa pela descortesia que tenho cometido. Hoje minha divisa é esta — *Não escrever cartas a ninguém*. Tu és uma exceção. E eu desejaria não escrever nem mesmo a ti. Era melhor que estivesses comigo. É possível que, estando juntos, nós nos tornássemos melhores. Já ouviste falar alguma vez nos "pensamentos maus filhos da solidão"? Parece-me que nós vivemos numa verdadeira solidão. É por isso que não somos bons. Eu me vou tornando ruim, muito ruim. Creio que acabarei por contrair o mau vezo de *morder*, ocupação predileta dos desocupados. Influência do meio... Lendo a terceira parte desta carta, facilmente verás que (eu não disse senão verdades) *mordi* regularmente, não obstante me faltarem dois incisivos, o que me tem causado um desespero dos diabos. A gente não ter dentes é a pior coisa que pode haver no mundo. A propósito de dentes, têm-me dito ultimamente que vais para o Rio. É verdade? Se é verdade, fazes um grande mal. Eu não me conformarei nunca com a libertação de um forçado que vivia comigo, no mesmo banho, preso à mesma grilheta. Fica prevenido.

Se resolveres deitar fora a tanga, se arribares para essas bandas onde dizem que há gente civilizada, não me escrevas um cartão, que te não hei de responder palavra. Eu não escreverei nunca a um sujeito que trabalhe em um jornal do Rio de Janeiro. Sabes por quê? Porque vendo chita na Palmeira dos Índios.

Tenho-te maçado muito. Adeus. Muitas lembranças ao Dr. Mota, à d. Zefinha, à d. Iaiá, à d. Nane, ao Doca, ao Paulo, à Joaninha. Recebe um abraço do velho Graciliano. N.B. Terminei esta carta ontem e vou metê-la hoje na agência. Ontem, durante o dia e durante a noite, tomei uma grande resolução. Parece-me que vou para o Rio. Queres ir comigo? Se estás firme em teu propósito de *azular* e se te não desagrada a companhia deste selvagem da Palmeira, podemos cavar a vida juntos. Preciso escrever-te longamente e é preciso que me escrevas também. Não sei se deva acreditar no que me disseram a respeito dessa tua viagem. É verdade? Creio que não, porque não me disseste nada ainda. Não encontro resistência nenhuma por parte de minha gente. Lágrimas apenas. Se o que me disseram é verdade, aconselho-te que venhas passar alguns dias aqui. Ainda terás tempo bastante para *pautilizar* um pouco. O Anatólio Cavalcanti casa-se no dia 2 ou no dia 12 do mês vindouro. Por que não vens assistir ao casamento dele? Ele é quase teu tio. Vens ou não vens? Vais ou não vais? Eu vou. Escreve-me uma carta grande. Graciliano. 21 de julho de 1914.

13

A SEBASTIÃO RAMOS DE OLIVEIRA

Não quero emprego no comércio — antes ser mordido por uma cobra

VIÇOSA, 21 DE AGOSTO DE 1914. Meu pai: Pus hoje no correio uma carta para o senhor em resposta a seu bilhete. Acabo de receber seu telegrama. Creio que em Maceió não tenho amigos que se possam interessar tanto pela minha vida e pelo meu bem-estar. Que é que essa gente de Maceió sabe a respeito de minhas resoluções? Não quero emprego no comércio — antes ser mordido por uma cobra. Sei também que há dificuldades em se achar um emprego público. Também não me importo com isso. Vou procurar alguma coisa na imprensa, que agora, com a guerra, está boa a valer, penso.

Portanto... os amigos que guardem suas opiniões.

Lembranças a todos os nossos. O filho e amigo, Graciliano.

1914-1915
RIO DE JANEIRO

... *personagens que utilizei muitos anos depois.* Aprendi a carta de A B C em casa, aguentando pancada. O primeiro livro, na escola, foi lido em uma semana; mas no segundo encrenquei: diversas viagens à fazenda de um avô interromperam o trabalho, e logo no começo do volume antipático a história besta dum Miguelzinho que recebia lições com os passarinhos fechou-me, por algum tempo, o caminho das letras. Meu avô dormia numa cama de couro cru, e em redor da trempe de pedras, na cozinha, a preta Vitória mexia-se, preparando comida, acocorada. Dois currais, o chiqueiro das cabras, meninos e cachorros numerosos, soltos no pátio, cobras em quantidade. Nesse meio e na vila passei os meus primeiros anos.

1914-1915

Rio de Janeiro. GR embarca de Maceió para a então Capital Federal, no navio *Itassucê*, a 17 de agosto de 1914, a tentar a sorte na imprensa carioca. Acompanha-o seu amigo de infância Joaquim Pinto da Mota Lima Filho.

Em setembro de 1915 tem de retornar apressadamente a Palmeira dos Índios, onde três de seus irmãos, Otacília, Leonor e Clodoaldo, e um sobrinho, Heleno, haviam morrido em poucos dias vítimas de uma epidemia de peste bubônica.

Neste período, GR colabora para o jornal fluminense *Paraíba do Sul* e para o *Jornal de Alagoas* assinando R.O. (Ramos de Oliveira). Esta produção foi publicada postumamente no volume *Linhas tortas*.

14

A LEONOR RAMOS

Sou foca no Correio da Manhã *e não sei quando poderei chegar a alguma coisa*

Rio, 5 de outubro de 1914. Leonor: Porque eu estou ausente e tenho obrigação de escrever sempre para casa, o que tenho feito, não se conclui que vocês não tenham o dever de me mandar de vez em quando uma linha ao menos. Escrever somente por gosto, para não ter resposta, não é nada consolador. Peço-te, portanto, que mandes dizer alguma coisa sobre o que se passa por aí. Se não tiveres assunto, podes falar sobre as doidices do Terto Canuto, sobre criação de galinhas, sobre a morte do Papa, sobre qualquer coisa. O que não quero é que fiquem por aí calados como uns túmulos. Recebe este *carão*.

Como verás pela carta que mando a meu pai, não tenho feito nada no terreno das *cavações* (4). Sou *foca* (5) no *Correio da Manhã* e não sei quando poderei chegar a alguma coisa. Entretanto, não desanimo.

Eu passo meus dias assim: quando não vou à casa do Rodolfo, fico deitado numa cama a dormir ou a ler a História Universal de J. Oncken. Mas de dormir na agradável companhia dos percevejos, ou de ler o livro mais *pau* que há no mundo, o resultado que tiro é absolutamente o mesmo. Saio quase sempre duas vezes por dia — ao meio-dia, quando acordo, para tomar um copo de leite e cravar os dentes num pão torrado; às sete horas para jantar. Das nove horas às duas da madrugada, trabalha-se na revisão do *Correio*. Mas, por volta da meia-noite, desce-se do segundo andar para o primeiro e devoram-se duas enormes xícaras de café, dois pães e um pedaço de queijo. Como vês, come-se bastante — não há receio de se morrer de fome. O que é pior é que os sapatos aqui são extraordinariamente caros e gastam-se com uma rapidez assustadora. Imagina que a pensão onde me sirvo fica mesmo em minha rua. Pois, para chegar até lá, tenho de andar quase a distância que há entre Palmeira e Palmeira de Fora.

E... não tenho mais nada a dizer. São quatro horas da madrugada e eu preciso ver se, antes de dormir, consigo ler alguma coisa. Abraça minha mãe e Otacília e beija os meninos. Escreve-me para a Rua Costa Bastos — nº 88 — casa 3. Teu Graciliano.

15

A MARIA AMÉLIA FERRO RAMOS

Ganhei os primeiros cinco mil-réis em novo emprego

Rio, 20 de outubro de 1914. Minha mãe, Leonor, Otília e Otacília: Mudei-me ontem do quarto em que morava. Li jornais, andei várias ruas, tomei informações, debati preços, a fim de encontrar uma morada que me servisse e que fosse barata... Estou numa casa de pensão. Meu antigo quarto da Avenida tinha um metro de largura, uma cama onde havia um bando de animais, um toucador e uma cadeira; entrava-lhe pela única janela que possuía uma inundação de sol; pelos corredores e por toda a parte hóspedes gritavam, cantavam, desciam escadas e subiam escadas; e o barulho da rua, o medonho barulho que apenas se modificava um pouco depois das duas horas da madrugada, era capaz de endoidecer um surdo. Custava-me cinquenta mil-réis aquele chiqueiro, onde às vezes o criado passava três dias sem entrar, para fazer a limpeza. Era finalmente um *cômodo* bastante incômodo. Agora habito um quarto espaçoso com regular mobília e roupa de cama, tenho mesa quase boa, banhos, todo o conforto enfim. Se bem que a rua onde moro fique a dois passos da Avenida, o rumor de fora chega-me muito atenuado. Quando entrei a discutir com a proprietária a grave questão do preço, a boa mulher me disse, em resposta a uma objeção que lhe fiz: "— Sim, o senhor pode ter encontrado uma pensão melhor do que esta pelo mesmo preço ou mesmo por menos. Mas que barulho há por lá! Aqui o senhor está como se estivesse no campo. Todos os hóspedes são calmos."

E é mesmo assim. Levantando os olhos de sobre o papel em que escrevo, vejo, através da janela de um quarto que fica fronteiro ao meu, uma grande ruma de livros em cima de uma tábua. Bom sinal.

A família não se serve juntamente com os hóspedes: tem mesa separada. Melhor sinal... Hoje pela manhã, enquanto tragava a xícara de café e o pão que a criada me trouxe ao quarto, ouvia uma rapariguita muito engraçada, naturalmente filha da dona da casa, rebentar lá fora as teclas de um piano. Não é um bom sinal...

Passei o dia a dormir. À noite saí. Agora, duas horas da madrugada, volto a continuar esta carta.

Enquanto escrevo, tenho diante de mim uma folha de papel onde tenho lançado todos os acontecimentos *importantes* que em minha vida se têm passado nestes últimos dois meses. Querem uma cópia? Aí vai. — 1914 — 16 de agosto — saí de Palmeira; 29 de agosto — cheguei ao Rio; 23 de setembro — entrei para o *Correio da Manhã*, na qualidade de *foca*; 11 de outubro — passei a suplente de revisão; 16 de outubro — ganhei os primeiros cinco mil-réis em novo emprego; 19 de outubro — mudei-me para a Rua do Passeio, 110 (Largo da Lapa). — A lista não é longa nem tem nada de interesse. Entretanto, tenho alguma esperança de aumentá-la com qualquer coisa boa. É o diabo! A gente nunca perde a esperança. A esperança foi a única coisa que ficou dentro da caixa que Júpiter ofereceu a Pandora. Mas... vocês não sabem nada de mitologia, e eu estou aqui a dizer uma chusma de tolices. Agora vou-me deitar. Amanhã escreverei mais alguma coisa.

Meu pai mandou-me dizer que vocês estavam magnificamente e que esse Pinga-Fogo (6) era um paraíso. Deu-me o conselho de voltar, caso fosse caipora, prometendo-me aí uma penca de felicidades. É o que eu farei, não tem dúvida nenhuma. Mas depois, quando tiver lutado muito tempo e quando me sentir inteiramente desanimado. Se assim acontecer, arribarei daqui para a Palmeira, vou aprender a comprar couros e nunca mais hei de abrir um livro.

Anteontem encontrei o Pinto muito triste, desesperado para voltar. Sente-se mal o pobre rapaz, por viver entre pessoas estranhas, diz ele. Mas ele está constantemente em casa, junto ao Rodolfo e à família. Ainda não experimentou nada de desagradável. Imagino o que não será quando cair no meio das perfídias do ofício a que se vai dedicar. Esse desejo doido de voltar para a aldeola que ficou lá, muito longe, entre montanhas, é uma coisa muito natural. Ele, eu, todos enfim, temos essa nostalgia que nos faz rever a torre da igreja, as paredes brancas do cemitério, os atalhos verdes semeados de florinhas. Mas a gente reage, faz-se forte e... fica.

O que é preciso é o sujeito estar preparado para receber todos os choques da adversidade. O verdadeiro infeliz é aquele que está com fome e não encontra no bolso dois tostões para comprar um copo de leite. A propósito, eu sou o animal mais estúpido do mundo. Passei por aí a vida inteira a dizer que não gostava de café com leite. Mas é porque nunca tinha experimentado leite com café. É uma das coisas melhores que há sobre a terra. Um copo com leite, um pouquinho de café e açúcar, muito açúcar. Não custa nada a receita.

Estou inteiramente acostumado com essas mudanças complicadas a que me tenho submetido ultimamente. Creio que se adormecesse aqui hoje e amanhã despertasse na China, não me admiraria. Enquanto escrevo, ouço a voz da dona da casa: "— O café para seu Ramos." Coisa extraordinária! Raras vezes tenho ouvido aqui o meu nome! Passei quase um mês a trabalhar no *Correio da Manhã*, sem ninguém saber como eu me chamava.

Vem o café. Sim senhor! Estou admirado! Então eu me chamo mesmo Ramos! Estava quase esquecido. Enfim tenho um nome.

Encontrei-me uma segunda vez com o Pedro Constant. Não sei se ele terá escrito, para aí, segundo o desejo de d. Iaiá. Talvez não. Tenho visto pouquíssimos alagoanos. Têm-me dito que a colônia alagoana aqui é a pior de todas. E eu creio que é mesmo. O sujeito que me prometeu arranjar um lugar na redação do *Século* é o tipo que eu mais aborreço. Tenho-lhe uma antipatia medonha. O mesmo deve ele dizer de mim. Que valor merece uma promessa assim? Nenhum. O Brito também não fez nada. Promessas...

Não tenho mais nada a dizer. Estou, como já disse, na Rua do Passeio, nº 110, Largo da Lapa. Mas acho melhor que vocês escrevam para a Rua Costa Bastos, 88, casa 3. É que não sei se ficarei aqui muito tempo. Escrevam-me. Depois daquela inundação de cartas, não recebi mais nada. Lembranças a d. Rosinha. Guardo cuidadosamente a poesia que ela me ofereceu. Recomendações aos amigos com especialidade a d. Iaiá, ao sr. Antero, ao Tobias, ao Padilha, ao Miguel, ao Chico, etc., etc., etc. Abracem meu pai, beijem os pequenos e escrevam-me. Graciliano.

N.B. Desculpem escrever em tiras. Mas é que desejo aproveitar uns envelopes...

16

A LEONOR RAMOS

Para o diabo todas as professoras analfabetas que há por aí!

Rio, 8 de dezembro de 1914. Leonor: Recebi há dias tua carta de 22 do presente. Anteontem chegou-me às mãos a que meu pai me escreveu no dia 28.

Não, não foi um sonho aquele bom tempo que passei aí. E se foi um sonho, foi um sonho agradável. Imagina tu que muitas vezes mando ao diabo os livros e passo dias inteiros, noites até, relendo a correspondência que daí recebo e absorto em escrever cartas complicadas a vocês e a alguns bons camaradas. Realmente, não escrevo nada que encerre qualquer coisa de segredo. Um imbecil seria eu, e grande, se julgasse que meu pai não lia as minhas cartas. Tolices...

Passo rapidamente os olhos por tua carta, a ver se encontro qualquer coisa que me sirva de assunto, e vou topando, aqui e ali, o dr. Helvécio, a d. Luz, a Donana... Ora a d. Luz! Tu não me deixarás em paz? Estás sempre a martelar-me a paciência com o desagradável nome dessa criatura. Vão para o diabo todas as professoras analfabetas que há por aí! O dr. Helvécio ainda muito alegre? Sempre com as melhores relações com essa gente? O que achei interessante foi o casamento da senhora Donana. Muito simpática, muito vermelha, muito risonha, jogando bem *três-sete*, eu gostava muito dela. Dá-lhe lembranças minhas. E parabéns, sim, parabéns. Então meu pai está mesmo feito uma espécie de padre? Interessante...

Essa tua ideia de ir a Maniçoba é magnífica. Aquilo é uma delícia — *macambiras, quipás, mandacarus, xiquexiques, alastrados, coroas-de-frade, rabos-de-raposa, palmatórias*, etc., etc., etc. Magnífico! Quando fores, leva muitos livros. Há lá muito tempo para se ler.

O Natal. Sim, senhora. Deve ser muito bom para vocês, principalmente com a presença de nossa cara avó. Tu me farás um favor. Manda-me dizer circunstanciadamente tudo o que se passar por aí durante o Natal. Novenas, missas, procissões, tudo. Fico-te agradecido.

Desde o mês passado que ando preocupado com a ideia de fazer duas despesas extraordinárias — comprar um terno e um dicionário. Imagina que, desde minha chegada, ando sempre com a mesma roupa e fico muitas vezes sem poder escrever. Finalmente hoje comprei num *sebo*, por 24$, um dicionário de 50$. Estou quase satisfeito, porque ontem, depois de maduras reflexões, comprei duas caixas de papel, uma de penas, uma de grampos, um livro em branco, um tinteiro e a caneta com que te estou a escrever. Tudo por 6$. Creio que agora poderei continuar a trabalhar em meus contos. Adeus, que o papel se acabou. Lembranças a todos, principalmente a minha mãe. Graciliano.

Podem escrever para o Largo da Lapa — 110 — 1º andar. Mas não vão confundir com Rua da Lapa, que é coisa muito diferente. — Largo da Lapa — 110 — 1º andar.

Vou escrever agora um soneto para o jornal de um amigo que me pediu qualquer coisa para publicar. Quanta honra para um pobre marquês...

17

A LEONOR RAMOS

Condenado a entregar, dentro de quatro dias, um soneto e um artigo para dois jornalecos

RIO, 14 DE DEZEMBRO DE 1914. Leonor: Acabei de reler tua carta de 4. Faz poucos dias que te escrevi. Falta-me assunto para encher esta folha. Com que então o Chico Moreira é mestre de música, as representações dramáticas continuam, o Micado morreu (coitado! Deus lhe fale na alma!), o Clodoaldo monta em bicicleta, o Moreira está maluco...

Grandes novidades. Pois eu sinto dizer-te que não posso fazer o mesmo — não tenho novidade nenhuma a contar-te. É necessário escrever sempre a mesma coisa. Cá na casa em que moro a única novidade que houve foi o casamento da senhorita Lili, um grande acontecimento que trouxe este 110 num extraordinário rebuliço. Casou-se há quatro dias, em S. Paulo. Hoje recebi, por intermédio da mãe, (vírgula) um livro que lhe havia emprestado e um gentil botão de flores de laranjeira. Caramba! Se eu soubesse fazer versos líricos, tinha hoje um assunto magnífico... A digna mãe dessa encantadora rapariga acaba de emprestar-me um livro pavoroso que se chama *La Trouée* e que é de Pierre l'Ermite. Pierre l'Ermite chama-se, em português, Pedro o Eremita. Pedro o Eremita, a julgar pelo nome, foi algum idiota que se fez santo. Diante do nome do autor e da medonha figura de um monge metido em seu burel, eu só pude dizer à boa e delicada senhora que ia ver se conseguia ler o livro... Tu me desculparás eu estar aqui a falar de coisas que não têm absolutamente importância para ti. É que assunto... "não hão" como diz o barão de Traipu. Pois é verdade — não tenho assunto nenhum e estou condenado a entregar, dentro de quatro dias, um soneto e um artigo para dois jornalecos de dois rapazes que trabalham na revisão do *Correio*. Ora, o que é certo é que eu não posso escrever coisa nenhuma, e estou com muito sono e tenho muita preguiça... Tu dirás aí em casa que, segundo ordem de meu pai, eu me limitarei a escrever à medida que vocês me forem escrevendo. Realmente, é asneira mandar quatro ou cinco cartas de uma vez e depois ficar muito tempo em silêncio. Portanto... *mestre manda...* (7) E adeus. Lembranças ao sr. Antero, a d. Iaiá, ao Miguel, etc., etc., etc. Abraça minha mãe, meu pai, os pequenos. Graciliano. — Largo da Lapa — 110 — 1º andar.

18

A MARIA AMÉLIA FERRO RAMOS

Entrei, como suplente de revisão, para
O Século

RIO DE JANEIRO, 18 DE DEZEMBRO DE 1914. Minha mãe: Hoje, no *Correio da Manhã*, Rodolfo entregou-me sua carta de 4 deste mês. Agradecido, beijo-lhe as mãos. Sinto muito que a senhora me não escreva com mais frequência. Esqueceu-se de me informar de sua saúde. Como sei que anda doente, desejaria que me tivesse mandado dizer se já se sente melhor. Sim, compreendo que a senhora tenha grande prazer ao receber minhas cartas. Compreendo — deve ser igual ao meu, maior talvez. Sua carta chegou muito atrasada. A de Leonor (também de 4), já a respondi há dias. Sim, senhora, já sei a história dos retratos. Tinha esquecido, lembro-me agora. O que eu senti muito foi a morte de Micado. Pobrezinho! tão bom, tão feio, tão amável para com a gente! Então minha fazenda (8) diminui? Parece que não tenho sorte com gado. Enfim, resigno-me. Hoje estou quase contente. Lembra-se de uma lista de que falei em uma de minhas cartas, uma espécie de memória onde lanço todos os acontecimentos que têm alguma importância para mim? Lembra-se? Se me não engano, mandei uma cópia a Leonor ou a Otília. Pois bem, pode juntar abaixo da última linha: 18 de dezembro: — Entrei, como suplente de revisão, para *O Século*; à noite, no *Correio*. Não faço ainda nada, porque sou suplente. Talvez para o futuro... Tenho tido muita paciência. Depois que entrei para o *Correio*, já de lá saíram quatro *focas*, desenganados. Bem, estou ficando maçador, são duas horas da madrugada. Lembranças a meu pai, a Leonor, Otília, Otacília, Clodoaldo, a lista inteira enfim. Graciliano.

19

A SEBASTIÃO RAMOS DE OLIVEIRA

Melhor trabalhar numa banca de revisão que num balcão. É que a gente pode ter a consciência tranquila

RIO, 9 DE JANEIRO DE 1915. Meu pai: Até que afinal sei que lhe desapareceram os últimos vestígios dessa terrível enfermidade. Não preciso dizer que andei muito preocupado e que desejei estar aí, pelo menos durante os dias em que o senhor esteve de cama. Já que agora está restabelecido, o que devia fazer era continuar a tomar os dissolventes, para lhe não acontecer para o futuro o que aconteceu agora — uma recaída.

Não, senhor, não tenho feito quase nada nos jornais em que trabalho. Mas já fiz muito menos.

No *O Século* nada consegui ainda — três dias apenas. Se continuo a ir lá, é somente para não ficar malvisto pelo diretor da revisão do *Correio*, que foi quem me colocou lá. Sujeito intratável, muito grosseiro, de uma franqueza rude, esse digno chefe de revisão, perseguidor de *focas*, inimigo de noviços, criatura com quem tenho falado poucas vezes e a quem nunca pedi nada, pôs meu nome entre os *preferidos no Correio*, como o senhor terá visto em uma carta que escrevi a Otacília. Apesar de todas as intriguinhas que nos cercam, há alguns companheiros que parecem bons. Entre eles, conheço um velho, um português paupérrimo com quem trabalho sempre, boa criatura com quem me entretenho em longas palestras e que lamenta que indivíduos mais ou menos preparados como nós (é amável e não é modesto) vivam na miséria, enquanto se empregam uns boçais... Pensam que eu vivo na miséria, porque ganho pouco. Não digo o contrário por dois motivos — não desejo que me arranquem os dias de trabalho nem que me peçam dinheiro emprestado.

Realmente, aqui não posso ser preguiçoso como era aí. Trabalho muito. Lembro-me de ter ido, durante vinte e tantos dias consecutivos, procurar, em vão, trabalho ao jornal... Hoje não, já não tenho a antipatia, parece-me, desse carrancudo chefe que não dá trabalho aos *focas*. O que ele fez comigo faz hoje com outros, o que me é agradável, pois são concorrentes de menos... Em uma palavra, malgrado todas as dificuldades que tenho encontrado, acho melhor trabalhar numa banca de revisão que num balcão. É que a gente pode ter a consciência tranquila quando trabalha. E eu aí havia de ser sempre preguiçoso.

A cidade está agitada — há por toda a parte uma terrível manifestação a não sei quem, a Nilo Peçanha, parece. Não sei bem — estive a trabalhar no *O Século*, revi as últimas notícias, mas não sei bem a quem a manifestação é feita. Deve ser a Nilo Peçanha. Parece que a coisa não acaba bem; porque há forças por toda a parte, e o povo grita pelas ruas a valer, e os automóveis da "Assistência" passam...

Lembranças a d. Iaiá, aos srs. Benjamim, Antero, etc., etc. O filho Graciliano.

20

A LEONOR RAMOS

E eu sinto saudades. Se pudesse voltar...

Rio, 29 de janeiro de 1915. Leonor: Terrível, medonho, insuportável este Rio de Janeiro durante estes últimos dias. Um calor, santo Deus! Um calor de todos os diabos! Nunca senti tanto calor em minha vida! Ao meio-dia zumbe-nos alguma coisa nos ouvidos, como se tivéssemos um bando de moscas dentro da cabeça. Não se pode trabalhar. Não leio, não escrevo, não posso fazer nada, que isto é pior que as caldeiras do inferno. Deito-me na cama, em cima de uma coberta muito fina, abro um livro. Coisa pavorosa! Parece que os olhos me fervem e as letras dançam. Em cinco minutos, fico nadando num mar de suor. Ontem deram-se aqui dezesseis casos de insolação, sendo quatro fatais. Quatro, compreendes? Morreram quatro pessoas assadas. É um horror!

Muita satisfação sinto por me haveres mandado algumas novidades daí. Ensaios de carnaval, foguetes, música, etc. Aqui, desde o dia 31 de dezembro, também há carnaval. Mas não são ensaios: é carnaval de verdade. Enfim todas as notícias que me deste muito boas. Eu já presumia que o Tobias fosse o intendente daí. Tanto que lhe escrevi há tempos uma carta enviando-lhe parabéns. Mas o senhor intendente não se deu ao trabalho de mandar-me uma resposta. Então o Belarmino filho... encontrou uma Dulcineia na pessoa da nossa parenta Virgínia? Parecia-me, entretanto, que esse desconchavado rapaz já era noivo de uma das Barros. Enfim está tudo muito bem. E é o Lauro que vai fazer o casamento? Grandes transformações há por aí. E eu sinto saudades. Se pudesse voltar... Não. Já que aqui estou, fico. E agora que estou começando. Não quero ser covarde, abandonando a luta.

O calor está horroroso. Muitas lembranças aos amigos e abraços em todos de casa. Teu Graciliano.

N.B. Amanhã ou depois remeter-te-ei o figurino que me pediste. Graciliano.

21

A MARIA AMÉLIA FERRO RAMOS

Perguntei qual era o nosso partido. Era o Liberal.
Nós somos liberais. Mas eu não sabia...

RIO, 4 DE FEVEREIRO DE 1915. Minha mãe: Vai aqui esta resposta ligeira a sua carta de 21 de janeiro. Não, senhora, decididamente não estou nada doente — os ossos estão rijos, o estômago funciona às mil maravilhas, tem-se enfim uma disposição danada para trabalhar, apesar de o trabalho ser um bocado duro. Ganhamos cento e vinte mil-réis em um mês, o que é uma bela soma, que dá para pagar a lavadeira, para as passagens de bondes, para os cafés e os teatros, etc., etc. E ainda sobra alguma coisa, andando a gente com uma certa economia. E afinal tem-se a consciência tranquila, por se não ter deixado ficar pacificamente a dormir e, principalmente, por ter a certeza de que aqueles cobres foram ganhos à custa de nosso próprio esforço. Não fizemos, para arranjá-los, nenhum exercício de curvatura de espinha, não pedimos nada a ninguém, não adulamos nenhum filho da mãe. Estamos, em suma, contentes. Almoçamos às 2 horas da tarde, quando termina o trabalho d'*O Século*, se há trabalho para nós, passamos a tarde a ler ou a escrever qualquer coisa, às vezes a dormir, jantamos às sete da noite, tomamos um bonde depois para dar um longo passeio de uma hora. Pode acontecer também que vamos a um cinema, enquanto esperamos a hora de entrada no *Correio* — 8 e meia. Se trabalhamos, voltamos para casa às 2 1/2 da madrugada, às vezes a pé, porque o último bonde passa às 2 horas. Toma-se um café e vai-se dormir sossegadamente, a sonhar com as provas e com os *pastéis*, para acordar no outro dia às 9 horas. Em uma palavra, não é uma vida má, palavra de honra. Há outras muito piores — a dos soldados de polícia, por exemplo, e a dos *burros sem rabo*. (9)

Diga a Leonor que eu moro perto da Rua das Marrecas, que aliás é uma rua de má reputação. Um dia destes, ao ir para *O Século*, tive a curiosidade de passar por lá, somente para examinar o número 27. O número 27, como as meninas ainda se lembram, era a casa do Sacramento, o marido da amiga de Eufrasinha. Olhei-o com atenção. É um velho sobrado de um só andar, fechado. Parece que não mora lá ninguém, depois que foi abandonado pelo antigo inquilino, que ficou muito triste por ter sido logrado por um espertalhão. Lá já não berra o Anastácio Agulha, a mexer com o chapéu de sol e a esbugalhar os olhos, debatendo a eleição do Leocádio da Boa Morte.

A propósito, diga a meu pai que as eleições correram aqui como geralmente correm por lá — atas falsas, livros roubados, capangas, atentados contra a liberdade do cidadão e outras asneiras em que se pegam os políticos da oposição para atacar a gente do P.R.C. Tolices! Os jornais do governo naturalmente dirão que houve inteira liberdade no pleito, que tudo andou às mil maravilhas. Mas eu trabalho em dois jornais da oposição... O interessante é que, um dia depois das eleições, um colega me perguntou se o *nosso* partido tinha vencido. E eu perguntei qual era o *nosso* partido. Era o Liberal. Nós somos liberais. Mas eu não sabia...

Já começou a safra das pinhas? Aqui uma dúzia de pinhas pequeninas como limões custa seis mil-réis. Imagine a senhora a diferença que há entre isto e Palmeira. A Palmeira é uma delícia — há lá pinhas de graça. Aqui não. Nem as pinhas são pinhas — chamam-se *frutas-de--conde*. Veja lá que heresia. Mudar o nome das pinhas! as sagradas pinhas dos palmeirenses! a única coisa que há na Palmeira! Decididamente a Palmeira é uma grande terra. Só por causa das pinhas...

O que eu sinto é morar numa terra onde só se pode conseguir alguma coisa com muito reclamo. Aqui tudo se resume nisto: cada sujeito faz propaganda de si mesmo. Um indivíduo que é burro fala em voz alta, *de papo*, grita, diz asneiras e às vezes chega a fazer figura diante de outros que são mais burros do que ele. Um animal que tem algum talento afeta uma atitude ultra-humana, quase divina — não conversa: prega; não dá sua opinião sobre coisa nenhuma: afirma, assevera, pontifica. É dogmático e é intolerante. Não admite que se diga nada que vá contrariar suas doutrinas. É como os padres da Igreja. Enfim tudo reclamo. Um tipo escreve um livro e vai, ele próprio, engrandecer, pelos jornais, o livro que escreveu. Muitas coisas más conseguem tornar-se boas assim. Eu digo comigo mesmo que o meu vizinho é um asno; mas tenho interesse em dizer em público que ele é um gênio. É o elogio pago. Tudo reclamo, em toda a parte, a toda hora, sob todas as formas. Há joias tentadoras nas *vitrines*, sobre uns estofos magníficos; as mulheres enfeitam-se, pintam-se, estudam gravemente a importante questão do vestuário, para aumentar o valor de uns encantos fictícios; os jornalistas escrevem, convictamente, que "o sr. Barão Fulano, falecido ontem, em seu palacete à Rua X, era a maior manifestação literária de nossos tempos". Uma praga! Às esquinas, às portas dos *bars*, sujeitos sérios, rigorosamente vestidos em vastas sobrecasacas negras, dirigem-se, em altas vozes, à multidão: "— V. Exa. conhece a Tomatina? Os senhores já provaram os biscoitos do sr. Sicrano? Experimentem as pílulas do dr. X." Está a gente muito tranquilamente tomando uma xícara de café, quando um indivíduo se levanta e põe-se a gritar: "— Escândalo! Patifaria! Maroteira!"

Voltam-se todos. Será algum barulho? E o homem bate com a cadeira no chão, dá um murro na mesa e continua a berrar: "— Imoralidade! Então os senhores já viram tão grande indecência? Miséria! Em que terra estamos nós?"

Junta-se gente, formam-se grupos em torno do sujeito, que brada sempre: "— Onde já se viu isso? Não há polícia aqui? Miséria! Escândalo!" E, quando a curiosidade dos circunstantes chega ao máximo, o homem sorri e diz muito calmamente: "— Descansem, meus senhores. Não é aqui, nem agora. É hoje à noite, no Recreio. É a nova peça *A moratória conjugal*, uma peça de gênero livre, somente para homens. Uma verdadeira imoralidade! Vão hoje lá. Uma pândega!"

Veja a senhora como as coisas aqui são. Tudo reclamo. E o pobre-diabo que for tímido, que não declarar que é um gênio, é uma criatura morta. Ora eu estou arrependido de ter feito hoje uma asneira. Um rapaz meu conhecido apresentou-me a um poeta, dizendo que eu era literato. E eu caí na tolice de dizer que o não era. Dei uma grande patada, não há dúvida. Eu devia ter ficado calado ou, melhor, ter entrado a dizer sandices sobre arte e sobre outras coisas que não conheço. Era o que eu devia ter feito. É o que todos fazem...

Por enquanto nada mais tenho a dizer. Já disse mesmo mais do que era preciso. Fiz-lhe esta carta bem longa para me penitenciar das poucas linhas que lhe tenho mandado até agora. Adeus. Abrace meu pai, Leonor, Otília, Otacília, Amália, Anália; beije Marili, Carmem, Clélia, Lígia, Heleno, Plínio. Diga a Clodoaldo que me escreva. Graciliano.

22

A LEONOR RAMOS

Que saudades! Uff! Que alívio...

Rio de Janeiro, 9 de fevereiro de 1915. Leonor: Recebi ontem tua carta de 25 de janeiro, bem como uma de Clodoaldo, de 29. Entre todas as coisas que me disseste, algumas já sabidas por mim aliás, nenhuma me causou espanto. Ora, minha querida irmã, eu tenho visto ultimamente tantas coisas espantosas, que me vou acostumando a encarar friamente os fatos mais extraordinários. Mas, realmente, essa de me haverem visto embarcar para o Rio Grande do Norte é d'arromba, é de deixar a gente embasbacada, com o queixo caído... Mas eu não embasbaco: eu sei de quem se trata, sei quem me viu embarcar. Dize a essa senhora que eu estou em Natal, que passo muito bem (muito obrigado), que me tinha esquecido de escrever para aí narrando a minha última resolução de mudar-me para o Norte, que lhe agradeço muito o cuidado que ela tomou em remediar perante vocês a falta por mim cometida, que lhe mando muitas lembranças. Sinto-me agradavelmente penhorado em saber que há aí quem tome tanto interesse pela minha vida. Como patentear todo o meu reconhecimento? Tenho vontade de chorar. Que quantidade enorme de saudades eu sinto de toda essa gente! Que de recordações agradáveis eu sinto das intriguinhas das sociedades, dos mexericos da Rua de Baixo, das palestras políticas, das pequeninas mentiras, das calúnias... Que saudades! Uff! Que alívio...

Em todo o caso é bom que examines o carimbo postal a ver a procedência desta carta.

Já sabia que Maria Augusta te havia escrito pedindo informações sobre a doença de meu pai. E tu respondeste "muito amavelmente", porque tu és "muito amável, muito delicada"... São palavras mais ou menos textuais. Caramba! isso é lisonjeiro.

Estou convencido de que a costela quebrada e o tumor são procedentes de me haveres tomado para padrinho do rapaz. Todos os meus afilhados são caiporas. E não é só por eu ser padrinho dele — o homem é meu sobrinho. É a *urucubaca hereditária*. Não será mau, talvez, que faças com ele um bocado de exercício.

Este mês, por ter ganhado em janeiro a importância de cento e vinte e cinco mil-réis, suspendi a pensão que daí recebia. Não sei se procedi bem. Talvez não. Creio mesmo que, por enquanto, não poderei ganhar aqui o suficiente para passar. Entretanto, não me agrada viver às *sopas de casa*. E... ponto final no recebimento dos cobres, que ninguém morre de fome, tendo coragem para trabalhar.

Pinto já não mora com o Rodolfo. Há quase uma semana que dorme em meu quarto e come em casa do Costa Rego. Esteve a praticar uns dias no *Correio*, onde trabalhou uma noite, a semana passada, por falta de conferentes. Ganhou, portanto, cinco mil-réis depois que aqui chegou. Ultimamente arranjou com o Costa Rego umas recomendações para o diretor da *Tribuna*, para o secretário e para o Álvaro Paes. Não sei se conseguirá alguma coisa. Talvez. Ele anda com boas ideias de trabalho, agora que está sem abrigo e não pode comprar um chapéu novo. É lamentável, que o chapéu que ele trouxe daí está inteiramente amarelo, muito sujo. Eu o apresentei à dona de minha pensão, que lhe arranjou, sem que ele pagasse adiantadamente, um quarto em casa de uma irmã, em Riachuelo. Parece, enfim, que ele vai entrar nos eixos e criar juízo, o que já não será tarde, porque ultimamente tem dado uma grande série de cabeçadas.

Os *bons amigos* que deixei aí são uns *bons amigos*, como em geral o são todos os *amigos*. Nenhum me escreveu ainda um bilhete, o que é *lamentável*. Este mês recebi do Juca uma carta datada de novembro. Examinei o carimbo, a ver se tinha havido algum extravio. Não: ela foi posta no correio três meses depois de escrita. Se encontrares essa criatura, dize-lhe que talvez eu lhe responda a carta por estes três meses.

Adeus. Não te posso escrever mais, que ando muito ocupado em modificar "A Carta". Abraços em todos de casa. Lembranças do Pinto. Graciliano.

N.B. Lembranças, muitas lembranças, à d. Olímpia Cavalcanti.

23

A OTACÍLIA RAMOS

Clodoaldo que mande ao diabo o namoro e deixe de ser idiota

RIO DE JANEIRO, 18 DE FEVEREIRO DE 1915. Otacília: Isso por aí vai muito animado, parece. Pelas notícias que me dás... Aqui, graças a N.S. Jesus Cristo, o calor tem diminuído um pouco. Está tudo muito bem, principalmente porque já não há carnaval. O carnaval é um *pau com formigas:* o de lá é muito melhor. Dize a Clodoaldo que mande ao diabo o namoro e deixe de ser idiota. O negócio da vaca por duzentos mil-réis foi um roubo ao comprador: todas as vacas dele não valem duzentos mil-réis. Aquilo tem uma grande vocação para ladrão. Ainda me lembro dos negócios que ele me propunha. O N.B. de tua carta foi feito por Otília, que, ao chamar-me preguiçoso, disse um disparate. Não há ninguém no mundo mais preguiçoso do que ela, a tratante... Gostei muito de saber que d. Lili estava agora muito amiga de vocês todas. Dá-lhe lembranças, já que ela frequenta nossa casa, e dize-lhe que me recomende ao sr. Antero, à d. Joaninha, etc., etc. A propósito — como vão os amores dela com o Miguel? Adeus. Abraços em Leonor e em todos. Graciliano.

N.B. Magnífica letra! Sim, senhora! Nem pareces minha irmã...

24

A LEONOR RAMOS

É uma coisa muito desagradável morar-se com um imbecil

RIO DE JANEIRO, 20 DE MARÇO DE 1915. Leonor: Recebi ontem uma carta em que Otília me anunciava tua partida para essas regiões selvagens. Escrevo-te, mas não sei se este mísero papel te chegará às mãos. É que aquela detestável e preguiçosa criatura nem sequer me mandou dizer quanto tempo te ias demorar por aí.

Dize-me com franqueza. Já ouviste algum dia falar de alguém que tivesse o inqualificável procedimento que tiveste para comigo? Então recebes a delicada missão de enviar-me umas *linhas tortas* (10) mandadas ao *Jornal de Alagoas* e, sorrateiramente, *azulas* para essas serras, a viver com onças e outros bichos? Isso é coisa que se faça? Como pode um animal relativamente civilizado e mais ou menos batizado esquecer, assim, sem mais nem menos, os graves ensinamentos que se encerram nos ponderosos livros que uma alma meio cristã deve ter devorado em tempos escolares? Ah! Cometeste uma monstruosidade! Sais de Palmeira, envergas uma tanga de selvagem, nem sequer tomas o trabalho de mandar-me um cartão de despedida! És muito ruim. Mas… eu estou vendo que, ao abrires esta carta, tu dirás contigo mesma, lembrando aquela fábula da raposa: "— Estão verdes!" Realmente, tenho-te uma inveja… Isso aí é uma delícia.

E eu continuo a passar aqui uma vida mais ou menos estúpida. Imagina tu que agora tenho de usar nada menos de três ortografias. Se no *Correio da Manhã* aparecer alguma vez *Brazil*, com z, eu tenho de substituir o *z* por *s*; se no *Século* vier a mesma palavra com s, tenho eu de trocar o *s* por *z*. De sorte que uso a ortografia do *Correio*, a do *Século* e a minha, porque eu tenho uma, que é diferente das deles. Um horror! Trabalha-se pouco, ganha-se pouco, dá-se afinal com os burros na água, com todos os diabos.

Vou deixar a pensão em que moro. Talvez vá viver com o Pinto. O motivo de minha retirada é ter eu agora um companheiro muito burro. É uma coisa muito desagradável morar-se com um imbecil. Afinal, um pau com formigas! Portanto, demora um pouco qualquer correspondência que me tenhas de mandar, até que eu te diga o meu novo endereço.

Dá algumas dúzias de lembranças a todo esse pessoal sertanejo — à madrinha Teresinha, ao Pedro Ferro, ao velho Ferreira, à família do Napoleão. Ah! esquecia-me. Eu devo ter por aí dois afilhados de crisma, um filho do Gato e um menino que tem nome de mulher. Estou esquecido. É preciso que deites algumas bênçãos a essa gente.

Adeus. Passa bem, nesses agradáveis climas. Graciliano.

25

A MARIA AMÉLIA FERRO RAMOS

Jejua-se a carne, muita carne

Rio, 2 de abril de 1915. Minha mãe: Hoje sexta-feira santa. Soube-o anteontem, pelo cartaz de um cinema. Grande dia. Dia em que a cristandade chora alegremente a morte de seu Deus e a d. Helena nos obriga a jejum, surrupiando-nos piedosamente o almoço e o jantar. Temos de procurar comida fora, por causa da econômica devoção dos outros. Uma maçada. Ontem e hoje tenho vivido mergulhado na leitura da *Relíquia* de Eça de Queiroz, da *Loucura de Jesus* e do *Evangelho de S. Mateus* — coisas muito sérias narram circunstancialmente o suplício de N. S. Jesus Cristo. Tenho jejuado sempre, segundo os preceitos da Santa Madre Igreja. Apenas o regime do peixe não vai, porque o peixe aqui é ruim como o diabo. Mas, em falta de coisa melhor, jejua-se a carne, muita carne, feijão, arroz, verduras, etc., etc. Enfim o divino mártir aqui não é tão exigente como lá. Ontem, quinta-feira, para quebrar a monotonia da semana santa (que parece não ser aqui muito diferente das outras semanas), joguei bilhar até uma hora da madrugada com três companheiros — o Jaime, o Carvalho, o Sílvio. Cinco partidas devotas, quinhentos pontos, numa sala chique com mais de vinte bilhares. Prejuízo de minha parte — oitocentos réis. A falta de trabalho faz isto. Reza-se, joga-se, jejua-se, lê-se o Evangelho.

Mandei quarta-feira uma carta a Otília. Naturalmente ela já a recebeu. Leonor já voltou, ou ainda vive entre os *quipás, mandacarus, coroas-de-frade e xiquexiques* da Maniçoba? Terá ela recebido uma formidável carta que lhe mandei? Pavorosa — um carão por ela ter saído daí sem se ter despedido de mim. Inveja. Deliciosa Maniçoba!

Há muito tempo que não recebo notícias daí. As últimas que recebi não eram boas. Vive tudo a morrer. Que desgosto têm tido esses bons velhos que se têm resolvido a embarcar para a eternidade? Tolice. Viagem incômoda. Otacília nunca mais me escreveu. E Clodoaldo? Diga a essa gente que deixe de ser ruim. Mesmo a senhora não me tem escrito. Quero novidades. Que há de novo pela Palmeira? Ainda existe por lá a Paulista? (11) Meu pai ainda cuida do vapor? Quem trabalha agora na loja? Major Vieira ainda carrega a cruz nas procissões? Joga-se sempre gamão na esquina de *seu* Antero? O Olegário ainda discute português com o Lívio? Domingos Caval-

canti ainda rói as unhas? Quando escrever-me, mande-
-me dizer muita coisa. Por enquanto, nada mais.

Adeus. Lembranças a Otília, Otacília, Clodoaldo, Amália, Anália, etc. Daqui a pouco esqueço os nomes. Meu pai que me escreva. Recomendações ao Sr. Antero, d. Iaiá, etc., etc., etc. Graciliano.

26

A SEBASTIÃO RAMOS DE OLIVEIRA

Eu não me pareço ateu, como está em sua carta.
Sempre o fui, graças a Deus

RIO, 24 DE MAIO DE 1915. Meu pai: Há dias, em duas cartas que mandei a minha mãe e ao senhor, manifestei o desejo de voltar aos pastos antigos, desejo que se transformou em resolução, como depois disse a Otília. Tem sido, realmente, a minha ideia fixa nestes últimos dias.

Parece-me que não poderia ser de outro modo. Mas tenho retardado a partida. Creio bem que não deveria ir. Minha presença aí não é uma coisa indispensável, parece-me. Penso também que fiz por lá muitas coisas que, se não foram de um indivíduo positivamente doido, não eram próprias de um tipo bem equilibrado. Aqui não sou propriamente um santo, mas vou em caminho do céu, apesar de o senhor pensar que sou um bocado ateu. Essa suposição do senhor não quer dizer nada. Eu não me pareço ateu, como está em sua carta. Sempre o fui, graças a Deus, como dizia o saloio.

Mas o simples fato de um animal ser ateu não prova que ele não possa ser um santo. Eu penso sempre que entre os milhares de sujeitos que a igreja canonizou devia haver muito ateu, muito ímpio esperto que preferia o céu ao inferno apenas por uma simples questão de bem-estar cá na terra. Na Espanha, na Idade Média, houve homens sensatos que não acreditavam em Deus, mas que, com medo das grelhas do Santo Ofício, se meteram em conventos e por lá viveram santamente. É que eles preferiram "queimar a ser queimados", como disse um moderno escritor socialista. Naturalmente alguns deles hoje são santos e fazem milagres. Oh! Eu respeito muito a religião que tem o poder de, acendendo algumas piedosas fogueiras com azeite humano, chamar a seu grêmio os mais encarniçados inimigos...

É verdade que ela hoje não tem a força de outrora. O Deus está morto, coitado! Ainda insepulto, mas morto a valer, como os infernais hereges da atualidade afirmam. Mas eu respeito essa velha forjadora de embustes daqueles bons tempos em que a humanidade, para andar, precisava de freio na boca e sela no dorso...

Mas que fiz eu, santo Deus dos católicos! A enveredar pelo escabroso caminho de crenças e santidades, perdi o fio da meada e abandonei o assunto que agora me interessa. O culpado foi o senhor que pôs em dúvida a firmeza de minha religiosidade, coisa que, por todos os atos de minha vida, parece suficientemente demonstrada.

Dizia eu que minha presença nessa terra adorável não era uma coisa absolutamente necessária nem incondicionalmente agradável. Sei que é assim, embora aí em casa alguém me possa dizer o contrário. Eu me conheço — não presto mesmo para nada. Desgostos, lhos tenho dado. Joguei, meti-me em *farras*, pintei a manta. Fui um bocado doido. Fazendo semelhantes coisas é muito difícil um indivíduo se tornar aceitável. Coisas úteis, creio que nunca fiz. Para que servia eu aí? Para ensinar gramática aos rapazes? Mas eu sou burro como o diabo. Demais pode-se muito bem aprender gramática sem professor. E eu era, positivamente, um professor *avacalhado*. Não há, portanto, nenhuma necessidade de minha pessoa em Palmeira dos Índios.

Entretanto, eu reconheci que minha permanência aqui era uma coisa inútil. E pensei que entre ser inútil aqui e ser inútil em Palmeira era preferível sê-lo aí. É possível que tenha refletido mal? Não, que nem sequer refleti. Abandonei *Correio e Século*, belas desgraças, e mais teria abandonado, talvez, se as houvesse. Não havia, felizmente. Fiquei ocupado em não fazer nada, uma bela ocupação, esperando comprar a passagem e umas gravatas. Eu sou sempre o homem das gravatas.

Apareceu-me, porém, uma criatura que é hoje chefe da revisão do *Rio*, um sujeito com quem há tempos eu dividi o pouco trabalho que tinha no *Século*, coisa que, por direito de antiguidade, pertencia só a mim. Essa Providência vestida de revisor, muito malvestida, está visto, disse-me que estava a trabalhar com dois animais que não sabiam ler e que ganhavam dois mil e quinhentos diários por cabeça. Prometeu-me propor à casa arranjar um sujeito que fizesse o trabalho dos dois por quatro mil-réis. O sujeito era eu.

Por outro lado o Rodolfo, a insistir em que eu não abandonasse esta deliciosa cidade, sugeriu-me a ideia de esperar mais uns quatro dias, enquanto ele vê se me arranja qualquer coisa *cavável*, na *Gazeta de Notícias*.

Em todo o caso fui hoje despedir-me dele. É porque eu penso que essa coisa não pega. Ele vai falar com o redator-chefe da *Notícia*, o redator fala com o diretor da *Gazeta*, este fala com o gerente, que falará não sei com quem, com o diabo, talvez. E, enquanto a questão segue tão complicados trâmites, eu embarco pacificamente para as Alagoas, num vapor da *Lloyd*. Creio que é o que tenho de mais acertado a fazer.

Entretanto, se o velho Cordeiro, o único português *passável*, que há no Rio, conseguir minha entrada no jornal de que falei, como efetivo, é claro, e se o Rodolfo arranjar-me qualquer coisa na *Gazeta*, parece-me que fico. Mas isso são coisas muito difíceis. Eu tenho bons camaradas, capazes de fazer um favor... se pudessem. Um sargento de exército não pode fazer nada. Mas são bons amigos, não tem dúvida. Ao menos a gente sabe que eles não podem ter intenção de explorar-nos, porque nada temos. Também nós não podemos explorá-los.

O que é certo é que, se já não assevero ser minha viagem coisa certa, como tenho feito ultimamente, é muito provável que por cá não fique.

Não sei se será conveniente continuarem aí a escrever-me. Está claro que, aparecendo qualquer coisa de extraordinário, devem avisar-me, porque afinal pode ser que, por acaso, eu fique. E se for, o que é mais provável, o Pinto terá o cuidado de mandar-me as cartas que me forem endereçadas.

Está bem, adeus, ou até logo, conforme as circunstâncias.

Peça a Deus que "me inspire" e que me cubra de bênçãos. Apesar de eu me "parecer ateu", não faço nenhuma questão de receber as inspirações desse cavalheiro. Nunca brigamos, nunca houve entre nós nenhuma *encrenca* séria, pode ser até que ainda sejamos amigos, o que duvido um pouco.

Se Leonor já chegou, dê-lhe uns abraços. É provável que eu lhe mande uns jornais que têm uns artigos meus. Já os não mando a Otília, não só porque desejo fazer uma partilha equitativa como também por serem as tais crônicas feitas numa linguagem um tanto... (como direi?) um tanto ligeira, pouco própria para os olhos pudicos de uma ignorante provinciana que veste saias largas, que não toca piano, não dança quadrilhas, não fala francês, não come com garfo, não tem doze dúzias de namorados. Os tais artiguetes são um bocado duros. Eu só escrevo coisas alegres, mesmo quando estou triste. Coisas tristes, faço-as também, às vezes, mas para meu uso particular, para a gaveta e para as traças.

Adeus outra vez. Os abraços do estilo em todo o pessoal de casa.

Lembranças infinitas ao sr. Antero, ao sr. Benjamin, a d. Iaiá, padre Lessa, ao Otávio, etc., etc., etc.

Talvez em breve eu abrace toda essa gente e não levo nada do Rio — nem dinheiro, nem livros, nem roupa, nem o *é! sim!* nem o clássico uê!!! Graciliano.

27

A LEONOR RAMOS

Isso não é Arte, é claro, nem mesmo chega
a revelar talento — uma certa habilidade, talvez

Rio, 10 de julho de 1915. Leonor: Desculpa-me escrever-te neste miserável papel comercial. É que as tiras já lá se foram, umas bem empregadas, as que mandei a meu pai e a minha mãe, outras mal, talvez, as que lá embarcaram para Paraíba do Sul, cobertas de traços. Tu me perdoas, de certo, o grande pecado que eu cometi não te enviando, logo após tua chegada, minhas felicitações por tua boa vinda, etc., etc.

A culpa é do padre. Sim, do padre, um padre ordenado por mim há pouco, em uma novela que me tomou alguns dias e que há de ter por aí um êxito considerável.

Querida Leonor *del mio cuore*, vou conversar contigo como se aqui estivesses, contar-te um bando de coisas agradáveis e desagradáveis, ser egoísta falando exclusivamente de minha pessoa, como se minha pessoa fosse alguma coisa. A demora desta resposta a tua carta de maio será remediada, porque vou roubar-te muito tempo com a leitura destas garatujas. Tu, decerto, não pensaste que eu tinha morrido ou que me havia esquecido de ti. Nem uma nem outra coisa. A morte é uma sujeita incoerente como o diabo... Estou vivo. E de boa saúde.

Queres que fale contigo sobre o que ultimamente, nestes dois próximos meses, tenho feito? É uma história comprida e muito maçadora. Mas vou contar-ta. Se te não agrada, tem paciência. Nem sempre estamos com disposição para escrever coisas amenas. Ouve, portanto, e faze por atenuar o efeito que, naturalmente, devem em ti produzir estas coisas reles. Queres que te fale de minhas produções? Pois falemos, já que o não posso fazer com minha mãe, que não entende nada disso, nem com meu pai, homem de negócios, muito positivo.

Eu, minha querida amiga, tenho andado com alternativas de fecundidade e de estupidez, o que não é mau de todo. Imagina que os miseráveis *traços* que tens tido o desgosto de ler não têm sido inteiramente desagradáveis. Isso não é Arte, é claro, nem mesmo chega a revelar talento — uma certa habilidade, talvez. São feitos de graça, mas têm-me arranjado algumas amizades que podem ser úteis. Já o velho Balzac dizia que as amizades mais fortes eram as que tinham base no interesse. Não sei se o digno francês teria razão. Creio mesmo que houve naquilo uma pontinha de malícia. Mas não deixa de conter alguma verdade.

Pois, como te disse, tenho feito alguns *traços*. O diretor do jornal que os publica, meu amigo Falcão, foi meu inimigo até o segundo dia de carnaval. Tolice, uma rápida teima no *Correio*, e ficamos de mal. Pelo carnaval fizemos as pazes. Depois ele, que é redator do *Século*, pediu-me para escrever uma notícia sobre um livro. Fi-la. Parece-me que já te contei essa coisa. Não me lembro. Se já sabes, vai aqui uma duplicata. O homem gostou da notícia, pediu-me um artigo para o jornal dele. Depois insistiu para que eu sustentasse uma seção. Ficamos bons amigos. Ele, que a princípio me julgava burro, pede-me opiniões sobre seus versos e veio, há coisa de um mês, passar um dia comigo e mostrar-me os originais de um livro seu que se está a imprimir. Uma tarde magnífica, que o Pinto ainda mora comigo. Passamos algumas horas comentando todos os trabalhos. Eu mostrei-lhe minha *Maldição de Jeovah*. Ele já tinha lido *A carta* e *O discurso*.

Há coisa de uma semana apareceu-me no Café do Rio, com o álbum de uma poetisa, a pedir-me que escrevesse nele uns versos. Depois me disse que um redator da *Revista Americana* lhe havia pedido um trabalho. Como ele não tem nada por enquanto, exigiu que eu lhe desse uma de minhas novelas. Dei-lhe, para que escolhesse, as duas que ele já conhecia e uma terceira, *Um retardatário*, sobre a qual o homem prometeu dar-me uma opinião sincera.

Ontem encontramo-nos no mesmo café, nosso ponto de reunião à noite. É lá que eu, Rodolfo e outros indivíduos assim nos encontramos sempre. Discutem-se coisas transcendentes e pedem-se aos criados copos de água... gratuitos. Às vezes há o extraordinário de uma xícara de café ou de um cálice de anis. Quem se permite sempre semelhantes luxos é o velho Cordeiro. Nós outros bebemos água e falamos de literatura, da guerra, de cavações, etc.

Mas dizia eu que havia encontrado ontem o Falcão. Enquanto dava um recado ao Pinto, abraçava-me e atirava-me uma récua de parabéns. Segundo ele, aquela *joça* está magnífica. Contou-me os trâmites que havia seguido o pobre *Retardatário*. Antes de entregá-lo à revista de que te falei, encontrou o secretário da *Concórdia*, que abriu a historieta casualmente e leu a primeira tira. Depois da primeira, leu a segunda. Depois a terceira, a quarta, a quinta, assim por diante até a vigésima quinta. E tomou-a, para publicar em sua revista. O Falcão veio ter comigo, satisfeito. O homem tinha feito elogios à novela em quantidade. E as lamentações do estilo — "um rapaz de talento... e vive obscuro... e não consegue nada porque tem talento... aqui só vencem os cabotinos..." Uma caterva de patranhas enfim.

Esse amável Mecenas, que tomou a difícil tarefa de fazer que eu aparecesse, não ficou muito contente por ter dado outro destino ao conto que ele destinava à *Revista Americana*, uma publicação dirigida por sujeitos muito graúdos. Mas consolou-me — a *Concórdia* não é coisa acanalhada, é uma ótima revista, muito bem-feita, no formato da *Ilustração Francesa*, impressa em papel *couché*. Demais ainda havia duas novelas que podiam ser publicadas na *Revista Americana*.

Se prestarem... Eu acho-as ruins, minha querida Leonor, palavra! Entretanto, se os outros insistirem em dizer que elas prestam, creio que acabarei convencido de que, realmente, não são más.

O pior é que esse bom amigo pediu-me dois miseráveis *traços*, já publicados em seu jornal com uma infinidade de *pastéis*, para entregar à *Gazeta de Notícias*. Não sei se o deva fazer, porque aquilo é rabiscado ao correr da pena, sem preocupações de forma. Entretanto, devo dá-las hoje.

Também me desgosta saber que o sujeito da *Concórdia* exigiu um retrato meu e umas notas sobre minha pessoa. É uma coisa extremamente desagradável, principalmente quando a gente não tem retrato e vive encolhido no seu canto, com medo de aparecer. Mas o meu amigo do *Paraíba* quer que eu apareça. E quer escrever as notas, ele próprio, malgrado lhe haver eu rogado com insistência que desistisse de semelhante ideia. Debalde. Já me obrigou a prometer que depois de amanhã iria fotografar-me com ele.

Enfim manda-se a modéstia ao diabo. Vive sempre a gente a ter dúvida sobre se vale ou não alguma coisa. Quando se é moço, é-se arrojado a valer, tem-se o desplante impagável de andar jogando à publicidade todas as sandices que vão pingando do bico da pena. Depois, com a idade, vem o receio, a dúvida. "Isto prestará? Valerá a pena lançar isto?" E o que fazemos hoje e nos parece bom afigura-se-nos amanhã detestável. E perguntamos a nós mesmos: "— A opinião de Fulano terá sido sincera? Essa gente procederá de boa-fé?"

Vem-nos por fim uma reflexão decisiva. Se nossas produções ficarem sempre inéditas, nunca poderemos, por nosso próprio julgamento, saber se elas prestam.

É preciso ser afoito, imodesto, cínico até. Não poderás saber a quantidade de pedantismo necessária a um tipo desta terra, onde tudo é *fita*, para embair a humanidade.

Eu sou de uma timidez obstinada. Não posso corrigir-me. E, contudo, preciso modificar-me, fazer *réclame*, estudar *pose*. Santo Deus! É terrível!

Mas talvez consiga a gente mandar a modéstia à fava. Aqui um sujeito calado é um sujeito burro. Fala-se, portanto, embora para não dizer nada. E, pensando bem, chega-se a esta conclusão — um animal que, aos treze anos, publicava sonetos idiotas no *Correio de Maceió* e no *Malho* (barbaridades, está claro!) pode, talvez, aos vinte e três quase, não tendo perdido todo seu tempo, fazer qualquer página passável. É verdade ou não é verdade? E aí está por que eu vou publicar em revistas sérias, onde gente grande colabora, coisas sobre a vida em Palmeira dos Índios, o único lugar que mais ou menos conheço, porque lá vivi quando já tinha idade de pensar. Dize, pois, a meu pai que não estou perdendo o tempo de todo. Se não me sair mal, pode ser que, para o futuro, faça alguma coisa. Se me sair mal, paciência... O que é verdade é que nunca estou desocupado.

Já não vale a pena falar sobre tua vinda de Maniçoba, pois que de lá vieste há muito. Mas que história de doença é essa? Tuberculose, tu? Estás doida? Não digas tolice. Tu estavas gorda quando de lá vim. Eu, que sempre fui magro, graças a Deus, nunca pensei em tal doença. Manda as apreensões ao diabo.

Já não há assunto. E eu tenho muito que fazer ainda hoje. São três horas da tarde. Às seis tenho de estar com umas quinze tiras prontas. Adeus. Abraços em toda a gente de casa, até em Otília. Lembranças a d. Iaiá, ao senhor Antero e família, ao sr. Benjamin, ao padre Lessa, ao Chico Pinto, aos Cavalcanti, etc., etc. Como vai o noivado jurídico de Mlle?... Graciliano.

N.B. Se as tais novelas forem publicadas, eu t'as mandarei. Mas imponho condições — não as mostrarás a ninguém daí, absolutamente a ninguém. Lê e guarda. É que aludo a certas personalidades... Compreendes, não é verdade? Não quero provocar animadversão de ninguém. É natural. Há por lá pessoas muito suscetíveis. Dediquei a um amigo daí um soneto que se intitulava *Cobra Mansa*, e o homem ficou pensando que eu lhe havia chamado cobra... Graciliano.

Que penetração imensa!!!!!!!! Salta!!!!!!

28

A SEBASTIÃO RAMOS DE OLIVEIRA

Então, essa desgraça de que falam... Clodoaldo...

RIO, 6 DE AGOSTO DE 1915. Meu pai: Não posso preocupar-me agora com escrever muito nem com mandar notícias minhas. Não haveria mesmo, talvez, necessidade de escrever. Se o faço, é que me parece não haverem recebido aí minhas últimas cartas.

Escrevo. Mas espero que a esta hora já me tenham sido enviadas respostas às perguntas que aqui faço.

É singular que não hajam ultimamente recebido notícias minhas. Pelo menos no dia 28 do mês passado parece que não tinham aí chegado três longas cartas que mandei.

Ainda há pouco, estava a dormir quando fui de súbito acordado para receber um telegrama. Estou atarantado.

Então, essa desgraça de que falam... Clodoaldo... Não tenho coragem de escrever. A gente faz sempre esforços para não acreditar nas notícias más. E eu tenho razão para fazer um bando de perguntas. Como? Que coisa imprevista! Nunca me haviam dito nada que me fizesse suspeitar coisa tão triste. Foi então um acidente, um desastre? O telegrama dá-me a notícia, mas não esclarece nada. Estou perdido numa chusma de cogitações.

Parece-me que não há coerência nisso. Ele vem com a data de 26 de julho, creio — não percebo bem, que há lá um bando de números.

Mas será possível que m'o hajam mandado a 26 e que só hoje, 6 de agosto, me tenha ele chegado?

Demais juntamente com ele recebi uma carta daí, datada de 28 de julho, carta de pessoa que está em frequentes relações com a nossa casa e que nada me diz. (12) Há engano, evidentemente, algum erro de data.

Eu, um instante, cheguei a pensar que se tratava de alguma *blague*, para me atrair.

Mas não — seria um absurdo, pois era uma maldade. É preciso que eu saiba tudo isso pormenorizadamente. Mas como receber notícias, se elas demoram tanto? Penso já me haverem dado informações circunstanciadas e dito o suficiente para que eu saiba o que devo fazer, por carta posterior ao telegrama.

Venho agora de uma agência telegráfica, aonde fui, à pressa, transmitir-lhe algumas palavras. Lá me confirmaram que, realmente, seu telegrama tinha sido expedido no dia 26. Oh! mas, se realmente foi assim, como é que eu só recebo a comunicação depois de onze dias? E como me escrevem no dia 28 uma carta que não alude absolutamente a nada? Tenho de admitir a pior das hipóteses e procuro motivos para não acreditar nela.

O certo é que me não é possível dizer tudo que desejaria dizer.

Desejo imensamente, embora não o possa recomendar, que ao receber esta carta já me haja o senhor esclarecido suficientemente.

Contudo, a julgar verdadeira a data de 26 de julho, já era tempo de me haver chegado alguma carta com informações precisas.

Há poucos dias recebi sua derradeira carta. Não respondi logo por ter na véspera escrito ao senhor, a minha mãe e a Leonor. Por distração, acumulei três cartas e respondi a todas de uma vez. Pergunta-me que me aconteceu, se volto, se fico.

Não me aconteceu coisa nenhuma, absolutamente nada. Sempre tive aqui boa saúde. Nem uma dor de cabeça, nunca.

Ultimamente, há coisa de uma semana, havia sido indicado por uns amigos para dois jornais ricos que se vão fundar. Era coisa quase certa. Estava marcada minha entrada para o dia 16, justamente o aniversário de minha saída daí. Agora deve ser coisa certa que nada disso se realize.

É impossível saber o que se deve fazer quando se recebe de chofre uma notícia assim desagradável.

Estou atarantado.

Espero receber uma resposta urgente a meu telegrama de hoje.

Abraços em minha mãe e nas meninas. Graciliano.

N.B. Como foi isso? No dia 8 de julho estava ele perfeitamente bom. Disseram-mo em uma carta que daí recebi com essa data. No dia 28 outra carta, que aludia frequentemente às meninas e a minha mãe, nada me disse a respeito de tão triste acontecimento.

Como é que o telegrama que recebi traz a data de 26? Qualquer resolução minha dependerá das informações que daí me mandarem.

Não parto no primeiro paquete porque reconheço afinal o perigo de se deixar uma pessoa levar pelo primeiro impulso.

O fato de haver irregularidade na data acaba de fazer despertar-me uma ideia — a possibilidade de o telegrama ser apócrifo.

É uma fraca presunção, pois não sei quem seja capaz de tal maldade, não sei quem nisso pudesse ter interesse.

É, talvez, a rebeldia de um espírito que não quer conformar-se com a realidade das coisas. Em todo o caso parece-me que tenho razão para aguardar esclarecimentos.

Adeus, talvez até breve. Graciliano. Endereço: Rua Maranguape nº 13.

29

A SEBASTIÃO RAMOS DE OLIVEIRA

Uma coisa que me entristece e uma coisa que me apavora — uma é ser inútil aos meus, a outra é ser-lhes pesado

RIO, 26 DE AGOSTO DE 1915. Meu pai: Chegaram-me ontem suas duas cartas de 6 e 18 deste mês. Está afinal explicado o engano do telegrama. Realmente, eu não podia compreender.

Devia, talvez, ter pensado logo em qualquer erro. A falta de senso que nele havia era, com efeito, suficiente para fazer-me pensar assim — mas naquela ocasião eu não estava em condições de raciocinar. O que fazia era tomar de vez em quando resoluções que se desfaziam logo, porque eu andava inteiramente atordoado. O que desejaria então era achar alguém que pensasse em meu lugar, era suprimir-me. Andava meio doido.

Até ontem, malgrado haver recebido os telegramas, eu estava na ilusão de que todos eles eram falsos. Parecia-me não ser natural nada daquilo que se tinha passado. Às vezes punha-me a pensar em desastres, em desagradáveis acidentes, em tudo que pudesse determinar uma morte assim rápida. Comigo mesmo esperava que acontecesse qualquer coisa imprevista, um milagre talvez.

Agora tenho diante de mim suas duas cartas. Narram-me tudo claramente. Estou aflito, isto é, estou inquieto, agitado. Não se pode a gente furtar à dor quando desaparece uma pessoa que nos é cara.

Que felicidade para os que se vão! Mas infelicidade para nós outros que ficamos. Que desejo tinha eu de que chegasse minha vez! Nunca se é feliz.

Quando menos esperamos, quando chegamos a experimentar um contentamento relativo, parte-se um anel da cadeia que nos prende à vida. E cá ficamos, tristes. Ditosos eles que nos deixam. Na dor que sentimos há um bocado de inveja. Mas como a escolha é malfeita! Porque se vão os que desejam ficar e cá permanecem os que anseiam por partir? Que desigualdade! Quem fará a escolha?.. Deus... Como Deus é mau e injusto! Como seria injusto e mau, quero dizer, se existisse!

Mas que felicidade repousar! Não, não é injustiça levarem-nos os filhos pequenos. É um grande favor que se faz a uma criança livrá-la de conhecer o bando de torpezas que rolam por aí além.

Ah! O pesar que sentimos é um pesar de egoísta. Como somos imperfeitos!

Telegrafei e escrevi em resposta ao telegrama em que o senhor me dizia a doença de minha mãe e de Leonor. Logo pensei que devia ser coisa muito grave. A carta de 18 diz-me haver aí febre de mau caráter, mas acrescenta que todos os de casa vão bem de saúde. O telegrama, de 19, avisa-me de que minha mãe e Leonor estão doentes de febre. Foram atacadas ambas em um dia... Mau presságio. Essas doenças aí são terríveis. Estive a pensar que esse médico que tratou de Clodoaldo podia ter-se, talvez, enganado. Podia ser um rapazola formado de novo. Essa doença, rápida, de dois dias, deixou-me apreensivo. Era possível que o diagnóstico tivesse sido errado. Estive a pensar em alguma epidemia pior que febre. Como o norte está em seca, há razão para a gente pensar em coisas tristíssimas. Oxalá que me iluda.

O fato de o senhor nada me dizer a respeito de minha ida para aí deixa-me um tanto indeciso. Afinal não sei se minha presença lá será ou não útil. Podia ser inútil, podia ser, o que é muito pior, prejudicial.

Quem sabe lá? Às vezes a gente se torna aborrecedor, sem querer fazê-lo. Depende das circunstâncias.

Ora há uma coisa que me entristece e uma coisa que me apavora — uma é ser inútil aos meus, a outra é ser-lhes pesado. Já basta o que me tem acontecido até hoje. Uma vida parasitária é a pior das vergonhas. E eu não posso deixar de viver envergonhado, descontente. A mesada que recebo é um roubo feito a meus irmãos. Vivendo aí, poderei fazer alguma coisa? Não me refiro a coisas como o emprego que tive, porque afinal aquilo era uma sinecura: eu não fazia nada. Poderei arranjar qualquer trabalho de verdade? Fale-me com franqueza. Vou contar-lhe minha condição atual sem omitir um ponto.

Já disse que me ofereceram um lugar na *Tarde*. Durante o tempo que levamos a permutar cartas e telegramas, não quis rejeitar o oferecimento, porque, se bem que estivesse resolvido a ir-me embora, podia talvez alguma circunstância imprevista obrigar-me a ficar. E, se assim fosse, seria depois motivo de arrependimento ter cometido a tolice de proceder sem reflexão. Aceitei, pois, pensando em fazer-me substituir pelo Pinto, caso tivesse de voltar. Há três dias estou a trabalhar. Mas o fato de estar a trabalhar não quer dizer que eu esteja aqui preso. Trabalho porque sempre se está melhor com a consciência quando se está ocupado. E, admitindo que eu tenha de passar aqui apenas alguns dias mais, não estou inibido de passá-los a fazer qualquer coisa. Tenho, portanto, um emprego que me pode dar o suficiente para manter-me, penso. Posso conseguir também trabalho à noite em outro jornal. Resultado de tudo — cerca de trezentos mil-réis, aproximadamente. Poderia, talvez, dar lições em algum colégio, mas parece-me que não sei nada. Também me parece que, passando a ser redator de qualquer coisa — o que não deve ser muito difícil, talvez, e tem apenas a desvantagem de levar-se um calote de quando em vez — não farei muito. Empregos públicos não são fáceis a quem não tem pistolões.

Fala o senhor em ser *minha carreira* prejudicada por minha volta para o Norte. Eu, com franqueza, não sei bem se tenho carreira. O que acho natural, acessível a mim, é o que acima disse — trabalhar em dois jornais, ter um ordenado medíocre, viver modestamente e só. Futuro de outra espécie, coisa maior, não tenho, não posso ter. Pelo menos é o que me parece. Tenho o bom senso de julgar-me aproximadamente analfabeto. É claro que há muitos analfabetos que vencem, mas são criaturas que sabem *cavar*. E eu sou uma espécie de idiota. Se me dessem qualquer coisa superior às bagatelas de que falei, ficaria eu surpreendido.

Ora eu disse com a máxima franqueza o que penso de mim. E disse como se estivesse a falar comigo mesmo, como a mim mesmo tenho falado. Qual é sua opinião?

Tudo isso vem a propósito de o senhor ter escrito: "Se vens, és útil à família, mas prejudicas tua carreira." Não sei se poderei ser útil a alguém, nem sei se tenho futuro.

Jonas está aqui. Veio com o Luís Sá, que está doente e tem de aqui demorar-se, com certeza. Estive a conversar com ele longamente. Está encantado, acha o Rio um paraíso.

Receio receber de um momento para outro alguma notícia má. Que mês funesto este agosto! Felizmente o último telegrama que recebi foi passado a 19. Mas ando apreensivo. Que terá acontecido?

Adeus. Escreva-me logo que esta receber. Se pensa que eu deva voltar, se quer que o faça, pode telegrafar-me, que talvez eu possa aproveitar a companhia do Jonas. Não me tenta a Palmeira. Mas acredito que com o sacrificar-me não sacrificarei grande coisa. Abraços e abraços em todos de casa.

Muitas recomendações aos amigos. Graciliano.

N.B. De lá recebo frequentemente conselhos e pedidos para que volte; aqui estão sempre a aconselhar-me que fique. O que é mau é abandonar a gente uma coisa que começa a aparecer depois de uma espera longa.

1920-1926
PALMEIRA DOS ÍNDIOS

... *Nesse meio e na vila passei os meus primeiros anos.* Depois seu Sebastião aprumou-se e em 99 foi viver em Viçosa, Alagoas, onde tinha parentes. Aí entrei no terceiro livro e percorri várias escolas, sem proveito. Como levava uma vida bastante chata, habituei-me a ler romances. Os indivíduos que me conduziram a esse vício foram o tabelião Jerônimo Barreto e o agente do correio Mário Venâncio, grande admirador de Coelho Neto e também literato, autor dum conto que principiava assim: "Jerusalém, a deicida, dormia sossegadamente à luz pálida das estrelas. Sobre as colinas pairava uma tênue neblina, que era como o hálito da grande cidade adormecida."

1920-1926

Não se conhecem cartas íntimas de GR do período 1915--1920. *Palmeira dos Índios*. Estabelecido no comércio desta cidade alagoana, com a Loja Sincera, GR, já viúvo (sua primeira mulher morreu de parto a 23.11.1920), retoma lentamente o trabalho literário, do qual dá as primeiras notícias ao amigo íntimo que ficara no Rio de Janeiro.

Em 1925, começa a escrever seu primeiro romance, *Caetés*, que dá por concluído no ano seguinte mas no qual continuaria a trabalhar até remetê-lo ao editor, no Rio de Janeiro.

30

A J. PINTO DA MOTA LIMA FILHO

Há cinco anos não abro um livro.
Doente, triste, só — um bicho

PALMEIRA, 10 DE MAIO DE 1921. Meu velho Pinto: Um abraço e os meus agradecimentos por te haveres enfim lembrado de mandar-me uma carta, coisa que raramente fazes. Há que tempo não me chegavam notícias tuas! Não sabia bem em que mundo te encontravas, tão encolhido tens estado. Compreendes facilmente que minha satisfação é grande. Muitas vezes perguntei a mim mesmo o que seria feito de ti. Embora minha atividade aqui se concentre em coisas que andam muito distantes do cérebro, não deixei de procurar nos jornais do Rio algum vestígio de tua passagem. Procurei em vão. Do Rodolfo, sim, tenho visto alguns artigos de crítica literária no *Correio*, assinados M.L. Não te direi se os acho bons, que, afastado como vivo das coisas da inteligência, minha opinião no assunto, embora fosse a mais lisonjeira possível, causaria riso, talvez, a vocês outros que aí vivem. É magnífico a gente conhecer-se. E quando se vai do outro lado do monte, como eu, tendo feito voltas e voltas sem chegar ao cimo, sempre é uma virtude conformar-se com a própria decadência e não ter inveja e ódio aos que sobem. Quanto a ti, meu bom amigo, sempre pensei que não resistirias e mandarias à fava aquelas mesitas sórdidas cheias de pedaços de papel molhado. Compreendo o que tens sofrido, meu velho. A estupidez, a insolência, a frivolidade, a maluqueira, a pulhice, a adulação... Porcaria de vida. Entretanto, vais subindo. Já agora não necessitas os empreguinhos que duram um mês, as pequeninas cavações que apenas chegam para o bonde. Espanta-me que um indivíduo em tuas condições me venha dizer que se considerou "à margem da vida". Tens ainda muito mar a navegar, antes que chegues à margem. E o barco em que vais não é dos piores. Outros menores que o teu lançam-se à aventura, os ventos da opinião pública são favoráveis e a onda os leva em paz. O do João Lima, que, como sabes, é uma desgraçada canoa, lá vai furando. Deixa lá que o de teu primo Costa Rego não é nenhum transatlântico. Espero qualquer dia ver a notícia do aparecimento de um livro teu. Vi que o último volume de versos do Falcão foi muito bem recebido pela crítica, mas entre os trabalhos apontados como os melhores não encontrei nenhum como o *Job*. Que faz ele em Buenos Aires? Tenho visto dele umas crônicas interessantes. Não recebi o livro do Rosa. Leste-o? O Tristão de Athayde pulverizou essa obra em quatro linhas. Pobre do Rosa! Recebo dele todos os anos um cartão de boas-festas, mas não posso responder, que não lhe sei o endereço.

Pedes-me que te fale de minha vida e de meus filhos. Que te posso eu dizer, meu bom amigo? Sou um pobre-diabo. Vou por aqui, arrastando-me, mal. Há cinco anos não abro um livro. Doente, triste, só — um bicho. Tenho quatro filhos: Márcio, Júnio, Múcio e Maria. Esta, coitadinha, provavelmente não viverá muito: está à morte. Se morrer, será uma felicidade. Para que viver uma criaturinha sem mãe? Os outros são três rapazes endiabrados. O mais velhinho, de quatro anos, conhece as letras e já começa a ler os títulos dos artigos dos jornais. São desenvolvidos, mas o segundo, Júnio, é de uma estupidez que espanta. Será feliz, talvez. Muito atirado, vaidoso, não tem amizade a ninguém. Não conhece uma letra nem quer saber das rezas que uma tia tenta meter-lhe na cabeça. São eles que aqui me prendem, meu velho. Já teria voltado para aí, se tivesse ficado só. Malgrado as desilusões, a cidade ainda me tenta. Se um dia me for possível, voltarei. É um sonho absurdo, talvez. Para voltar necessito uma fortuna, e, apesar da guerra, estou quase nas condições em que estava quando aqui cheguei.

Adeus, meu querido amigo. Muito te agradeço a carta que me mandaste. Recebi o cartão que me enviaste por ocasião da morte de Maria. Não te respondi porque havia mandado ao Rodolfo uma carta que também era para ti. Escreve-me sempre. Muitos abraços no Rodolfo e no Doca. Recomenda-me a d. Laura e à senhora do Doca. Graciliano.

31

A J. PINTO DA MOTA LIMA FILHO

É, realmente, de admirar que eu tivesse trabalhado nele, de parceria com um padre

PALMEIRA, 4 DE AGOSTO DE 1921. Meu velho Pinto: Faço votos para que o Artur Bernardes não seja nunca o Presidente da República. Creio que é o mesmo que desejar-te paz e segurança no emprego. E muita necessidade de segurança tens agora, depois que conseguiste tomar pé em um lugar razoável. Deus te dê sorte. Mas não creio, como tu, que só a vida obscura nos possa dar felicidade. Vives tranquilo? Eu não vivo. Em geral ninguém está bem cá por baixo. A respeito dos que estão em cima, nada sabemos, ou apenas sabemos o que nos dizem, o que é saber mal. Pensas achar tranquilidade na vida conjugal. Temos a eclosão de um terceiro ou quarto amor, como aquele que ias chorar à sombra das árvores do Passeio? Continuas a ilustrar-te. É claro. Não podia ser de outra forma. Eu também leio às vezes, não por higiene como tu, mas por hábito, digo quase por vício, pois não sei bem para que serve meter para dentro coisas que de nada nos servem na vida prática. Refiro-me a mim, é claro, que Palmeira não é o Rio. Quanto a ti, tens um temperamento diferente do meu. Deus queira que encontres o céu do Profeta fazendo meninos e mascando papéis. Entretanto, sempre te direi, como Zé Fernandes, que não está provado que Renan fosse mais feliz que o Grilo.

És bem severo em dizer que os literatos daí são cabotinos e ignorantes. Quer-me parecer que caíste no pecado de generalizar em excesso, como aquele correspondente do *Times*, que dizia que Paris não era em nada superior a Pequim. É possível que não tenhamos livros. Mas temos consideráveis mantas de retalhos, mais ou menos bem pregados uns nos outros.

Censuras-me por não te haver mandado o jornal cá da terra. Foi um esquecimento muito natural. Não me passou pela cabeça que tivesses interesse em ver semelhante borracheira. É uma porcaria. Estará, talvez, um pouco menos mau depois de minha saída, mas ainda assim não presta. É, realmente, de admirar que eu tivesse trabalhado nele, de parceria com um padre. O dr. Mota publicou dois artigos, por solicitação minha. Creio que foram as únicas coisas razoáveis que ali houve, além de alguns trabalhos do Moreno Brandão. O resto, patacoadas. Enfim, como mostraste desejo de ver a obra que aqui se faz, vou arranjar uma coleção e mandar-t'a pelo correio. Tenho apenas os quatorze primeiros números, que foram os que fiz. Vou ver se consigo os outros. Mas sempre te aconselho que não percas teu tempo em ler semelhante maluqueira. Salvo se a tua curiosidade for grande e, num dia de mau humor, tiveres necessidade de vítimas para algumas gargalhadas. Recomendo-te o artigo de apresentação e outros assinados por Z e F. Narciso, s. revma, o diretor. Há ainda uma chusma de onagros. Durante o tempo que ali trabalhei, esforcei-me por melhorar os artigos dos outros. Mas quem melhoraria os meus, que eram quase todos?... Enfim tu verás, se tiveres paciência.

Adeus, meu caro Pinto. Desculpa-me que me tenha demorado um pouco em responder-te.

Escreve-me sempre, quando tiveres alguns minutos de folga. Muito te agradeço. Abraça por mim Rodolfo, Joaninha e Doca. Recomenda-me à d. Laura e à senhora do Doca.

E tu, meu caro Pinto, recebe um grande abraço de teu velho Graciliano.

32

A J. PINTO DA MOTA LIMA FILHO

Escrever, hoje, com a minha idade?
Eu sou um homem da ordem e sou uma cavalgadura

PALMEIRA, 8 DE DEZEMBRO DE 1921. Meu bom Pinto: Hás de desculpar-me eu me haver demorado tanto em escrever-te esta carta. Preocupações da vida. Aborrecimentos, amolações, doenças, meu velho. Ando gasto, acabado.

    Li, com saudade, tua carta de 29 de agosto. Sete anos, hem? Tinha esquecido a data de nossa chegada aí. Sete anos. Perdeste as ilusões, dizes. Eu, por mim, nunca as tive. Podes acreditar. Sou, talvez, no mundo o indivíduo que menos confiança tem em si mesmo. Lembras-te da folha seca da canção? "Vou para onde o vento me leva..." Apenas nunca me julguei folha de rosa ou de louro. Serei, quando muito, uma desgraçada folha de mandioca, como é razoável.

    É preciso ser coerente com o meio em que se vive. Quanto a ti, o caso é diferente. Isso de lidares com o café, o fumo, o algodão, a cana-de-açúcar não vem ao caso, porque os produtos agrícolas com que lidas estão no papel. Coisa diversa é plantá-los ou comprá-los ao plantador. De resto tens, para contrabalançar o efeito das estopadas que aguentas, remédios a fartar, remédios que te não mencionarei para não me chamares pedante.

Muito me diverti com a extravagante ideia que tiveste de pedir-me alguma coisa para ser publicada aí. Escrever, hoje, com a minha idade? Que pensas de mim? Eu sou um homem de ordem e sou uma cavalgadura, meu velho. Mas uma cavalgadura completa, sem presunção de espécie nenhuma. Vou dar-te uma prova de que vivo inteiramente alheio a essas coisas de escrevinhar. Perguntas-me que é feito de certo *Sudra*, de que, há tempos, te mostrei uns retalhos. Não sei. E juro-te que não recordava absolutamente semelhante nome. Depois que aqui cheguei, nenhuma tentativa fiz para garatujar coisa nenhuma. Até o dia em que o senhor vigário veio pedir-me para rabiscar o jornaleco vagabundo (13) de que te mandei algumas amostras, vivi sem abrir um livro, inteiramente burrificado. E assim continuo. E assim continuarei, se Deus for servido, porque, provavelmente, não terei mais ocasião de escrever maluqueiras como as que te mandei. Já vês, pois, que não poderias encontrar em minha prosa nenhum *afrodisíaco* que te arrancasse do cérebro ou de qualquer outro órgão, os artigos que destinas à *Atualidade* do João Lima.

A propósito, andou por aqui o ano passado um pirata a representar essa revista de cavação, com muita lábia, como é natural. E, como é natural também, embromou os assinantes, que não recebem o jornal, e levou uns cobres da Intendência para publicar um artiguete em que se diz que isto aqui assim é um oásis. Segundo ele, o Lima era um prodígio. Causei-lhe um grande espanto quando lhe disse que esse prodígio era uma besta. O homem duvidou de que, realmente, eu conhecesse indivíduo tão grande. Foi necessário dar-lhe provas irrespondíveis — a pensão da d. Helena, as conferências idiotas, que nós consertávamos em vão, e um fraque cor de macaco que o gênio usava em 1915, trazido de São Luís do Maranhão.

Vou dar-te, antes de acabar, uma ideia vaga do que isto é agora. Um pouco diferente do que era quando aqui estiveste. Temos eletricidade. Imagina. Dois professores, cada um com quatro alunos. Um é maluco, outro pau-d'água, ambos analfabetos. Fazem-se algumas casas novas: uma miséria. Há filhas de Maria em penca. É raro o dia em que não morre um homem assassinado. Não é exagero, palavra. Isto aqui está pior que o Ceará. O chefe político fernandista escreveu e assinou uma carta a um sicário (que foi morto há algum tempo) mandando-lhe que assassinasse o Aureliano Wanderley. A carta, com firma reconhecida, foi mostrada ao Zé Fernandes, que nada fez. Vê lá a que isso está reduzido. Há também aqui uma questão de cartas. Não é curioso?

Há aqui partidários do Nilo. A campanha de injúrias aberta pelo *Correio da Manhã* até esta aldeia tem repercutido. Que imprensa, meu velho! Em Palmeira dos Índios já se sabe que o Artur é Rolinha. Nunca vi coisa mais nojenta. Toda gente conhece o Libânio, o Jangota, outros muitos.

E... adeus, que o papel está caro e eu vou ler um artigo do Edmundo Bittencourt. Muitas felicidades, meu velho. Essa coisa de casamento é sério? Abraços do Graciliano.

33

A J. PINTO DA MOTA LIMA FILHO

Quando eu abria o livro de Karl Marx,
tu tapavas os ouvidos

PALMEIRA, 1º DE JANEIRO DE 1926. Meu bom Pinto: Imitando aquele velho costume que tinhas de matutar três meses antes de iniciar uma carta e gastar um ano na composição dela, resolvi em princípio do ano passado remeter-te estas linhas. Muito tempo estive pensando nas coisas que te poderia dizer, e a demora foi útil, porque me parece que encontrei as expressões exatas. Adotei aquele processo que usavas de meter reticências nos lugares que deviam mais tarde ser ocupados por palavras recalcitrantes. Trago-te um punhado de notícias que estive a colecionar cuidadosamente e que ficarás conhecendo com algum prazer, talvez.

A primeira é esta: soube que andas feito noivo, que tua noiva se chama Isaura, tem dezesseis anos e é filha do Brandão. Se ainda não sabias isso, fica sabendo. E dá parabéns a ti mesmo. Mas acredito que ainda desta vez tenhas preguiça de casar, é possível que o romance que andas a tecer acabe numa carta como aquela que escreveste a certa criatura que tinha o nome doce de Suquinha. A carta, pacientemente elaborada em oito meses e três semanas, foi entregue à criada do Rodolfo, que servia de intermediária; mas à última hora reconheceste muito acertadamente que havia nela um adjetivo que não fazia boa vida com um substantivo encostado a ele, tomaste o papel e, depois de muito refletir, rasgaste-o, porque em quinze dias de trabalho não foi possível encontrar no Aulete a palavra conveniente. E assim Mlle. Suquinha ficou solteira.

Outra notícia: um dia destes ias passando diante de um frege, com um livro aberto, como faz toda a gente, estudando uma lição de grego. Pois um galego ignorante, sem nenhum respeito à glória de Atenas, atirou à rua uma laranja chupada, que te pegou a cara, pegou o livro e estragou a melhor das fábulas de Esopo. Isso prova que os carroceiros do Rio não têm, não têm a noção do grego.

E a propósito de grão-duque, ficarás sabendo que *A roupa do grão-duque* foi traduzida ultimamente em latim, inglês, francês, grego, chinês, turco e guarani. A tradução guarani foi introduzida nas escolas públicas dos bororós com muito bons resultados.

Fui informado de que um belo dia, num trem da Central, tiveste o caiporismo de tomar um banco precisamente no meio do carro. Na estação onde devias saltar, levantaste-te, mas, por mais que fizesses, não conseguiste saber se o caminho à direita era mais curto para sair do vagão que o caminho à esquerda; e, como ali não havia uma trena, o trem abalou e tu ficaste dentro. Nessa tarde perdeste o jantar, estragaste um par de sapatos e esqueceste um magnífico argumento que tinhas concebido para provar a seu Rocha que em Alagoas se planta café. O que ele não acreditaria, porque, na opinião dele, café só há em São Paulo. Em Alagoas pode haver coisa parecida, mas café é em São Paulo. E eu creio que ele tem razão. O café que aqui se bebe será mesmo café?

Não faz muito tempo que um homem da terra dos crisântemos desejava saber em inglês onde podia encontrar um prato de arroz e um leque de bambu. Tu, que passavas, pudeste fornecer-lhe essas preciosas indicações — e o homem comeu o arroz e comprou o leque, o que te causou um prazer imenso. Foi depois do encontro com esse pitoresco filho do Levante que tu, pensando no que Rudyard Kipling disse do Japão, fizeste o sacrifício de tomar um banho diário.

Há ainda algumas novidades mas talvez não te interessem. Soube, por exemplo, que a d. Mercedes se tornou viúva; creio, porém, que não é viúva de ti. E também soube que o único indivíduo que ainda usa guarda-chuva no Rio és tu.

Mais interessante é te haveres tornado comunista, um comunista com Deus e almas do outro mundo. Ora aí está como a gente é. Antigamente, quando eu abria o livro de Karl Marx, tu tapavas os ouvidos e ias refugiar-te nos *Fatos do espírito humano*. Venham-me agora falar em convicções. Foi apenas isso que pude saber a teu respeito. Se souberes mais alguma coisa, manda-me dizer.

E agora passemos a assunto menos importante. O mês passado abri o compartimento inferior da estante e encontrei lá um par de tamancos imprestáveis, uma coleção de selos e algumas resmas de manuscritos. Deitei fora os tamancos, dei os selos ao meu rapaz mais velho e queimei os papéis. Foi uma festa na cozinha. Os pequenos ajudaram-me com entusiasmo. E como o primeiro lamentasse a destruição de coisas que tinham dado tanto trabalho a fazer, o segundo respondeu com um senso que me encheu de espanto: "— Para que estas porcarias ocupando a estante?" Os outros acabaram concordando com ele e no domingo seguinte vieram perguntar-me se ainda havia papel para queimar. Não havia, que tive a fraqueza de poupar ao fogo umas coisas velhas que me trazem recordações agradáveis e dois contos que andei compondo ultimamente, porque tenho estado desocupado e me imaginei com força para fabricar dois tipos de criminosos. Nunca vi porcaria igual. Se tiver tempo, tiro uma cópia de um deles e mando-t'a, que aqui não tenho a quem mostrá-los. Naturalmente, hás de dizer-me que está uma coisa muito bem-feita e eu ficarei satisfeito e direi a mim mesmo: — Que artista se perdeu!

Tenho agora um projeto. Parece-me que serei obrigado a estudar qualquer coisa, para que os meus rapazes não fiquem analfabetos. São muito fraquinhos, aprendem com dificuldade imensa. Entretanto, têm às vezes observações que me agradam. O mais velho queria que eu lhe dissesse se existe Deus. E eu, que não sei, apenas lhe respondi que era possível que existisse. Mas ele queria a certeza, e eu não tenho certeza, não me julgo com o direito de ensinar o que não sei. "— Ah! compreendo, disse-me ele. O senhor não acredita. Mas se ele existe e é poderoso, como dizem, por que consente que duvidem dele? Então ele é uma besta". Tem pegas tremendos com o irmão a respeito da formação da terra, porque o irmão crê na cosmogonia bíblica, que a tia lhe ensinou, e ele é pela nebulosa. Nessas discussões eu fico imparcial, porque não sei onde está a verdade, não sei se há a verdade. Eu posso lá afirmar nada?

Creio que já te disse em carta anterior que fiz uma *gaffe* terrível com o Doca. Recebi há tempo, há muito tempo, um cartão comunicando-me o nascimento de uma filhinha dele. No mesmo correio veio um jornal com a notícia de que ele tinha sido preso. E eu, julgando que então, como no governo do Hermes, a prisão de um jornalista era uma esplêndida *réclame*, mandei-lhe parabéns pelos dois acontecimentos. Depois é que vi, o pobre rapaz sofreu deveras, fiquei arrependido. Mas enfim pode ser que a prisão alguma vantagem lhe tenha trazido. Também soube que o Rodolfo esteve seis meses na detenção, mas que tinha lá algum conforto e até podia trabalhar. Como vai ele? Sei apenas que traduz telegramas no *Correio da Manhã*, escreve política e tem uma penca de filhos. Disseram-me que o mais velho, o Paulo, que anda em onze anos, é uma criança muito estudiosa. É possível que este interessante rapaz possa um dia, depois de colocado na imprensa, indenizar-me do prejuízo que me causou sujando de leite a melhor roupa que eu tinha, quando me despedi dele. Nesse tempo ele era um cidadão muito grave, convencido, na opinião do Rodolfo, de que os carros aí tinham sido expressamente feitos para ele viajar.

Uma coisa interessante: conheces *A camisa*, de Anatole France? Um dia destes ouvi da boca de um sujeito quase analfabeto o assunto desse conto, que ainda não está em português, parece-me. Com certeza o indivíduo que me contou a história não a ouviu de pessoa que a tivesse lido. É provável que o conto exista na tradição oral tanto da França como do nordeste.

Leste os livros de Eça de Queiroz, publicados agora em 1925? Eu li *A capital* e *O Conde d'Abranhos* e ando a procurar os outros.

Eu desejava escrever quatro cartas. Mas tenho imensa preguiça, e, como esta é muito grande, podes muito bem dividi-la em quatro. Dize ao doutor Mota que fiquei encantado ao saber que ele está com a vista quase boa. Dize-lhe também que comprei o último livro do Flammarion e andei lendo aquilo uns dias, na esperança de encontrar alguma coisa que me convencesse. Aqui para nós, deixei o livro mais desiludido que quando comecei a leitura. Que valor têm essas coisas? Que valor tem um fato? Que resta dele além das sensações que nos deixa? Quanta coisa há que não podemos perceber! E as que apreendemos com certeza não são como as sentimos. Tenho observado que o nosso caboclo não percebe as cores. Um sujeito sabido quis um dia demonstrar-me que o matuto distingue as cores como toda a gente e apenas se engana nos nomes delas, o que é absurdo, porque não é possível que não possa gravar seis ou oito palavras uma criatura que ordinariamente dispõe de um vocabulário de duas ou três mil. Um dia destes, no banho, diverti-me em atirar à bica punhados de folhas. Depois ia vê-las cair, mas, por mais que fizesse, por mais que fixasse a vista, apenas via atravessar a corrente uma faixa verde. Ora, se o sentido que eu tenho mais perfeito assim me engana que valor posso dar ao que ouço, ao que pego, ao que os outros me dizem que viram?

Desculpa-me estar aqui a moer-te a paciência com esta salada de tolices. Vejo bem que tudo isto é infantil e ridículo. Desculpa-me. E basta, por hoje.

Adeus, meu bom Pinto. Casa-te depressa, não faças como o doutor delegado de Rezende. Que diabo te assusta no casamento? O país está miseravelmente despovoado. Adeus, outra vez. Muitos abraços no velho, no Rodolfo, no Doca. Recomenda-me a d. Zefinha, d. Nane, Joaninha e também a d. Virgínia e d. Mercedes. *Mais si cette chanson vous embête...* Graciliano.

Jerônimo Barreto e Homero moram aqui. Artur Cavalcante aqui está de visita à família. Ensinou-me a jogar o *poker* e emprestou-me um livro de Maeterlinck. Será possível que *O conde d'Abranhos* seja do autor dos *Maias*?

34

A J. PINTO DA MOTA LIMA FILHO

*Manda-me dizer se é absolutamente
indispensável escrever sem vírgulas*

PALMEIRA, 18 DE AGOSTO DE 1926. Meu velho Pinto: Se te casaste depois que recebi tua carta, já deves andar em vésperas do primeiro filho. Por preguiça, fui retardando a resposta até hoje. Falta de ocupação — desculpa-me. E aborrecimentos de toda a casta.

Por aqui, uma chusma de calamidades: crise, revoltosos, bandos de criminosos pela vizinhança, praticando horrores, suicídios, assassinatos, o diabo.

Foi realmente Paulo que me contou tudo aquilo. Tens uma penetração imensa. Senti um grande desgosto quando o encontrei — não o reconheci. Como a gente envelhece! Quem diabo te falou em viagem minha a São Paulo? Não é verdade. Se eu andasse por lá, naturalmente iria ao Rio e havia de ver-te. Estação de águas! Que lembrança! Isso é luxo de gente rica, meu velho.

Li hoje uma poesia que tem este começo:
"Neste rio tem uma iara...
De primeiro o velho que tinha visto a iara
Contava que ela era feiosa, muito!"

Isto é bom, com certeza, porque há quem ache bom. Naturalmente os meus netos aí descobrirão belezas que eu não percebo. Questão de hábito. Se me não engano, é opinião de M. Bergeret. Acreditas que no Brasil possa aparecer alguma coisa nova? Em vista da amostra, eu dispensava o resto.

Afinal, quando o sujeito não tem inteligência para compreender essas inovações, o mais prudente será, talvez, seguir o velho preceito do alcorão de Lilliput: "Cada qual quebrará os seus ovos pela parte que achar mais cômoda." Como toda a gente até hoje tem quebrado os ovos pelo lado grosso, não sei que vantagem há em experimentar quebrá-los pelo lado fino.

Outra coisa: vê se me arranjas aí uma gramática e um dicionário de língua paulista, que não entendo, infelizmente. E manda-me dizer se é absolutamente indispensável escrever sem vírgulas. Faço-te esta consulta porque em Palmeira, compreendes, não encontro quem me possa orientar. Um sertanejo daqui foi o ano passado a Bauru, ao café. De volta, confessou-me que o que lá havia mais extraordinário era se falarem mais de vinte línguas, difíceis, principalmente a "língua paulista e a língua japão". Parece que são duas línguas realmente difíceis.

Segundo me disseram, os jornais do Rio publicaram que a instrução em Alagoas é obrigatória. Manda-me dizer se é, que às vezes quem está longe sabe melhor as coisas do que quem está perto. Não leio decretos, não leio nada, uma desgraça.

O que li ultimamente foi um livro que a imprensa daí levou aos cornos da lua, uma enredada em que se trata de amazonas, astecas, incas, franceses e alemães. Há um caboclo do nordeste, que não é caboclo nem é do nordeste, uma índia que fala francês, uma francesa comida pelas piranhas e o dr. Moreau, de Wells, cortando gente e cortando bichos. Não percebi o fim. No livro de Wells, que serviu de modelo, o doutor consegue dar aos animais caracteres humanos, mas os caracteres não se fixam e os brutos voltam ao que eram. Parece que Deus, ou o que quer que seja, é uma espécie de dr. Moreau — e os bichos somos nós. Mas nos livros brasileiros quase nunca se entende a intenção do autor.

Desculpa-me estar a injetar-te estas maluqueiras. Realmente pouco tem a dizer quem vive por estas brenhas.

Os meus rapazes, bem, graças a Deus. O mais velho anda agora apaixonado pelo *Melro*, de Guerra Junqueiro, e por uma pequena da vizinhança, a quem escreve umas cartas engraçadas, que me traz para consertar, pois a literatura epistolar dele é um tanto futurista. Hoje queria saber o que é um ministério. E depois que soube, perguntou-me se seria difícil arranjar uma colocação num ministério. Aconselhei-o a que aprendesse a ler e te escrevesse depois pedindo informações.

Não recebi nenhuma carta do dr. Mota, mas tenho-me correspondido regularmente com ele por via telepática. Em planos superiores (vi isto nos teosofistas do *Jornal*) as nossas almas encontram-se, a dele banhada na luz do Nirvana, a minha cheia de sarna, infelizmente, e fedendo a enxofre. Dá-lhe um cento de abraços. Outros tantos no Rodolfo, no Doca, no Paulo. Muitas recomendações a d. Zefinha, a d. Nane, a Joaninha.

Fotografias não tenho, que não quero meter medo a ninguém. Atendendo a uma parte do teu pedido, mando-te uma dos pequenos. Malfeita, foi o que se arranjou. Adeus, meu velho. Toda a minha grei se recomenda. Graciliano.

Se aparecer alguma alteração no teu endereço manda-me dizer.

1928
AS CARTAS DE AMOR

... *como o hálito da grande cidade adormecida.* Um conto bonito, que elogiei demais, embora intimamente preferisse o de Paulo Kock e o de Júlio Verne. Desembestei para a literatura. No colégio de Maceió, onde estive pouco tempo, fui um aluno medíocre. Voltei para Viçosa, fiz sonetos e conheci Paulo Honório que em um dos meus livros aparece com outro nome. Aos dezoito anos fui com a minha gente morar em Palmeira dos Índios. Fiz algumas viagens a Buíque, revi parentes do lado materno, todos em decadência. Em começo de 14, enjoado da loja de fazendas de meu pai, vim para o Rio, onde me empreguei como *foca* de revisão. Nunca passei disso.

1928
AS CARTAS DE AMOR

Eleito prefeito de Palmeira dos Índios, em 7 de outubro de 1927, GR conhece Heloísa Medeiros no Natal desse ano e com ela casa-se, em Maceió, menos de dois meses mais tarde, a 16 de fevereiro de 1928.

35

A HELOÍSA MEDEIROS

Por que não te deixaste ficar onde estavas?

Heloísa: Chegaram-me as duas linhas e meia que me escreveste. Pareceram-me feitas por uma senhora muito séria, muito séria! muito antiga, muito devota, dessas que deitam água benta na tinta.

Tanta gravidade, tanta medida, só vejo em documentos oficiais. Até sinto desejo de começar esta carta assim: "Exma. Sra.: tenho a honra de comunicar a V. Exa., etc."

Onze palavras! Imaginas o que um indivíduo experimenta ao receber onze palavras frias da criatura que lhe tira o sono? Não imaginas. E sabes o que vem a ser isto de passar horas da noite acordado, sonhando coisas absurdas? Não sabes. Pois eu te conto.

Sento-me à banca, levado por um velho hábito, olho com rancor uma folha de papel, que teima em conservar-se branca, penso que o Natal é uma festa deliciosa. Os bazares, a delegacia de polícia, a procissão de Nossa Senhora do Amparo... E depois o jogo dos disparates, excelente jogo. "Iaiá caiu no poço." Ora o poço! Quem caiu no poço fui eu.

Principio uma carta que devia ter escrito há três meses, não posso concluí-la. Fumo cigarros sem conta, olhando um livro aberto, que não leio. Dança-me na cabeça uma chusma de ideias desencontradas. Entre elas, tenaz, surge a lembrança de uma criaturinha a quem eu disse aqui em casa, depois da prisão do vigário, (14) nem sei que tolices.

Apaga-se a luz, deito-me. O sono anda longe. Que vieste fazer em Palmeira? Por que não te deixaste ficar onde estavas?

Não consigo dormir. O nordeste, lá fora, varre os telhados. Na escuridão vejo distintamente essa mancha que tens no olho direito e penso em certa conversa de cinco minutos, à janela do reverendo. Por que me falaste daquela forma? Desejei que o teto caísse e nos matasse a todos.

Andei criando fantasmas. Vi dentro de mim outra muito diferente da que encontrei naquele dia.

Por que me quiseste? Deram-te conselhos? Por que apareceste mudada em vinte e quatro horas? Eu te procurei porque endoideci por tua causa quando te vi pela primeira vez.

É necessário que isto acabe logo. Tenho raiva de ti, meu amor.

Fui visitar o padre Macedo. Falou-me de ti, mas o que disse foi vago, confuso, diante de dez pessoas. É triste que, para ter notícias tuas, minha filha, eu as ouça em público. Foram minhas irmãs que me disseram o dia de teu aniversário e me deram teu endereço.

Tinhas razão quando afirmaste que entre nós não havia nada. Muito me fazes sofrer.

É preciso que tenhas confiança em mim, que me escrevas cartas extensas, que me abras largamente as portas de tua alma.

Beijo-te as mãos, meu amor.

Recomendo-me aos teus, com especialidade a dona Lili, que vai ser minha sogra, diz ela. Acho-a boa demais para sogra.

Amo-te muito. Espero que ainda venhas a gostar de mim um pouco. Teu Graciliano. Palmeira, 16 de janeiro de 1928.

36

A HELOÍSA MEDEIROS

És uma extraordinária quantidade de mulheres

Heloísa: Mandei-te uma carta pelo último correio, e já a necessidade me aparece de falar novamente contigo.

Se pudesse, empregaria todo o tempo em escrever-te, só para ter o prazer de receber respostas. Tenho tanto que te dizer... Nem sei por onde começar, fico indeciso, com a pena suspensa, vendo interiormente esses olhos que me endoideceram quando os vi pela primeira vez. Muitas coisas para dizer-te, mas coisas que só se dizem em silêncio e que talvez compreendas, se houver afinidade entre nós.

Santo Deus! Como isto é pedantesco! Eu desejava ser simples, dizer-te ingenuamente o que sinto e o que penso. Mas sentimento e pensamento, indisciplinados, não se deixam agarrar. Vou jogar aqui o que me vier à cabeça, à toa, sem ordem.

É verdade que és minha noiva? Não é possível, sei perfeitamente que tudo isto é um sonho, que vou acordar, que ainda estamos em princípio de dezembro, que tu não tens existência real. Esta carta nunca te chegará às mãos, porque não tens mãos, és uma criatura imaginária. A flor que me deste e que agora vejo, murcha, é simplesmente um defeito dos meus nervos. Beijando-a, tenho a impressão de beijar o vácuo. Já tiveste em sonho a consciência de estar sonhando? É assim que me acho. Vem para junto de mim e acorda-me.

Causaste uma perturbação terrível no espírito dum pobre homem que nunca te fez mal nenhum. Isto com certeza te dará alegria, porque todas vocês gostam de rasgar o coração da gente. Com esses modos românticos, esse rosto de santa que desce do altar, és uma fera. Vieste chamar-me para passar quinze horas a fio cercado de saias. E quando me tens seguro: "Ora, meu caro senhor, deixe-se de histórias. Tudo isso foi pilhéria, não houve nada."

Depois, uma reviravolta, estamos noivos. Ou não estamos? Ainda será engano meu?

Amo-te com ternura, com saudade, com indignação e com ódio. Confesso-te honestamente o que sou. Se te não agradam sentimentos tão excessivos, mata-me. Mas não me mates logo: mata-me devagar, deitando veneno no que me escreveres. Provavelmente sabes fazê-lo. Não devias ser como és.

Estou a atormentar-te, meu amor. Perdoa. Se não fosses como és, eu não gostaria de ti.

És uma extraordinária quantidade de mulheres. Quando me vieste pedir não sei que para o Natal, eras uma. Depois, em um só dia, ficaste duas, muito diferentes da primeira. Desejei ver qualquer das três e levei à casa do padre um bacharel que vendia livros. Apareceu-me outra. Daí por diante o número cresceu, cresceu assustadoramente. Na sexta-feira, antevéspera de tua partida, encontrei pelo menos vinte. No sábado, em nossa casa, havia uma na sala, outra na sala de jantar, dez ou doze ao pé da janela. És multidão. Como me poderei casar com tantas mulheres? O pior é que todas me agradam, não posso escolher.

Por que não te deixaste ficar mais uma semana? Por que não ficaste definitivamente? Tenho recebido parabéns pelo *meu novo estado*, há quem suponha que me casei contigo. Era o que devíamos ter feito. Tudo tão fácil! E agora? Quanto tempo é necessário esperar ainda? Conheces algum padre que me possa casar sem confissão? Não estou disposto a ajoelhar-me aos pés de ninguém. Mentira: estou disposto a ajoelhar-me aos teus pés, a adorar-te.

Tenho o pressentimento de que te arrependeste do que fizeste. Estás arrependida? Se estás, sê misericordiosa, não mo digas agora.

Quando me escreveres, dize-me com singeleza o que há em teu coração... contanto que não sejam coisas desagradáveis.

Que incoerências! Que disparates! Tudo por tua causa.

Adeus, meu amor. Recomendações a d. Lili (excelente amiga) e a todos os teus. Estou muito agradecido a teu pai por ter ouvido com resignação a arenga do padre Macedo. (15)

Beijo-te as mãos. Teu Graciliano. Palmeira, 18 de janeiro de 1928.

37

A HELOÍSA MEDEIROS

Quando te falei à janela do vigário

Heloísa: As cartas que te envio já se vão tornando maçadoras, não é verdade? Ficas assustada, certamente, com a exuberância de tinta gasta, de papel inutilizado, e pensas, aflita, no trabalho que terás para dar resposta a tanta coisa. Não te preocupes. Não precisas consignar o que te mando num registro em que escritures com paciência o assunto, a data, o número das palavras. Escreve-me quando tiveres tempo, a lápis, num pedaço de papel de embrulho. Não releias nem emendes: o que sair sai bem.

Dize-me cá. O José Leite quererá casar-nos? Eu, como te disse anteontem, não entendo de confissões, nunca me confessei. Mas declarei que estava disposto a ajoelhar-me diante de ti. Imagina que estou de joelhos.

Quando te falei à janela do vigário, levava na cabeça uma lista de faltas, culpas horríveis que tenho, inconveniências de toda a espécie, capazes de demover-te se porventura houvesses acolhido a proposição que te fiz. Hesitaste. E eu, metendo os pés pelas mãos, despropositei.

Não seria mau talvez, agora que estou ajoelhado a teus pés (figuradamente, é claro, porque não posso escrever numa posição tão incômoda), contar-te alguns pecados consideráveis, que um padre amável receberia por teu intermédio, atenuados ou carregados, conforme as tuas disposições para comigo. Eu não seria inteiramente absolvido, é certo, mas poderia conseguir aí uns pedaços de absolvição, que me seriam úteis à alma e, com especialidade, ao casamento.

Queres que te conte os pecados? Não todos, porque há coisas que não conto. Alguns. Se não estiveres firme no teu propósito, é provável que te desdigas e me esqueças, caso te lembres de mim. Evitarás fazer um péssimo arranjo. Se estiveres firme e me quiseres, então amarramos uma pedra ao pescoço, damos um mergulho — e vá o mundo abaixo, com todos os diabos! Aí estão os pecados: o primeiro, um dos piores, é encontrar-me sempre em lamentável estado de embriaguez. Eu não tinha intenção de contar-te este, mas como descobriste que me havia aventurado a falar-te por achar-me bêbedo, resigno-me a confessá-lo. Em todo o caso fica por tua conta, e se não puderes, lá em cima, fundamentar a acusação, terás provavelmente uns meses de purgatório. Eu irei contigo, se consentirem.

Sou leviano, inconstante, irascível e preguiçoso. Também creio que minto.

Examinando o decálogo, vejo com desgosto que das leis do velho Moisés apenas tenho respeitado uma ou duas. Nunca matei nem caluniei. E ainda assim não posso afirmar que não haja, indiretamente, contribuído para a morte de meu semelhante. Não sei. Furtar, propriamente, não furto; mas todos os meus livros do tempo de colegial foram comprados com dinheiro surripiado a meu pai.

Sou ingrato e injusto, grosseiro e insensível à dor alheia, um acervo de ruindades. Poderia também acrescentar que sou estúpido, mas isto é virtude.

O defeito, porém, que mais me apoquenta agora é a pobreza. Como te declarei aqui, sou paupérrimo. Não duvides: encontro-me numa situação deplorável. Tenho acanhamento de expressar-me assim, mas quando te disse que fazias bem em recusar-me, pensava que não tinha o direito de trazer-te para uma vida que poderá ser má.

Então para que falei? perguntarás. Falei porque não pude resistir, fui arrastado, meti um braço na engrenagem e deixei ir o resto do corpo. Falei porque estava embriagado, tinhas razão. Amava-te como um doido. E é como um doido que te amo agora. Se me fugisses hoje, eu iria viver num inferno. Mas seria bom que fugisses. Não te quero enganar. Sou muitíssimo pobre. Receio fazer-te infeliz. Entretanto, se quiseres ser infeliz comigo, procuraremos transformar a infelicidade em felicidade. Se persistes em querer-me, depois de todos os defeitos que acabo de expor, és uma santa.

E a propósito de santa, em que está a ordem religiosa que ias fundar? Foi abaixo essa grande instituição? Em todo o caso tiveste uma bela ideia, e Nosso Senhor, pesando-a, talvez te conceda uns dias de indulgência.

Preciso ir a Maceió, entender-me contigo e com a nobre parentela, mas não me posso afastar daqui agora. Enquanto não vou, podemos, se te agrada, ir conversando no papel, eu de cá e tu de lá, como diz a cantiga, descobrindo-nos um ao outro e aumentando, por patriotismo, as rendas do serviço postal.

Se aí acharem que procedo mal retardando a visita que te devo, defende-me. E pede a d. Lili que me defenda também.

Parece-me que d. Lili tem muita confiança em mim. Tu é que não tens nenhuma.

Adoro-te, minha filha. Irei ver-te logo que me seja possível.

Adeus. Vou sonhar contigo. Teu Graciliano. Palmeira, 20 de janeiro de 1928.

38

A HELOÍSA MEDEIROS

Foi a loucura que te trouxe

Minha querida noiva: Duas cartas e um retrato no mesmo dia deram-me, naturalmente, a tentação de abraçar a empregada do correio. Não havia perigo: é uma senhora respeitável. De resto não abracei ninguém, perdi o apetite e fiquei sem almoço. Duas cartas e um retrato! Santa Terezinha do Menino Jesus te pagará com juros a boa ação que praticaste. Vou dar resposta a tudo, começando pela fotografia.

Linda! Hei de conversar com ela, é claro. Mas essa sugestão que me fazes é desnecessária. Quase nunca digo o que não sinto, e com as pessoas que estimo não preciso mentir. O que te escrevo é verdade. Se converso com a fotografia! Já agora estou conversando. Assuntos sérios, razoáveis. Digo-lhe, por exemplo, que alguém se gaba de ter nervos bastante fortes, o que provavelmente é mentira. Gosto de ver essas estátuas de gelo. Encantadora, minha filha, a fotografia. A Vovó, a Dindinha e a titia Amália são uns anjos. E já experimento remorsos ao pensar que poderei proceder para com elas como um canalha. Imagina que me venha o desejo irresistível de furtar o retrato. Se o desejo vier, não respondo por mim. A propósito: temeste que, mandando-me uma fotografia com dedicatória, eu fizesse aqui exposição dela?

    Agora, por junto, as duas cartas. A primeira tem muitas amabilidades nas entrelinhas, a segunda é uma chusma de repreensões do princípio ao fim. Logo começas aplicando-me dois nomes feios: hipócrita e romântico. Isso, depois de me haveres chamado pau-d'água, é duro. Enfim sofremos com paciência e, como Nosso Senhor Jesus Cristo, demos a outra face para ser esbofeteada. Romântico! É exato, creio que me tornei romântico. Pior: tornei-me piegas, idiota. As minhas duas primeiras cartas são efetivamente um primor de maluquice. Entretanto, refletindo bem, reconhecerás que não tens razão. O estilo é pulha, com efeito, mas na essência tudo aquilo é verdadeiro. Realmente, que há de estranho em que um indivíduo ame com ternura, com saudade, com indignação e com ódio? Ficaste espantada! Pois eu me espantaria se te pudesse amar de maneira diferente. Quererias que, tendo motivo para indignar-me, para odiar-te às vezes, todos os meus sentimentos ruins desaparecessem por milagre e eu me transformasse num santo? Não me transformo, felizmente. Sabes o que acontece? É que os novos hóspedes de minha alma brigam com os que já lá estavam alojados:

surgem contendas medonhas, a polícia não intervém — e aparecem cartas como as que te escrevi.

"Interessante o elevado número de mulheres que uma só representa?" Bela novidade! Muitas vezes me acontece estar de manhã pela cabeça, à tarde pelos pés, à noite sem pés nem cabeça. Em todo o caso não te chamei atriz. Creio mesmo que não falei em *representações*. É possível que te transformasses sem querer. Talvez um pouco de *coquetterie*... Sabes melhor do que eu.

Esse "que quer que seja" é vago como o diabo. Chamas-me perfidamente hipócrita. Dás, entretanto, ao que escreves, um sentido translato, semeias grifos por toda a parte, com certeza porque és "simples, despida de fantasias poéticas". Santa ingenuidade! Eu, um romântico idiota e ainda por cima hipócrita, talvez até poeta (Nossa Senhora tenha compaixão de mim!) — atiro ao papel desconcertadamente o que me vem à cabeça. E uma criança que se declara simples e rústica usa sutilezas que me espantam.

Pelo carnaval? Ah! não! Provavelmente irei antes. De outro modo, qualquer dia me acharão morto de tristeza. Necessito conhecer teu pai e tuas irmãs, apresentar um milhão de agradecimentos a dona Lili, o que não fiz à míngua de tempo.

Vê se me arranjas um colete de forças por causa de minha loucura. Loucura! É verdade, creio que o meu juízo não é bom. Deus seja louvado por um dom tão precioso concedido a criatura indigna como eu. Pratiquei em minha vida quantidade imensa de disparates — nunca me arrependi. Tenho feito algumas coisas medidas, pesadas, estudadas, longamente refletidas — misericórdia! que insipidez! Quando cometo alguma tolice graúda, posso, como aquele varão de outra era, dizer contente: "— Não perdi meu dia." E pergunto a mim mesmo: — Os outros homens, os que têm juízo, viverão satisfeitos ou sofrerão por não serem loucos? Minha loucura! Não fales inconsideradamente nela. E por que não dizes *nossa loucura*, oh criaturinha deliciosa, que te envaideces de ter nervos excessivamente fortes? Não receias o contágio. Que inocência! Para que falar em contágio se enlouqueceste sem ele? Que fizemos nós? Loucura. A vinte e quatro de dezembro eu julgava que te chamavas Ana Leite, a sete de janeiro era teu noivo. Julgas que perguntei a alguém se tinhas habilidades, se tocavas piano, se fazias flores de parafina? Não perguntei nada. Minha loucura revelou-me tudo de pronto, e acredito que ela não me haja enganado.

E tu, meu amor, que fizeste? Sabes lá quem eu sou, donde venho, para onde vou, que tenho feito neste mundo em trinta e cinco anos duramente arrastados? Nada conheces de mim. Esperanças desaparecidas, deslumbramentos rápidos, decepções, indiferença, comiseração desalentada para com os outros — ignoras tudo. Sou um animal muito complicado, meu anjo. Por que vieste para mim? Foi a loucura que te trouxe.

Perguntas-me que me fizeram teus olhos. Transtornaram-me, é claro. Mas a ti fizeram coisa pior: enganaram-te. Não te serviram para ver-me. Foi a tua loucura que me viu, essa loucura que poderá chamar-se imaginação, loucura que povoa os céus, embeleza a terra e, aplicada aos seres infinitamente pequenos, faz que se modifique e tome forma apreciável um pobre-diabo como eu.

Nervos fortes! Insensibilidade! Por que te vanglorias de uma qualidade que não tens e que não é simpática?

Não seria fácil o nosso casamento aqui, dizes. E por que não seria? Se tivesses retardado a viagem e eu, com o consentimento de tua família, te pedisse, te suplicasse, muito tempo, muito tempo, recusarias? Diz-me a loucura que não recusarias, e ela não mente.

Tens a ilusão de que és franca em tuas cartas. Não podes ser franca. Há coisas que te não atreves a dizer e que apenas deixas entrever, a medo. Entretanto, filha de minha alma, reflete nisto. Vais casar com um indivíduo em quem não tens confiança?

Achas extraordinário que me ajoelhe a teus pés e te adore? Por que não me ajoelharia, se não tenho deuses e o sentimento de religiosidade de que sou capaz se concentra em ti? Isto, bem sei, é uma impiedade, mas desejo convencer-te de que não sou hipócrita.

Quanto ao episódio em casa de Odon, faço uma pequena retificação ao que escreveste.

Foi a Dindinha, essa querida e admirável Dindinha, que, em conversa com Odon, aludiu à desagradável situação em que nos achávamos. Eu, que na véspera te havia encontrado nervosa e irresoluta (excelentes nervos!), pedi à ótima senhora uma entrevista sobre o assunto. Enquanto falei com ela, comportei-me miseravelmente, sentado na mesa da sala de jantar, derreado, como um sertanejo. A entrevista foi um verdadeiro disparate, uma das minhas habituais maluquices. Se eu fosse um sujeito de senso, tendo-te falado na véspera sem obter resposta, poria ponto final na questão. E a responsabilidade seria tua. Felizmente não tenho senso nenhum.

Nosso casamento é, pois, trabalho dessa boa Dindinha, que remoçou, com os cabelos cortados, e que em breve abraçarei. Sem ela, eu não teria ido importunar-te outra vez. Minha doidice não chegaria até lá. Porque mesmo os bichos mais insignificantes devem ter uns vestígios de amor-próprio. E eu não me resignaria a viver com uma criatura que me tolerasse, constrangida.

Passa de meia-noite, meu amor, e isto não é carta: é romance. Há quase três horas que te escrevo! Como terás coragem de ler semelhante estopada? Pobrezinha!

Estou doente, mas não tenho sono, não poderei dormir. Vou descansar um pouco e reler as tuas cartas.

Adeus. Distribui largamente com todos os teus as recomendações que julgares necessárias.

Ponho toda a ternura de que sou capaz em beijar-te o retrato: Teu. Graciliano. Palmeira, 24 de janeiro de 1928.

39

A HELOÍSA MEDEIROS

*Mandei-te légua e meia de papel
coberto de letra miúda*

Meu amor: Tenho passado uns dias inquieto, muito inquieto, e algumas vezes a inquietação se transforma em angústia. Que há? Causei-te algum desgosto? Esperei notícias tuas quinta-feira passada. Nenhuma linha — e isto aqui se foi tornando insípido e deserto. Pus as minhas esperanças no sábado, e o sábado se passou como os outros sábados. A insipidez cresceu, o deserto aumentou. Restava-me a certeza de que o correio de hoje me traria cartas. Nada! Uma semana sem falar contigo! Que te fiz eu? Escreve-me seja embora para dizer-me todas as coisas desagradáveis que me quiseres dizer.

Tenho a impressão de que há em redor de mim um desmoronamento, não encontro firmeza em nada, o próprio solo em que piso é traiçoeiro e cheio de perigos. Que te custa garatujar meia dúzia de períodos a lápis e metê-los num envelope? Achas razoável que eu passe horas da noite relendo as três folhas que me mandaste e que sei de cor? É necessário que me mandes outras. Que avareza!

Creio que estou realmente doido. Penso que me seria talvez possível experimentar algum prazer se me atormentasses com alegria e ferocidade; o que é insuportável é ser atormentado com indiferença.

Santo Deus! Vais chamar-me novamente romântico. Pieguices! Mas por que imaginas que o que te escrevo é falso? Não pensas o que disseste. Sabes perfeitamente que me tens preso — e brincas comigo como se eu fosse um miserável animal que uma criança amarra com um fio.

Mandei-te légua e meia de papel coberto de letra miúda. Talvez tenhas dito: "— Deixá-lo! Uma folha a mais ou uma folha a menos, não tira nem põe. Sempre quero ver se aquele pobre-diabo resiste sem receber resposta."

Resisto mal, muito mal. O desarranjo que aqui notas facilmente te mostrará a agitação em que me encontro. Também observarás uma desarmonia desconcertadora entre o que escrevi ontem e o que escrevo hoje. Nem parecem coisas feitas pela mesma pessoa, não é verdade?

Mas para que explicar-te que, não havendo estabilidade no meu espírito, sou obrigado a retirar dele retalhos desconexos? Acreditas que estou fazendo esforço imenso para mostrar-me calmo? Tolices! Eu sei lá fingir? Descubro-me facilmente, e os outros me veem por dentro melhor do que por fora.

Estou numa situação dos diabos, minha filha, por tua causa. Devo repetir-te que te amo como um doido? Não repito, porque me parece que te não é agradável ser amada de semelhante maneira. Provavelmente desejarias mais circunspecção, mais conveniência. O pior é que não me dou por metade. E desde que te vi (que horror, Deus do Céu!) meti os pés pelas mãos e foi aquela chusma de disparates que bem conheces.

Escreve-me aí qualquer coisa, meu amor. Se te faltar assunto, se não houver em tua alma uma pequenina parcela de afeição para mim, manda-me dizer o romance que estás lendo, a cor da roupa que vestes, o enredo da última fita a que assististe.

Fiz há poucos dias uma descoberta que me encheu de espanto e tristeza: encontrei o teu retrato amuado e carrancudo. Depois voltou a ser amável, como era, mas fiquei inquieto. A que devo atribuir um acontecimento tão lamentável?

Ainda alguns pontos das tuas cartas: esquecer a baiana? É possível. Não é só possível, é certo. Hei de esquecê-la, pois a lembrança dela me traz ao espírito uma correlação que me é dolorosa e que desejo evitar. Não te quero comparar a nenhuma outra mulher. Deves compreender-me. Não te esqueço nunca.

O convento... Sim, decerto, é necessário fundá-lo, mas agora, depois desse teu silêncio, ando com medo. Um medo horrível, palavra!

Pesada a minha consciência porque vivi no Rio? Que ideia! Que imaginas tu que eu tenha estado a fazer no Rio? Julgas que procurei companheiros entre a gente da Saúde, que passei dinheiro falso com Albino Mendes, que furtei cofres, que usei navalhas, que surripiei joias das estrangeiras do *demi-monde*? Não fiz nada disto, meu amor, sou um sujeito honesto. A consciência vai bem muito obrigado. E se porventura encontrarmos nela algum espinho (porque desejo que a examinemos bem), a vida no claustro, o hábito religioso, orações, muitas ladainhas, Santa Terezinha e o resto, toda essa encrenca em que me queres meter será suficiente para tirar o espinho.

Mas vê se me livras da confissão. Isto agora é sério. Estou pronto a fazer o que quiseres no convento, mas essa história de confessar a um padre não está certa. Eu sou lá capaz de confessar-me?

Depois conversaremos. Até breve. Recomendo-me a todos os teus. Dize a dona Lili que todos os dias noto que a vou estimando mais. Teu Graciliano. Palmeira, 31 de janeiro de 1928.

40

A HELOÍSA MEDEIROS

Quando recebi tua carta, tremi de susto

Minha adorada: Recebi quinta-feira tua carta de 31 do mês passado. Não te respondi logo porque tencionava ir a Maceió amanhã. Infelizmente uma visita de última hora veio obrigar-me a retardar a viagem, privando-me do maior prazer que eu poderia experimentar agora. Tem mais um pouco de paciência, espera mais alguns dias.

Quando recebi tua carta, tremi de susto, pois a angústia em que vivi uma semana por não me chegarem notícias tuas era horrível e me trazia toda a sorte de pressentimentos dolorosos. Ao ler o que me disseste, porém, apareceu-me uma alegria imensa. Não calculas o bem que me fizeste. Vejo perfeitamente que não tenho razão para ser hoje mais feliz do que era ontem, sei que escreveste aquilo forçada pela insistência quase impertinente que tenho adotado para contigo. Mas como és boa! Procuras dar-me a ilusão de que me amas, e isto me enche de gratidão infinita. Não tenho agradecimentos que bastem. Evitas a palavra precisa, fazes apenas um *a* e uma série de pontos, mas confessas que acreditas em mim, parece que ficaste contente com a minha pobreza, explicas como podes a indecisão e a reserva que tanto me fizeram sofrer.

A prefeitura? Sim, foi ela que interrompeu a viagem que eu tinha certa para amanhã. A propósito: que história é essa de posição elevada? Enganaram-te, minha filha. Para os cargos de administração municipal escolhem de preferência os imbecis e os gatunos. Eu, que não sou gatuno, que tenho na cabeça uns parafusos de menos, mas não sou imbecil, não dou para o ofício e qualquer dia renuncio. Por tua culpa, meu amor, toco num assunto desagradável e idiota. Isto não vale nada.

Dizes que brevemente serás a metade de minha alma. A metade? Brevemente? Não: já agora és, não a metade, mas toda. Dou-te a alma inteira, deixa-me apenas uma pequena parte para que eu possa existir por algum tempo e adorar-te.

Humilhada porque és filha dum empregado público? Quem te falou em semelhante coisa? Se fosses filha do imperador do Japão, não me quererias, é claro, nem me verias nunca; mas se teu pai fosse um assassino, não deixarias por isso de ser Heloísa: eu te amaria como te amo e me casaria contigo.

Levantas uma pequena ponta do véu que estendes sobre o que escreves: "lamentas não terem sido mais venturosos para nós" os dias que aqui passaste. Há uma reticência no fim. E lá se foram por água abaixo os nervos fortes da moça. Falas nas lutas que tiveste, nas incertezas que te faziam avançar e recuar, nas esperanças e nas tristezas que sentias. Afinal gostavas de mim. Pouco, muito pouco, dona Lili me disse. Mas és tão boa, tens um coração tão grande, minha filha, que o pouco que me davas era demasiado para mim.

"Sonho do meu poeta"? Que é lá isso? Quando me chamaste romântico, perguntei-te por brincadeira se não ias chamar-me também poeta. Pensarás acaso que eu, quitandeiro e homem de ordem, me entregue a ocupações tão censuráveis?

Há uma pequena incoerência em tua carta. Declaras que ignoravas se o que "diziam os meus modos dizia também o meu coração". E pouco adiante afirmas que tinhas a certeza de que "eras amada". Tinhas ou não tinhas? Tinhas. Quando me convidaste para passar um dia em casa do vigário, não viste como fiquei? Ouvindo a tua fala e dando de cara contigo, sem esperar, fiquei tão perturbado que nem sei que tolices disse. E quando te peguei a mão, não me lembrei de soltá-la. Creio que ainda hoje a teria segura se dona Lili, falando-me, não me sugerisse a vaga ideia de que era necessário cumprimentá-la também.

Amo-te com ternura e com saudade: a indignação e o ódio desapareceram. E como poderiam existir depois da carta que me escreveu a melhor de todas as criaturas, santa bendita exilada entre as mulheres, cheia de graça, que em breve dará calor e luz à vida escura e fria que levo? Romantismo, minha querida Heloísa, romantismo, e ruim.

Perguntas-me quando vou. Oh! meu Deus! Eu queria ir amanhã, desfiz a viagem há pouco. E estou aflito. O que eu devia fazer era deixar que o diabo levasse tudo e fugir para junto de ti. E é o que farei.

Acreditar na grande sinceridade de Heloísa? Decerto.

Acredito em tudo quanto quiseres.

Ainda uma vez peço-te que me defendas perante os teus caso aí apareça alguma acusação contra mim. Sei que não estou procedendo bem, mas não imaginas como desejo ver-te. Que espécie de feitiçaria é essa que usas?

Há dias que trabalho a noite inteira, durmo uma hora, duas horas, já pela manhã; mas não faço nada que preste: quando o sono me deixa, fica a tua imagem a interromper-me o serviço.

Adeus, minha querida filha. Não encontro meio de fazer-me compreender. Sou imensamente feliz. E sofro horrivelmente porque não estás comigo.

Adeus, meu anjo. Qualquer dia aparecerei por aí. Recomendações a todos e abraços à Dindinha. Teu Graciliano.

Padre Macedo esteve aqui em casa agora à noite, saiu às onze horas. Desculpou-se de uma pequenina indiscrição (16) que aí cometeu contra mim e disse coisas transcendentes sobre o céu, o inferno, a metafísica e outras instituições terríveis. Palmeira, sábado, 4 de fevereiro de 1928.

41

A HELOÍSA MEDEIROS

Tenho observado nestes últimos tempos um fenômeno estranho: as mulheres morreram

Minha idolatrada noiva: Acredita que não estou hoje contigo porque me foi impossível, inteiramente impossível, realizar a viagem domingo. Isto por aqui está em festa, mas, como podes imaginar, eu trocaria de boa vontade todas as festas do mundo pelo prazer de me encontrar junto de ti.

Tenho observado nestes últimos tempos um fenômeno estranho: as mulheres morreram. Creio que houve epidemia entre elas. Depois de dezembro foram desaparecendo, desaparecendo, e agora não há nenhuma. Vejo, é verdade, pessoas vestidas de saias pelas ruas, mas tenho a certeza de que não são mulheres. Esta observação vai como resposta à censura que me fazes de viver a "pensar meninices". Quero ver se ainda me vais acusar depois de uma declaração tão importante. Morreram todas. E aí está explicada a razão por que tenho tanto apego à única sobrevivente.

    A angústia acabou-se depois de tua penúltima carta. Sinto-me quase tranquilo. E se a tranquilidade não é completa, devo isto à desgraçada lembrança que tiveram de prender-me exatamente na véspera do dia em que ia abraçar minha adorada noiva. Achas que uma pequena demora possa trazer-me a hostilidade de tua família? Julgo que não traz, especialmente sabendo que me defenderás e que "nada te fará retroceder".

    O que me não agrada é confessares que te custou a resolução que tomaste. Santo Deus! Então declaras que procedeste friamente, pesando tudo, e que para manter a palavra dada não retrocedes? Não fales assim. Ou fala, meu amor, se quiseres. Não tens culpa. A culpa é minha, que sou um sujeito de sensibilidade exagerada: coisas ditas inocentemente às vezes magoam-me. Amo-te tanto...

    Felizmente, para afastar a impressão desagradável que recebi, há linhas deliciosas em tua carta. "Nada de desconfianças!" ordenas. E eu te acho encantadora assim. Estou a ver-te de rosto carregado, o dedinho erguido, a ameaçar-me. E recordo a manhã em que me vieste dizer: "Quero que vá!" Aliás nesse dia a ordem foi dada em voz trêmula, tinhas as mãos frias, a fortaleza dos nervos traiu-te desastradamente. Logo vi que eras autoritária, e isto me seduz, porque não gosto dos indivíduos servis.

Provavelmente segunda-feira não recebeste a carta que esperavas, e isto por uma razão muito simples: é que não escrevi nenhuma. Ainda achas criancice uma descoberta que revela tanta sagacidade? Às vezes aparecem-me ideias assim luminosas.

Para que desejas saber o dia de minha viagem? Não vais sair de Maceió, não é verdade? Tenho, pois, a certeza de encontrar-te quando chegar aí. Deve ser logo.

Consideras-te rival da prefeitura, minha filha? Que lembrança! Há apenas entre mim e ela uma ligação precária, por três anos, mas se achas a ligação indecente, desmancho tudo e mando-a pentear macacos.

Adeus, minha noivinha amada. Estou a repetir-te as palavras. Até que enfim, pela primeira vez, foste humana, foste mulher. Decididamente as tuas últimas cartas, com exceção de duas linhas detestáveis, vieram do céu.

Adeus, minha santa.

Lembranças a todos, especialmente à Dindinha. Como vão os cabelos dela? Teu Graciliano. Quarta-feira, 8.2.1928.

1930-1936
PALMEIRA DOS ÍNDIOS
MACEIÓ

... *Nunca passei disso*. Em fim de 1915, embrenhei-me de novo em Palmeira dos Índios. Fiz-me negociante, casei--me, ganhei algum dinheiro, que depois perdi, enviuvei, tornei a casar, enchi-me de filhos, fui eleito prefeito e enviei dois relatórios ao governador. Lendo um desses relatórios, Schmidt imaginou que eu tinha algum romance inédito e quis lançá-lo. Realmente, o romance existia, um desastre. Foi arranjado em 1926 e apareceu em 1933. Em princípio de 1930 larguei a Prefeitura e dias depois fui convidado para diretor da Imprensa Oficial. Demiti-me em 1931.

1930-1936

Maceió, 1930. Após a morte do segundo filho do casal, Heloísa passa temporada de recuperação em casa de sua avó Austrilina, em Pilar, com os filhos Ricardo e Maria Augusta. GR permanece em Maceió, onde dirige a Imprensa Oficial.

Palmeira dos Índios, 1932. GR muda-se com a família para Palmeira dos Índios, após ter-se demitido da Imprensa Oficial. Heloísa retorna a Maceió para ter o 4º e último filho do casal. GR está escrevendo seu segundo romance, *S. Bernardo*.

Maceió, 1935. A família retorna a Maceió, em 1933, quando GR é nomeado diretor da Instrução Pública de AL. Em 1935, Heloísa passa temporada em Palmeira dos Índios, com os filhos. GR fica em Maceió, está escrevendo *Angústia*.

A família volta a Maceió, para a casa da praia de Pajuçara e, no final desse ano, Heloísa leva os filhos para as férias em Palmeira dos Índios.

42

A J. PINTO DA MOTA LIMA FILHO

Quatrocentas páginas que tenho na gaveta, excelentes, é claro

PALMEIRA, 2 DE ABRIL DE 1930. Pinto: Tive algumas informações a respeito dessa extraordinária pessoa. Sei que usas careca e arranjaste um filho. A careca era de esperar, e a corcunda, mas o filho causa admiração: ligas pouca importância a tarefas de sentimento.

Talvez já saibas que o Doca fez uma viagem às Alagoas. Ou talvez não saibas. Naturalmente desdenhas esses pequeninos fatos do mundo exterior. O latim, o grego, as "Mil e uma noites", agora o alemão... Não tens vergonha de estudar alemão para ler histórias de fadas? Que miséria!

Pois é verdade, o Doca esteve em Palmeira dos Índios e falou sobre as tuas extravagâncias, sobre a revolução, sobre jornais e sobre Pedro Mutuca. Eu já o esperava (refiro-me ao Doca, está visto). Teve por estes sertões uma chusma de aventuras: fez conferências e discursos, viajou de automóvel, viu a Cachoeira de Paulo Afonso e perdeu um par de chinelos. Leva assunto para um livro de memórias. Chegou aqui de madrugada, lavou os dentes, tomou café e pediu uma rede. Assistiu à eleição e ao carnaval. Veio também d. Priscila, que não assistiu à eleição. Demoraram quatro dias, muito bem empregados, como vais ver. Enquanto eles dormiam li *Bruhaha*. E imaginei que teu irmão ficaria satisfeito se ouvisse quatrocentas páginas que tenho na gaveta, excelentes, é claro, embora eu diga, por modéstia, que são ruins. Abri cerveja, fechei as portas. Tu compreendes. Sapequei uns dez capítulos (Deus me perdoe) e interrompi a execução. Passadas vinte e quatro horas, o pobre homem, bastante comovido, pediu-me para ler o resto, acabar logo. Tentou agradar-me explicando o soviete. De nada lhe serviu o comunismo. Ataquei-o umas três vezes. E o desgraçado, com suores frios, náusea, vômitos, aludia aos horrores do sítio, ao finado Rui Barbosa, à prisão, ao calvário, a outros perigos, e falava na esperança que tinha de ver os filhos. Coitado!

Afinal d. Priscila agarrou o marido, meteu-se num automóvel que ia passando e declarou com firmeza que ninguém a tirava dali. Uma indignação excessiva. Se tu visses o olhar de agradecimento que ele deu a ela... eu quis detê-los, porque julguei conveniente reler a coisa. O carro estava meio escangalhado, com as molas rebentadas, e o *chauffeur* não se responsabilizava pela viagem. Fugiram.

Constou aqui, depois de algum tempo, que, delirando, com febre, eles se referiam a certos acontecimentos desagradáveis. Não acreditei. Parece-me que ainda estão vivos. E tu, se andares por aqui, não me encontras. Eu saio de Alagoas. Creio que vou para o Amazonas ou para o Piauí, ou para Goiás. Não sei bem, para qualquer lugar ali pelo centro ou pelo norte. Aparece por lá. Ouvirás a leitura dum livro admirável. Pergunta ao Doca.

Adeus. Distribua com o velho Mota, d. Zefinha, Rodolfo, Paulo, toda essa gente, os abraços de que forem capazes esses miseráveis ossos. Graciliano.

43

A SEBASTIÃO RAMOS DE OLIVEIRA

Chegamos quase vivos

MACEIÓ, 12 DE JUNHO DE 1930. Meu pai: Fomos muito bem de viagem: doze horas de chuva, lama, rios cheios e atoleiros. Podia ser pior. Chegamos quase vivos. E aqui estamos vivendo com a graça de Deus (ou sem a graça de Deus, não sei bem), na Rua da Boa Vista, 384. Na Rua da Boa Vista para hospedagem; a correspondência pode vir para o *Diário*. Mando-lhe a chave pelo Chico Cavalcanti.

Diga-me, se for possível, quem foi o idiota que lhe comprou aqueles trastes.

Dê muitas lembranças à velha Maria e ao resto do pessoal. Mande-me notícias disso por aí. Graciliano.

44

A HELOÍSA DE MEDEIROS RAMOS

Há de ter graça no fim, quando compreenderem que o livro não presta para nada

MACEIÓ, 26 DE SETEMBRO DE 1930. Ló: Tudo sem novidade. Na volta (17) fomos ao campo de aviação e mostrei dois aeroplanos aos meninos. Estão satisfeitos, creio que não falta nada. Depois de sua saída, houve apenas um caso desagradável. Tivemos uma visita. E como a conversa foi toda sobre cana, algodão e café, creio que ferrei no sono. Quando cheguei ao *Diário* ainda estava dormindo. E não acordei mais. Por isso perdi a noite de ontem. Hoje, porém, a influência do homem desapareceu. Fiz um capítulo de vinte e cinco folhas (18) e mandei uma carta ao Rômulo. Peça aos santos que esta encrenca termine daqui para novembro. E peça também que não me apareçam outros orçamentos e artigos de jornal. Se não surgirem complicações, como dizia o dr. Liberato, julgo que darei o trabalho concluído em fim de outubro. Se não aparecerem complicações... e se o Aloísio Branco consentir. Vi ontem um daqueles pedacinhos de papel que Schmidt me mandou. Estava pregado num dos vidros da casa do Ramalho (19). Há outros em outras livrarias. De sorte que o pessoal de sua terra está, com razão, espantado e desconfiado. Há de ter graça no fim, quando compreenderem que o livro não presta para nada. Adeus, mamãezinha. Lembranças a tudo, especialmente a d. Austrilina e ao Tatá. Diga a Maria que ande direito, por causa das orelhas. Graciliano.

45

A HELOÍSA DE MEDEIROS RAMOS

Dei a Múcio os teus recados.
Ele ficou quase tão besta como eu

MACEIÓ, 27 DE SETEMBRO DE 1930. Santa Ló: Recebi hoje tua carta inflamada e fiquei muito besta, mas preocupei-me com a notícia de teres passado uma noite sem dormir. Assim não convém. Tu foste para aí dormir. Foi o conselho que sempre me deram, foi a opinião de d. Amália em fevereiro do ano atrasado. Dorme, portanto, e sonha com a gente quando tiveres tempo. Se vires que o clima aí não te serve, vamos para a Palmeira. Passarás lá um mês e voltarás curada, pronta para as mordeduras dos mosquitos da tua terra. Cuida da tua saúde. Não te canses. Se te fatigares escrevendo, escreve-me apenas algumas linhas mandando notícias. Não penses em nós. Pensa em ti mesma até que fiques boa. Por aqui vai tudo direito. Alaíde é uma excelente dona de casa, os meninos estão satisfeitos com ela. Dei a Múcio os teus recados, e ele ficou quase tão besta como eu. Rosália tem arranjado tudo muito bem. Não nos falta nada. Descansa, pois, sem nenhum pensamento que te possa prejudicar as férias. Isso por aí é bonitinho: tem umas praças, flores, a lagoa, mosquitos, banda de música, grupo escolar. Boa terra. Não te falta nada. A Dindinha e a Vovó podem perfeitamente encher-te os dias. Helena, se quiser, te dará os puxões de orelha que me destinaste e que mereces se continuares a passar noites em claro. E o Tatá! É preciso não esquecer o Tatá. O Tatá chega para vocês todas. Arranja-te com ele por enquanto e deixa o resto. Adeus. São três horas. Nem sei como assine isto. Penso em assinar *gato* ou Graciliano.

Não te mando abraços e beijos porque não quero negócio com gente achacada.

Os *Caetés* vão indo, assim, assim.

46

A HELOÍSA DE MEDEIROS RAMOS

Estou mexendo nos Caetés

MACEIÓ, 29 DE SETEMBRO DE 1930. Lozíssima: Isto é um telegrama. A outra carta, de anteontem, não foi posta no correio, como eu esperava. Repito agora o que disse nela. Tudo bem. Manda notícias. Estou mexendo nos *Caetés*. Trabalhei ontem, domingo, sem ser importunado. Vê se te curas com os bagres. Adeus. Beijos no Tatá e lembranças ao resto. Não continuo porque estou muito ocupado. Abraços, etc. Graciliano.

47

A HELOÍSA DE MEDEIROS RAMOS

Peça ao homem do carro que venha buscar o dinheiro aqui no Diário

MACEIÓ, 1º DE OUTUBRO DE 1930. Ló: Essa história de aperto de mão não presta. Mas enfim, como estamos separados, vá lá. Compreendi que v. não está passando bem aí. E insisto na ideia de, caso v. concorde, levá-la um dia destes para o sertão. Temos estado todos muito preocupados com a sua doença. Seu Américo vem duas ou três vezes por dia pedir notícias. Não se importe com Múcio nem com a roupa. No dia do aniversário dele mandei arranjar por Alaíde tudo que ele precisava, da cabeça aos pés. Peça ao homem do carro que venha buscar o dinheiro aqui no *Diário*. Eu não o conheço. Li com atenção as mentiras que v. contou a respeito de seu filho. Temos agora aí em Pilar esse prodígio. Enfim, não me faz mal dizer que acredito. Recebi agora uma carta de Márcio. Não me manda dizer se melhorou. Várias pessoas me têm perguntado por v., e eu não podia dizer se v. estava melhor: passamos quatro dias sem notícias. Isso por aqui vai bem: não nos falta nada. Veja se consegue tratar da saúde sem se preocupar conosco. Adeus e lembranças a todos.

Abraços, beijos, etc. Graciliano.

48

A HELOÍSA DE MEDEIROS RAMOS

Vou mexer num capítulo, a ver se mando logo para o Rio aquela encrenca

MACEIÓ, 4 DE OUTUBRO DE 1930. Mamãe: Recebi agora a sua carta e uma nota para compra de feijão, carne, farinha, etc. Não li a nota, mas penso que estavam nela os objetos mencionados.

Muita satisfação em saber que a saúde vai em progresso. Eu sempre disse que Pilar é uma terra excelente. Sua carta nos tirou uma dúvida: tínhamos a impressão de que você estava pior. Ora muito bem. Continue com os bagres e com as besteiras do Tatá.

Todos nós vamos bem, com a graça de Deus. Os meninos, ótimos. Puxei um destes dias as orelhas de Múcio. Isto lhe serviu muito, parece-me. Alaíde continua excelente. Seu pai, que aparece aqui muitas vezes, disse-me que vai visitá-la amanhã.

O trabalho no *Diário* continua sem novidade, mas creio que teremos por estes dias serviço duro.

Continuo a recolher-me às duas horas, às vezes mais tarde. Creio que já estou bom, ou quase. É uma notícia desagradável, se não me engano. Mas não estou inteiramente bom, felizmente.

Recebi ontem uma carta do Rômulo exigindo a entrega dos originais. Fiquei aflito, porque estou com dois meses de atraso. Telegrafei ao homem pedindo uma semana de moratória. Com a carta vinha um recorte da *Vanguarda* dizendo cobras e lagartos dos *Caetés*. É necessário que me desenrosque. Por isso arranjei uma datilógrafa. Enquanto lhe escrevo, ela está aqui batendo na máquina: teco, teco, teco. Não se assuste: é uma senhora respeitável, em tipo e em idade. Além disso são apenas cinco horas da tarde.

À noite, se o Aloísio consentir, vou mexer num capítulo, a ver se mando logo para o Rio aquela encrenca.

Muitos beijos, etc. Lembranças aos meninos: Tatá, Helena, Maria, d. Austrilina, d. Lili. Graciliano.

Mande que o homem do carro procure aqui o dinheiro. Beijos e miados. Graciliano.

49

A HELOÍSA DE MEDEIROS RAMOS

Deve ter aparecido por aí alguma notícia
a respeito de revolução

MACEIÓ, 7 DE OUTUBRO DE 1930. Ló: Naturalmente deve ter aparecido por aí alguma notícia a respeito de revolução. E, para que v. não fique assustada, escrevo-lhe dizendo que acho a sua terra perfeitamente habitável. Andei realmente com um pouco de medo, mas depois que falei com seu Américo, compreendi que não havia perigo nenhum. Não há, parece-me, inimigos do governo em Maceió. E se houvesse alguns, estou certo de que o dr. José

Carneiro sozinho bastaria para dar cabo deles. Estamos otimamente, no melhor dos mundos possíveis. E demos um tiro nessa história de revolução, que não rende nada, e passemos a assunto mais interessante.

Apesar de andar com muito sono, mandei ontem ao Rômulo cinco capítulos dessa obra-prima que vai revolucionar o país. Isso é que vai ser uma revolução dos mil diabos, v. há de ver. As outras são revoluções de bobagem.

Beijos, abraços, lembranças, etc., etc. Graciliano.

Mande o homem procurar o dinheiro, que não tenho portador.

50

A HELOÍSA DE MEDEIROS RAMOS

Se eu não fosse tão burro, já estaria esgaravatando a terra e criando porcos

MACEIÓ, 10 DE OUTUBRO DE 1930. Ló: Recebi agora a tua carta de ontem. O que me preocupou nela foi a notícia de que o Tatá continua doente. Não te recomendo que tenhas cuidado com ele. Pensa na tua saúde e manda o resto ao diabo. Essa ideia que apresentas de vires passar alguns dias aqui é absurda: eu não posso com tan-

tas viagens. E ainda a lembrança de levar os meninos
para Pilar. São coisas que não têm pés nem cabeça. Não
há nenhuma necessidade de mudar nada. Vamos continuar
como estamos. De resto penso que nós aqui não
corremos nenhum perigo. Uma cidade que tem homens
como o dr. José Carneiro pode, sem risco, esperar a visita
de todos os revolucionários do mundo. Imagina que
ele, o dr. Lima Júnior, o prefeito atual e alguns outros
se têm multiplicado nestes últimos dias, tomando, com
admirável calma e energia, todas as medidas relativas à
tranquilidade pública e à defesa do Estado. Não me parece
que os pernambucanos, ocupados como estão com
os seus negócios internos, queiram vir agora brigar com
a gente. Não vêm. E se vierem, o dr. José Carneiro, sozinho,
corta as cabeças deles todos. A ordem, a paz, a
legalidade, o governo constituído, as nossas instituições
e outras besteiras que o *Jornal de Alagoas* tem publicado
até hoje não sofreram, segundo os telegramas do barbadíssimo
presidente Washington, alteração apreciável.
E se tudo isso for por água abaixo, que diabo perco eu?
Tu pensas que eu sou alguma coisa, Ló? Se a gangorra
virar, deixo isto e vou plantar mamona. É um conselho
que o Álvaro Paes me tem dado muitas vezes. Se eu não
fosse tão burro, já estaria esgaravatando a terra e criando
porcos. Bem, esta carta está muito comprida, e eu tenho

de escrever um boletim que o Álvaro Paes me encomendou e traduzir os telegramas que vêm do Rio. Adeus. Seu Américo está firme como um rochedo, absolutamente sereno e indiferente aos boatos. Muitos beijos, muitos abraços, etc. Graciliano.

A datilógrafa em dois dias terminou o trabalho. Vou emendar outros capítulos, mas creio que por estes dias a mulher não terá o que fazer. É uma boa notícia. Graciliano.

51

A HELOÍSA DE MEDEIROS RAMOS

*Não te assustes. Lê esta carta em reserva,
não a mostres a ninguém*

MACEIÓ, 11 DE OUTUBRO DE 1930. Ló: Na última carta que me escreveste mostraste algum receio por estarmos aqui. Procurei tranquilizar-te. E agora venho dizer-te que o perigo passou, se é que houve perigo. Não te assustes. Lê esta carta em reserva, não a mostres a ninguém. São duas horas da manhã. Por volta de meia--noite fui ao palácio e encontrei tudo deserto. A guarda tinha desaparecido, as pessoas que lá em cima haviam passado uma semana sem poder dormir tinham desaparecido também. Sem luta, sem um tiro. É possível que assim esteja certo. Não sei. O que sei é que preciso dormir um pouco para continuar os meus *Caetés*. Essa coisa de política é bobagem, e eu não entendo disso. Agora que estamos em sossego, talvez me seja possível trabalhar. Estou com isto por dentro da cabeça em desgraça. E burro, minha filha, de uma burrice horrível. Fui hoje escrever uma besteira e não pude. Felizmente o Guedes Miranda, que se ofereceu para escrever a coisa, passou uma hora rabiscando e acabou por dizer que também estava burro. Adeus por hoje, meu coração. Não acredites nos boatos que aparecerem por aí. Não há perigo, nenhum perigo. O pano desceu, está finda a peça. Eu, como tu sabes, não representei nenhum papel: sou miúdo demais. Em toda esta porcaria o que eu sinto é o Álvaro Paes sair-se mal. Ouve: passa aí mais alguns dias. Vou acertar isto aqui no *Diário* e, quando tudo estiver pronto, vou encontrar-te. Um abraço, minha filha. Parece que já estou bom. Beijos no Tatá e em Maria, lembranças ao pessoal. Graciliano.

52

A LUÍS AUGUSTO DE MEDEIROS

Quando viram que se tinham enganado,
tiveram acanhamento de desdizer-se

Luís:

Recebi tua carta de 16 e depois recebi também uma tapeação do Rômulo. Como te disse, a história do livro acabou. (20) A coisa é esta: eles imaginaram que aquilo era realmente um romance e começaram a elogiá-lo antes de tempo. Quando viram que se tinham enganado, tiveram acanhamento de desdizer-se. Compreendo perfeitamente a situação deles e, para não entrarmos em dificuldades, não toco mais no assunto.

Por aqui tudo vai bem. Ou tudo vai mal, não sei. Nada de novo, graças a Deus.

Li o Shelley e o livro sobre a Rússia. A tua afilhada está mais feia que quando nasceu, mas é um monumento. O resto, em paz: eu sentado o dia todo e parte da noite, falando ao telefone para justificar o ordenado que me dão; Heloísa com saúde; os meninos no liceu. Márcio está mais animado. Ele se considera uma besta, mas quando viu um literato daqui meter a ilha de Borneo no Japão, ganhou coragem e julga-se capaz de escrever para os jornais.

Adeus e abraços. O velho Américo está vivo. Graciliano. Maceió, 25 de abril de 1931.

53

A SEBASTIÃO RAMOS DE OLIVEIRA

Creio que a denúncia não terá consequências, mas não tenho certeza

MACEIÓ, 3 DE AGOSTO DE 1931. Meu pai: Recebi as últimas cartas que me mandou, ambas referentes ao negócio do algodão. Falei há dias com Benon Maia sobre o assunto e disse a ele que tudo isso era efeito de politicagem. Foi só o que disse, e realmente não podia dizer mais, porque ignoro as particularidades desse negócio, que me parece muito miúdo. Até estranho que o senhor tenha recebido as sementes para distribuir, tomando voluntariamente um trabalho que lhe não poderia trazer nenhuma vantagem. Creio que a denúncia não terá consequências, mas não tenho certeza. (21) Não pedi nada a Benon Maia, primeiro porque não gosto de fazer pedidos, em segundo lugar porque os homens que estão no governo não têm interesse em satisfazer-me. Entre eles há alguns que são meus inimigos pessoais. Far-me-ão o mal que puderem, o que é razoável. Eu faria o mesmo. A verdade é que não vou ao Palácio dos Martírios senão forçado, e os negócios daqui da Imprensa são resolvidos pelo telefone ou por ofício. A desorganização em que está aí o município presentemente não me preocupa. Qualquer transformação agora seria inútil. É maluqueira a gente comprometer-se à toa. Não sei se me faço compreender. Pensa que, se me aparecesse a possibilidade de uma combinação para modificar isso por aí, eu desejaria colaborar nela? As nomeações de delegados de polícia não valem nada, só servem para alimentar a vaidade de alguns coronéis que estavam encostados há vinte anos e que agora infelizmente surgiram. O que nos falta é um plano de trabalho, uma orientação segura, coisa que só será obtida por gente que conheça as necessidades e as possibilidades do Estado. Isso não se conseguirá nunca nos mexericos das repartições, necessita entendimento com os homens que produzem. E adeus, que estou hoje muito besta. O aluguel da casa não serve, é melhor deixá-la fechada. Lembranças ao pessoal. Graciliano.

54

A SEBASTIÃO RAMOS DE OLIVEIRA

*As dores são terríveis e ainda
estou com a barriga aberta*

MACEIÓ, 30 (SEGUNDA-FEIRA) DE MAIO DE 1932. Meu pai: Saí do hospital terça-feira, mas ainda estou doente. (22) Ando com dificuldade, tenho as pernas meio entorpecidas, as dores são terríveis e ainda estou com a barriga aberta, a derramar pus. Quando dou alguns passos, paro, coberto de suor. Se faço uma caminhada mais extensa, tenho de passar dois dias de cama, quero dizer de rede, pois não suporto o colchão, que as dores no espinhaço são grandes.

Creio que ainda demorarei algum tempo: não poderia fazer a viagem e estou em tratamento. Quando saí do hospital, vim gemendo como um condenado e desci do automóvel meio morto. Mas parece que vou melhorando. Tenho uma fome danada, uma fome de fazer medo.

Até agora os médicos têm sido camaradas, e as despesas que fiz no pavilhão em quarenta e um dias foram relativamente pequenas, menos de metade do que eu esperava.

Estou agora tomando banhos de luz, raios ultravioleta. Julgo que não servem de nada, mas o nome é bonito.

Lembranças a todos. Abrace os meninos e diga-lhes que não posso dar resposta às cartas deles. Recomende-me aos amigos e adeus. Graciliano.

55

A HELOÍSA DE MEDEIROS RAMOS

*Conserto as cercas de S. Bernardo,
estiro o arame farpado, substituo os grampos*

Ló: Aqui estou cercado de pontas de cigarros. Há bem umas trinta. Depois que cheguei, a minha ocupação é fumar. Fumar e ouvir, à noite, as potocas que nos mandam do Rio e de S. Paulo. Fora disso, parece que não há mais nada interessante no mundo. Durante o dia converso com seu Ribeiro, com Azevedo Gondim, com o Padilha e com a Madalena. São os companheiros que aqui estão sempre, mas as conversas deles estão-se tornando muito cacetes.

Estive um dia em Viçosa e encontrei aquilo transformado. Possibilidade de arranjar qualquer coisa lá — nenhuma. Nem lá nem aqui. (23) Tudo cavado. O que é necessário é esperar o fim da encrenca de S. Paulo. Meter-me em negócio no meio desta atrapalhação é burrice.

Estou cansado de fazer coisas incompletas. Vou aguardar o resultado da luta no Sul para depois orientar-me. E enquanto não me oriento, conserto as cercas de S. *Bernardo*, estiro o arame farpado, substituo os grampos velhos por outros novos e, à noite, depois do rádio, leio a *Gazeta* de Costa Brito.

Isto por cá está uma horrível maçada. Fiz ponto nos passeios à Lagoa, à tarde, porque a perna continua a doer-me e não aguento uma caminhada de quilômetro. De sorte que não sei o que se passa fora do Pinga-Fogo.

D. Heloísa e Nise ficaram boas. D. Candinha, mãe do Audálio, também ficou boa, anteontem: é com Deus. Enterrou-se ontem pela manhã. Não há outras notícias, parece-me.

Eu, os meninos, a gente do velho Sebastião, tudo vivo.

Como vai o Gonçalo? Tatá? Luísa? Beijos para eles, menos para o primeiro, o que é impossível. Há notícias de Luís e de José Leite? Lembranças a seu Américo, etc., etc., etc., etc.

Abraços do *esposo fiel* Graciliano. 20 de agosto de 1932. (P. dos Índios).

56

A HELOÍSA DE MEDEIROS RAMOS

Ouvimos os telegramas no mesmo dia em que são publicados no Rio e em S. Paulo

Ló: Só um bilhete. Não ia escrever, mas Múcio me aparece agora com uma carta para mandar-lhe e pergunta se não tenho também uma. A notícia mais importante é que ele comprou um periquito que qualquer dia será comido pela gata. Todos vamos bem, louvado Deus.

É desnecessário que seu Américo me mande jornais: o que eles dizem chega-me aqui com um atraso de quatro a cinco dias. Ouvimos os telegramas no mesmo dia em que são publicados no Rio e em S. Paulo.

E adeus, por hoje. Creio que estou ficando mais magro. Provavelmente é por causa das saudades.

Beijos nos pequenos, lembranças a todos e um abraço para você. Graciliano. 23 de agosto de 1932. (P. dos Índios).

57

A HELOÍSA DE MEDEIROS RAMOS

Precisarei cavar a vida em outro Estado

Ló: Recebi agora mesmo sua carta, que me surpreendeu. Está claro que ainda estou vivo: se tivesse morrido, a notícia teria chegado aí. Quanto a não haver escrito antes (nove dias, quase um século), tudo se explica: sou muito descuidado em correspondências. Creio que a encrenca do sul não durará dois ou três anos. Eu é que não posso abreviá-la. E aqui, com este tempo, não há nada que fazer. Se as coisas continuarem como vão, precisarei cavar a vida em outro Estado. Relativamente à sua doença e à falta de dinheiro, está visto que, eu não sabendo nada, não lhe poderia mandar o necessário. Apesar da quebradeira, sempre lhe arranjaria alguma coisa. É o que faço agora. Vão cem mil-réis. Tenha paciência: é impossível conseguir mais, que estou cheio de embaraços por todos os lados. Sobre sua vinda para aqui, vamos deixar de tolices. Necessito consolidar-me, talvez emigrar, como já disse. O que não quero é dar um passo decisivo à toa. A verdade é que o resto do país está como Alagoas, ou pior. Julgo que v. não imaginará que eu esteja aqui preguiçando por gosto. De qualquer maneira preciso sair deste beco, o que é difícil. O que não esperava era receber uma carta como essa que v. me mandou. Afinal não devo surpreender-me, porque este ano só me chegam coisas desagradáveis. Parece que toda a gente procura o que há de ruim para jogar-me. Paciência. E adeus. Hoje lhe escrevi um bilhete, que foi com uma carta de Múcio. Lembranças a seu Américo e às meninas, beijos nos pequenos. Graciliano. 23 de agosto de 1932. (P. dos Índios).

58

A HELOÍSA DE MEDEIROS RAMOS

O rádio desapareceu, os jornais não dizem nada, até os boatos são escassos

Ló: Todos nós vamos indo, com muitas saudades de você. Não lhe tenho escrito ultimamente porque não tenho nada para contar. Neste ramerrão de todos os dias parece que vou ficando estúpido. A última carta sua que recebi dizia que tudo por aí estava a contento e falava-me em sessenta mil-réis que v. ia pedir ao Antônio. Creio que v. ainda não tinha recebido uma que lhe mandei há alguns dias, com dinheiro. Se necessitar alguma coisa, avise-me para eu tomar aqui as providências.

Continuo a consertar as cercas do *S. Bernardo*. Creio que está ficando uma propriedade muito bonita. E se Deus não mandar o contrário, qualquer dia terei de apresentá-la ao respeitável público. O último capítulo, com algumas emendas que fiz, parece que está bom.

Não temos aqui nenhuma notícia certa da revolução. O rádio desapareceu, os jornais não dizem nada, até os boatos são escassos. De sorte que estamos como presos, ignorando tudo o que se passa além dos montes que nos cercam.

Adeus, por hoje, Ló. Lembranças a seu Américo e às meninas. Um abraço para você. Beije por mim Lulu e Tatá. Gato. 1º de setembro de 1932. (P. dos Índios).

59

A HELOÍSA DE MEDEIROS RAMOS

Mando-lhe o cobre que pede

Ló: Aqui, à pressa, para aproveitar o correio, escrevo-lhe duas linhas.

Tudo vai bem, graças a Nosso Senhor. Mando-lhe o cobre que pede. E não me estiro mais, porque tenho medo de não encontrar mais o registro do correio aberto e fazer v.

ficar mais dois dias sem resposta à carta que me mandou. Amanhã ou depois escreverei com mais vagar. Lembranças a todo mundo e beijos nos pequenos. Abraços. Graciliano.

Vou ler os jornais: dizem que há novidade grossa. 10 de setembro de 1932 — 3º mês da Revolução de S. Paulo. (P. dos Índios).

60

A HELOÍSA DE MEDEIROS RAMOS

Abrequei a Germana num canto de parede e sapequei-lhe um beliscão retorcido na popa da bunda

Lozíssima: Acabo de receber sua carta de 10. Há alguns dias, no sábado, mandei-lhe um bilhete e cinquenta mil--réis. Provavelmente você terá recebido essa fortuna.

Não me lembrei de tirar a medida que você pediu, mas vou tirá-la agora mesmo, para não tornar a esquecer. Vão duas linhas: uma é o comprimento, outra é a largura. A rede seguirá logo que seja possível. Agora não tenho portador. Irá breve.

Ontem veio aqui uma comissão convidar-me para uma conferência literária. Pensei que fosse da Eulina, mas não era: era do Cavalcante Freitas, fardado. E não tinha literatura: o que tinha era muito patriotismo e muito ardor militar. Eu não assisti, mas imagino perfeitamente. Tanto que tenho estado impressionado e até chorei, com pena da pátria. Se não fossem os meus achaques, eu me fardaria também e iria combater os paulistas. Creio que havia de ficar muito bonito fantasiado de herói. Infelizmente não ando uma légua a pé. O que me consola é ter na barriga a cicatriz da operação e poder, às vezes, olhando para ela, enganar-me e imaginar que conquistei um ferimento na trincheira, com glória. Veja você. Se este rasgão tivesse sido feito por um soldado ignorante de anatomia, eu seria um bravo e teria virado oficial, pelo menos sargento. Como fui cortado pelo Clemente, que é doutor, não tenho merecimento nenhum. E se tivesse morrido no hospital, seria hoje um defunto ordinário, sem citação na ordem do dia.

Não tenho notícia para lhe transmitir, porque a parte do mundo que percorro é a que vai daqui à casa do velho Sebastião. À noite continuo a receber uma xícara de café que a d. Heloísa me arranja. Mas nem o velho Sebastião nem o Chico Cavalcanti têm coisas interessantes para dizer-me. Na rua há a eterna fuxicada com politiquice dos lugares pequenos. E eu graças a Deus estive doente e consegui evitar o contágio disso.

D. Marcela não tem original. Você está equivocada.

Julgo que aqui neste quarto, sozinho, vou ficando safado. Têm-me aparecido ideias vermelhas. Anteontem abrequei a Germana num canto de parede e sapequei-lhe um beliscão retorcido na popa da bunda. Não tem importância. Isto passa. Vai sair uma obra-prima em língua de sertanejo, cheia de termos descabelados. O pior é que de cada vez que leio aquilo corto um pedaço. Suponho que acabarei cortando tudo.

Domingo dei uma volta pela estrada de ferro e à tarde vim pela Pitombeira. Vi a casa onde nos encontramos naquele dia em que vocês andavam cavando galinhas e ovos para Nosso Senhor Jesus Cristo. (24) Recordei os beiços da Nenen Macedo, horrivelmente pintados, a aguardente, os cajus, o Chico e João Pinho. Enquanto pensava nessas coisas, ia conversando com o Audálio e com o dr. Rios (creio que é Rios que ele se chama) a respeito da cocaína, do amor, das estrelas e de almas do outro mundo. À noite estava com os pés doendo. Mas parece que não foi por causa da conversa: deve ter sido efeito da caminhada.

Se você quiser queimar esta carta, pode queimar. Mas, com franqueza, faz pena perder-se uma literatura tão boa.

Adeus, Ló, que estou muito burro. As lembranças do costume a seu Américo e a negrada toda. Tatá e Luísa que me abençoem. Abraços, beijos, etc. Graciliano. 15 de setembro de 1932. (P. dos Índios).

61

A HELOÍSA DE MEDEIROS RAMOS

*Dizem que a estrada de ferro chegará
ainda este ano. Não acredito*

Ló: Esta carta não foi anteontem porque perdi o correio. Acordei há pouco, sonhei com você.

Não sou amável?

D. Heloísa me disse que tinha escrito a você e que havia procurado intrigá-la comigo, mas eu respondi que ela ainda estava nova para andar tecendo fuxicos. D. Olímpia ontem se queixou de você não ter dado resposta a um cartão dela. A senhora do Salazar, Dinorá e várias outras têm pedido notícias suas.

Júnio mostrou-me um telegrama seu. Disse-me ontem que não tinha respondido, e eu passei-lhe um carão. Esses meus filhos são uns selvagens. O periquito de Múcio vai bem. A roça deu milho e feijão, mas os exercícios franceses não deixam ao dono muito tempo para cultivá-la.

Dizem que a estrada de ferro chegará ainda este ano. Não acredito, pois isto por aqui tem caveira de burro.

As pulgas estão cada vez mais famintas. São enormes, do tamanho dum bonde. Estou quase a pensar que os *coices* são preferíveis.

O *S. Bernardo* vai indo, assim assim. Pareceu-me ontem que aquilo é uma porcaria, sem pé nem cabeça.

Circulam por aqui boatos desencontrados. Que é que há pela Bahia e pelo norte de Minas? Não sabemos nada. Enfim será o que Nosso Senhor quiser. E como ele quer que esta joça rebente, teremos em breve o comunismo. Quando isso chegar, eu irei trabalhar na estrada de rodagem, com Zé Guedes. Pedro Soares será zelador do cemitério. Chico, Otávio, meu pai, Leobino, padre Macedo, etc., vão plantar mamona. Você criará galinhas. Por causa dessas coisas meu pai anda às vezes meio trombudo comigo. Acho que ele pensa que eu sou culpado de a gasolina russa ser mais barata que a dos Estados Unidos.

Múcio trouxe-me agora uma xícara de café e, por mais que eu pergunte, diz que não lhe quer mandar dizer nada. São ou não são uns bichos? Afinal, a muito custo, manda lembranças para você e para os meninos. Eu também mando. E adeus, que o papel se acabou. Graciliano. 17 de setembro de 1932. (P. dos Índios).

62

A HELOÍSA DE MEDEIROS RAMOS

Encontrei muitas coisas boas da língua do Nordeste, que nunca foram publicadas, e meti tudo no livro

Ló: Recebi hoje pela manhã sua última carta, muito cheia de amabilidades. A frase que você estranhou não tem importância: foi escrita por brincadeira, está claro. Está você se afogando em pouca água. Não lhe tenho mandado notícias estes últimos dias por dois motivos: primeiro porque não há notícias; segundo... Basta o primeiro motivo. Não havendo notícias, não preciso arranjar segundo.

Temos estado muito preocupados com o fim da encrenca de S. Paulo. Parece que está tudo liquidado, mas aqui não se sabe nada com certeza. O que temos é uma chusma de boatos sem pé nem cabeça. Algumas informações vagas que o telégrafo recebe não vêm de fonte oficial. Em todo o caso parece que caparam São Paulo. Quem deve estar radiante é o Costa Rego, que deu o fora no João Neves, não quis saber de barulho e virou-se para o Góes Monteiro.

Os políticos daqui estão ocupados com uma questão séria: saber quantas dúzias de foguetes são precisas quando a vitória for confirmada. O Chico, esse, foi para Traipu, com um bando de moças. É um velho gaiteiro, perfeitamente ridículo com a mania de festas e mulheres. Dona Heloísa ficou. Mandou-me hoje pela manhã a carta que você remeteu por intermédio dela. Ainda não a vi depois que largou o marido. Agora quem largou foi ele. É a segunda vez que se separam de um mês para cá.

O Valdemar não tem razão. Escrevi a ele um destes dias, agradecendo dois livros que me enviou.

Múcio está melhor: já pode levantar-se. Esteve alguns dias de cama, ou antes de cadeira, que era numa cadeira que vivia, com a perna estirada.

As pulgas ainda existem. Mas como eu agora estou mais magro, parece que elas vão ficando enjoadas de mim.

Abandonei o xadrez, mas nestes três últimos dias tenho jogado algumas partidas.

Isto por aqui está um horror. Está medonho. A gente emburra com uma rapidez extraordinária. Felizmente não saio. Leio pouco. Mas tenho o manuscrito para emendar. Sempre dá para ir matando o tempo. Encontrei muitas coisas boas da língua do Nordeste, que nunca foram publicadas, e meti tudo no livro. Julgo que produzirão bom efeito. O pior é que há umas frases cabeludíssimas que não podem ser lidas por meninas educadas em convento. Cada palavrão do tamanho dum bonde. Desconfio que o padre

Macedo vai falar mal de mim, na igreja, se o livro for publicado. É um caso sério. Faz receio. O que me tranquiliza é ele nunca ter lido nada. Quando você saiu daqui havia no romance algumas passagens meio acanalhadas. Agora que não há aqui em casa nenhuma senhora para levar-me ao bom caminho, imagine o que não tenho arrumado na prosa de seu Paulo Honório. Creio que está um tipo bem arranjado. E o último capítulo agrada-me. Quando o li depois dos consertos, espantei-me. Realmente suponho que sou um sujeito de muito talento. Veja como ando besta.

Vou deitar-me, que estou com preguiça. Amanhã, dia grande, aniversário da revolução que regenerou o Brasil, procurarei mais algumas tolices para escrever. Até amanhã, Ló.

Dormi mal. Passei a noite acordando de vez em quando, com uma dorzinha renitente no coração. Não tem importância. A minha opinião hoje é que não morro nunca. Se tivesse de morrer, já teria morrido, você não acha? Quem foi esquartejado no hospital e está aqui largando lorotas, fumando, bebendo café, tem fôlego de sete gatos. Não é um gato só, Lozinha: são sete.

Ainda não queimaram os foguetes da revolução redentora. Parece que a prefeitura está mole relativamente a numérico, como diz o Pedro Soares. Numérico é numerário. 3 de outubro. Naturalmente aí em Maceió os músicos estão preparando os instrumentos e os oradores oficiais engatilhando os discursos. Aqui não há nada disso, graças a Deus, e há algum tempo fizeram uma sessão cívica no cemitério. A administração municipal tem um fraco pelos cemitérios. Que relação pode haver entre o cemitério e a revolução que salvou a pátria? 3 de outubro, dia grande. Há dois anos você estava em Pilar, comendo bagre. E aí em Maceió ainda não tínhamos recebido o primeiro telegrama sobre a encrenca. Agora tudo mudou. Um patriotismo infeliz tomou conta disto. E a literatura oficial é mais infeliz que o patriotismo. O pior é que ninguém faz nada. Conversa fiada, uns energúmenos idiotas querendo salvar esta gangorra por processos violentos. Besteira. Sangue não serve para nada. O Álvaro Paes é que tinha razão. Plantar algodão, plantar mamona, criar gado, isto é que é. Ninguém come os defuntos de São Paulo, porque o tempo de Cunhambebe já passou. Vamos deixar de novidade. Se continuar como vou, sapeco-lhe um programa de administração e política.

Vou interromper isto pela segunda vez. A carta só segue amanhã. Tenho tempo de concluí-la com vagar. Se aparecerem os foguetes, mando-lhe dizer. Se vier algum telegrama sobre a esculhambação de São Paulo, digo-lhe também. Por enquanto vou melhorar o negócio da compra de S. Bernardo, que Paulo Honório e Padilha estão esperando por mim.

Agora mesmo estou ouvindo uns estouros de bombas e uma corneta tocando. Concluo daí que a pátria está salva e São Paulo saiu do mapa.

Adeus, por hoje, Ló. Vou continuar o negócio da venda de S. Bernardo. E daqui a pouco vou tomar banho. São três horas da tarde, e ainda não me lavei. Que horror! Os sinos estão repicando, soltam foguetes, naturalmente por causa da vitória do governo.

Abraços, Ló. Lembranças ao pessoal de casa e beijos nos meninos. Graciliano. 3 de outubro de 1932.

Muitas festas hoje. Missa, foguetes, música, uma gritaria medonha nas ruas.

O periquito e a paca do Tatá são magníficos.

Graciliano. 4 de outubro de 1932. (P. dos Índios).

63

A HELOÍSA DE MEDEIROS RAMOS

Estive com os meus bichos de S. Bernardo
das seis da manhã à meia-noite

8 DE OUTUBRO DE 1932. Ló: Como você me pede para escrever sempre, pelo menos uma linha, aqui lhe mando a linha. Mas não é bom aceitar a obrigação de escrever por

todos os correios, porque posso esquecer a tarefa e ando, como você sabe, muito ocupado com a Madalena e a d. Marcela. Não acredito nessa história do Luís. Promessas como essa o Schmidt tem feito às dúzias: não valem nada. Escrevi a ele rompendo todos os negócios e pedindo a devolução duma cópia que tenho lá. Assim é melhor. A publicação daquilo seria um desastre, porque o livro é uma porcaria. Não me lembro dele sem raiva. Não sei como se escreve tanta besteira. Pensando bem, o Schmidt teve razão e fez-me um favor. Resta-me agora o *S. Bernardo*. Tenho alguma confiança nele. As emendas sérias foram feitas. O trabalho que estou fazendo é quase material: tolice, substituição de palavras, modificação de sintaxe. Mas tenho trabalhado demais: um dia destes estive com os meus bichos de *S. Bernardo* das seis da manhã à meia-noite, sem me levantar da banca.

Recebi a carta do Tatá e mando, em resposta, uma que me custou muito, porque não sei escrever como ele. Você traduzirá como achar melhor. Múcio entregou-me dois papéis para você.

Adeus, Ló. Lembranças, abraços, etc. Não continuo porque tenho de agarrar-me ao romance. Graciliano. (P. dos Índios).

64

A HELOÍSA DE MEDEIROS RAMOS

Agora estou mais bonito.
Se você me visse, ficava entusiasmada

Ló: Recebi ontem sua carta de 15. Como vê, chegou aqui bastante atrasada. Não tenho o que mandar dizer, Ló: continua tudo no mesmo ramerrão. Estou aqui lhe escrevendo só para mandar os cobres a que se refere. Eu não sabia quanto você precisava. Por isso não mandei antes. Vão cem mil-réis.

Tenho continuado a escrever, Ló, porque ainda não quis perder de uma vez a esperança toda. Mas em alguns dias terei necessidade de dar um coice nisto e afundar-me. Como o tempo é pouco, tenho escrito muito, como lhe disse, para acabar depressa. Não sei bem para que escrevo nem que vantagem há em acabar depressa. Eu é que me estou acabando, Ló. Magríssimo. Passei ontem o dia com febre. Era o que me faltava. Mas isto não tem importância: macacoas de gente velha.

Lourival me disse que tinha estado aí e falou em vocês, principalmente na Lulu. Acha ele que você vai bem.

Isto por aqui está horrível, Ló. Uma tristeza medonha. Creio que estou virando bicho. Há uns dois dias fui ao cinema. Sabe o que apareceu? Uma fita de Max Linder e pedaços da guerra de 1914. Calcule. Não conhece Max Linder? Conhece nada! No tempo dele você ainda não tinha nascido. Pois é o que se vê no cinema de Palmeira, hoje que o cinema é uma coisa séria. Aqui é assim, Ló. Uma peste.

Múcio está melhor, já anda. Poderá agora tratar do negócio das galinhas.

Interrompi esta carta para fazer a barba, Ló. Agora estou mais bonito. Se você me visse, ficava entusiasmada. Depois da barba fui ler um artigo do *Diário de Pernambuco*. Depois do artigo as ideias, minguadas, desapareceram.

Adeus, portanto. Amanhã ou depois escreverei uma carta mais comprida. Abraços para você e para todo mundo daí. Tatá que me escreva. E Lulu também. Graciliano.

Sábado, hora do correio. Seu Américo que me desculpe a maçada de ir ao correio retirar a carta. (P. dos Índios, outubro de 1932).

65

A HELOÍSA DE MEDEIROS RAMOS

Júnio chegou agora do teatro, isto é, da igreja

Lozinha: Recebi hoje o seu telegrama. Vai a resposta em carta por vários motivos: primeiro porque talvez chegue aí mais depressa que se fosse pelo arame; segundo porque posso escrever mais coisas; terceiro porque o correio cobra menos que o telégrafo; quarto e último, porque sábado lhe mandei notícias e uma pelega nova que você naturalmente já recebeu. Se não recebeu, a culpa não é minha: é de seu José Américo, que é o dono dos serviços de correspondência. Mande dizer se o cobre chegou aí, Ló. Realmente não sei para que foi o telegrama. Eu tenho escrito sempre, até demais. Você deve ter aí uma quantidade enorme de cartas minhas. Às vezes mando duas, três, sem esperar resposta. E é cada uma de légua e meia. Quando chega uma sua interrompo o que estou fazendo e passo logo o recibo. A última que veio tinha cabelos brancos, como lhe disse no sábado. Enfim mais pontual do que eu só mandando fabricar um de encomenda. Vamos às notícias reclamadas no telegrama. Júnio matou ontem uma jararacuçu no banheiro. João Fagundes, filho de sinha Terta, que deu de mamar ao Tatá, levou ontem à noite um tiro no peito e está para morrer, coitado. E eu não fui visitar o pobre do moleque. Mas vou, para não ser ingrato. Agora (onze da noite) há um espetáculo na igreja. Danças, músicas, drama, comédia, etc. em benefício da matriz. Não fui (se tivesse ido, não estava aqui escrevendo) mas Júnio está lá. Jeca está dormindo. Acabei agora de mexer no *S. Bernardo*. Provavelmente continuarei a escrever até uma da madrugada, que é quando a luz se apaga (horário revolucionário). Valdemar me disse há alguns dias, em carta, que os políticos daí (os retirantes bem entendido) estavam arrumando malas. Já seguiram viagem? Desejo de coração que o navio em que embarcarem vá ao fundo e que os outros passageiros se salvem. Isto por aqui está cada vez pior, Ló. Estive uns dois dias meio adoentado, como lhe disse. Coisa sem importância. Talvez tenha sido aborrecimento. Agora estou andando como gente, sem esforço. Às vezes a barriga me dá uns coices, mas isto é bom, porque eu me lembro de você. O estômago é que está em cacos. E ponto final nas doenças. Quando nos encontrarmos, Ló, creio que estarei mudo. Faz um bando de dias que não falo. Aqui trancado! O que faço é praguejar sozinho por causa das pulgas. Júnio chegou agora do teatro, isto é, da igreja. Diz ele que é quase meia-noite. E eu vou tomar um banho, Ló, que o calor é grande e há uma poeira dos diabos. Se achar outra jararacuçu no banheiro, mando dizer. Até já.

No banheiro não havia nenhuma jararacuçu, Ló. Parece que a defunta era solteira. E não escrevo mais hoje. O *S. Bernardo* espera até amanhã. Agora vou enxugar a cabeça, ler um bocado de economia política, dormir e sonhar com você. Está feito? Um milhão de beijos na Lulu e no Tatá. Abraços para você e para os outros. Graciliano. 24 de outubro, dia grande. (P. dos Índios, 1932).

66

A HELOÍSA DE MEDEIROS RAMOS

Quarenta anos, Ló. Que horror!

Ló: A última carta sua que me chegou brigava comigo por eu ter passado quinze dias sem lhe escrever. Deve haver engano: nunca estive uma semana sem lhe mandar notícias. Se não errou a contagem, naturalmente o correio furtou o dinheiro do selo.

Recebi agora mesmo sua carta de ontem. Não há nada grave relativamente a doenças. Apenas umas picadas de vez em quando. Quanto ao cigarro e ao café creio que não me fazem muito mal: se fizessem, eu não estaria vivo.

Estou escrevendo com rapidez elétrica para ver se consigo pegar o correio de hoje. Se você encontrar dificuldade em compreender isto, não me queira mal: é por causa da pressa.

As duas cartas que lhe mandei ultimamente contam um bando de coisas. Esgotei todos os assuntos e estou aqui estragando papel porque hoje é 27 e a sua última carta me veio lembrar que hoje, às quatro da tarde, entro nos quarenta e um. Quarenta anos, Ló. Que horror! Se o outro ano for como este, é uma beleza! Enfim, seja tudo como Deus quiser. Pode ser que até as operações e as enfermarias sejam boas.

Recebi o bilhete do Tatá. Não entendi nada. Vou estudar uma resposta, com calungas.

E adeus, Ló. Não quero perder o correio. Abraços. Lembranças ao pessoal, inclusive d. Lili, se ainda estiver aí. Beijos em Tatá e Lulu. Graciliano. 27 de outubro de 1932. (P. dos Índios).

67
A HELOÍSA DE MEDEIROS RAMOS
O S. Bernardo *está pronto*

Ló: Vi agora um envelope para você nas mãos de Múcio e lembrei-me de lhe mandar um bilhete.

Recebi sua carta de 28, cheia de coisas doces, que agradeço. Apresente ao nosso amigo Tatá os meus sentimentos por causa dos quatro bolos que levou. Isto por aqui continua a mesma estopada, com muita poeira e muito calor. Para quebrar a monotonia, a velha Iaiá enterrou-se ontem. Morreu anteontem, de ruindade. Os parentes já estão fazendo questão para voar nos troços que ela deixou. D. Heloísa recebeu carta sua. Disse-me o Chico que você pede à mulher dele para me fiscalizar. Não é possível, que ela não vive comigo. Clélia e Múcio continuam carcamanizados, um no francês, outro no italiano. Júnio também. Apareceu um periquito número 3. Esse meu filho tem um gosto esquisito para os periquitos. Por que será? O *S. Bernardo* está pronto, mas foi escrito quase todo em português, como você viu. Agora está sendo traduzido para brasileiro, um brasileiro encrencado, muito diferente desse que aparece nos livros da gente da cidade, um brasileiro de matuto, com uma quantidade enorme de expressões inéditas, belezas que eu mesmo nem suspeitava que existissem. Além do que eu conhecia, andei a procurar muitas locuções que vou passando para o papel. O velho Sebastião, Otávio, Chico e José Leite me servem de dicionários. O resultado é que a coisa tem períodos absolutamente incompreensíveis para a gente letrada do asfalto e dos cafés. Sendo publicada, servirá muito para a formação, ou antes para a fixação, da língua nacional. Quem sabe se daqui a trezentos anos eu não serei um clássico? Os idiotas que estudarem gramática lerão *S. Bernardo*, cochilando, e procurarão nos monólogos de seu Paulo Honório exemplos de boa linguagem. Está aí uma página cheia de *S. Bernardo*, Ló. É uma desgraça, não é? Tanta letra e tanto tempo para encher linguiça! Mas isso prova que a minha atenção está virada para os meus bonecos e que não tenho vagar para pensar nas fêmeas do Pernambuco Novo. E adeus por hoje. Beijos em Lulu e em Tatá. Lembranças a tudo. Abrace-se. Ainda não tive tempo de escrever a carta para o Tatá. Graciliano. 1º de novembro de 1932. (P. dos Índios).

68

A HELOÍSA DE MEDEIROS RAMOS

Haverá no mundo um sujeito mais besta do que eu?

PALMEIRA, NOVEMBRO DE 1932. Lozinha del cuore: Este pedaço de italiano aí de cima saiu porque me lembrei da lição de italiano do Lourival. Vem aqui todas as noites. Clélia e Júnio também estão virando carcamanos.

Estou nestes últimos dias preocupado com a última notícia que você mandou. Disse que já tinham aparecido sinais da vinda do rapaz (ou da moça) e até agora não chegou confirmação. De qualquer forma, Ló, antes lá do que aqui, você não acha? As parteiras destes cafundós são um horror. Aí você está com mais segurança.

Acabei agora a tarefa diária do *S. Bernardo*. Os trabalhadores do eito descansam às seis horas. Eu estou aqui desde oito da manhã, e já é meia-noite. Como amanhã temos correio, fico aqui à mesa alguns minutos mais, conversando com você. Amanhã não terei tempo para nada, porque essa gente do *S. Bernardo* exige todas as horas que Deus dá. Depois de tudo pronto, acontecerá o que aconteceu ao *Caetés*. Haverá no mundo um sujeito mais besta do que eu? Em todo o caso antes esta ocupação de condenado que os fuxicos da política de Palmeira. Estou trancado. Isto para você deve ser agradável.

As suas últimas cartas não têm data, Ló. Não tem importância, mas ando perguntando a mim mesmo o dia em que lhe apareceram os primeiros sinais. D. Heloísa fala sempre em você. Estive em casa dela há pouco, uns minutos para descansar o espinhaço moído desta posição horrível. Não admira que a gente fique velho e corcunda antes de tempo.

Múcio ainda não está bom. Piorou das feridas e agora é que pode levantar-se, com dificuldade. Recomendei a ele hoje que, logo que fosse possível, tratasse do caso das galinhas.

Como vai Tatá? Recebeu a carta que mandei para ele? Uns retratos que foram nela não estavam muito bem-feitos, mas ele deve ter compreendido tudo, com seu auxílio.

Adeus, Ló. Não escrevo mais porque preciso deixar alguma coisa para o outro correio. Um abraço, com cuidado por causa da barriga. Lembranças ao pessoal e os beijos do costume nos meninos. Quando escreverem ao Luís e ao Zéleite, mandem lembranças minhas. Graciliano. Segunda-feira.

N.B. — Meia-noite é história: passa de uma hora da madrugada. Sobre o nome da sujeita conversaremos depois.

69
A HELOÍSA DE MEDEIROS RAMOS
Pelo último correio, o Menino de Engenho, *do Zélins. É excelente*

Ló: É muito cedo. Levanto-me agora porque Maria me vem perguntar que foi que você pediu na última carta que escreveu.

Escrevo rapidamente (a letra está mostrando) para ver se aproveito a ida do Antônio Augusto, agora.

Até agora tudo por aqui no mesmo ramerrão. Não entreguei os riscos à d. Olímpia porque ela não está aqui. D. Heloísa disse-me que tem uns fuxicos para fazer, mas só quando você vier, que não quer escrever enredos. É muita coisa, diz ela. Por isso estamos quase intrigados.

Se a d. Evangelina acertou, a esta hora você deve estar descansada. Não posso ir, primeiro porque ando adoentado, com a barriga sempre doendo; segundo porque os tempos estão bicudos e é preciso fazer economia: terceiro porque quem vai ter menino não sou eu.

Devolvo o cartãozinho do Zé Leite. Não dei o dinheiro a Múcio porque ele está doente, não se pode mexer, com duas feridas no pé. Quando se levantar, trataremos disso.

Recebi, pelo último correio, o *Menino de Engenho*, do Zélins. É excelente. Mando amanhã uma carta agradecendo a remessa do volume. Imagine que meu pai leu o livro duas vezes. E um romance que meu pai lê duas vezes só pode ser bom.

O *S. Bernardo* está acuado.

E adeus, Ló. Não posso escrever mais, que tenho medo de não encontrar o Antônio. Pelo correio escreverei com mais vagar. Você não me disse se recebeu as cartas que lhe tenho mandado ultimamente.

Abraços. Lembranças às meninas e a seu Américo. Beijos no Tatá e nos cabelos cortados de Luísa. Graciliano. Segunda-feira. (P. dos Índios, novembro de 1932).

70

A HELOÍSA DE MEDEIROS RAMOS

*As folhas estão cheias e não há mais
lugar para fazer emendas*

Ló: Já lhe escrevi até agora mil e uma cartas. Apesar de não achar nada para lhe dizer, escrevo-lhe mais esta para você não me acusar de ficar duas semanas calado. Uma injustiça.

Como vai a barriga, Ló? Tenho receio de que esse menino apareça barbado. Mande-me algumas notícias, que ultimamente não tenho recebido daí nem um bilhete. Mas não brigo por isso, porque sei que uma pessoa com a barriga crescida não pode escrever.

Nestes últimos dias tenho trabalhado menos. Às quatro horas deixo o *S. Bernardo* e vou à Rua dos Italianos beber uma xícara de café na bodega do Casusa. D. Cecília pergunta sempre por você. Tenho ido algumas vezes à casa do Salazar. A senhora dele está doente, mas ontem à noite já andava. João Fagundes (ou José Fagundes) ainda está vivo.

Pensamos sempre nos fuxicos políticos. Não sabemos nada, mas procuramos adivinhar qualquer coisa. Juntamos os boatos com as incongruências dos jornais e tiramos conclusões mais ou menos idiotas. O melhor seria a gente esquecer tudo isso, mas não estamos na China, onde o cidadão se divorcia das questões públicas. Não estou falando bonito? Se continuar assim, escrevo um artigo. O *Jornal de Alagoas* trouxe um dia destes uma nota dizendo que S. M. Tinoco I da Baixa da Égua (25) não voltava aos seus domínios. Uma nota com a letra do tamanho dum bonde. Voltará? Não voltará? É para nós uma questão de muita importância. Se não voltar, provavelmente virá outro pior, se for possível encontrar um nessas condições.

Faz bem um mês que o Valdemar me mandou uma carta com a reportagem das festas da paz. Pois eu tenho estado tão embebido no *S. Bernardo* que só agora mando a resposta.

O *S. Bernardo* está muito transformado, Ló. Seu Paulo Honório, magnífico, você vai ver. O diabo é que as folhas estão cheias e não há mais lugar para fazer emendas. Se eu morresse hoje ninguém poderia ler aquilo. Mais difícil que as cartas do Tatá. Como vai esse nosso amigo? Voltou à escova? Interrompa os bolos por um minuto e dê-lhe uns beijos por mim. Na Lulu também. Creio que vou escrever a essa gente.

Adeus, Lozinha. A carta que fiz ao Tatá me deu um trabalho enorme. É uma carta geométrica: tem círculos, ângulos, triângulos, linhas paralelas, etc., para ele se ir acostumando.

Agora vou tomar um banho e depois meter-me no *S. Bernardo*. Lembranças e abraços para tudo, especialmente para você. Graciliano. Terça-feira. (P. dos Índios, novembro de 1932).

71

A SEBASTIÃO RAMOS DE OLIVEIRA

Vanda interrompeu o curso normal?
Foi um grande erro, uma tolice enorme

Meu pai: Quando estive aí, esqueci-me de falar-lhe sobre o aluguel da casa do Pinga-Fogo.

Peço-lhe que receba os cobres do inquilino e m'os remeta com alguma brevidade, se lhe for possível, pois tenho várias contas a pagar, especialmente de médicos e farmácias, que aqui em casa este ano foi uma carga de doenças dos mil diabos. Refiro-me à casa do Pinga-Fogo apenas; o inquilino da outra é muito pontual, nada me deve.

Como vai Palmeira? Não sei quando poderei aparecer por aí. Se tivesse dois meses livres, iria passá-los aí no Pinga-Fogo, para escrever um livro, trabalho que ando fazendo com dificuldade horrível. Infelizmente a trapalhada burocrática e esta infame politicagem não deixam ninguém em sossego.

As meninas aparecem aqui em casa algumas vezes (26). Por que foi que Vanda interrompeu o curso normal? Foi um grande erro, uma tolice enorme. Olhe que a falta desse papel que ela arranjaria em cinco anos, talvez em quatro, pode causar-lhe sérios transtornos na vida. Estamos chegando a um tempo em que uma pessoa, para conseguir viver, terá necessidade de saber fazer qualquer coisa bem. Abraços. Graciliano. (Maceió, 1934).

72

A SEBASTIÃO RAMOS DE OLIVEIRA

Sairemos daqui às seis horas da manhã em automóvel da linha

Meu pai: Provavelmente domingo estarei aí para uma visita ao lugar onde vai ser construído o grupo escolar.

É um convite do Interventor, que deseja conhecer o sertão e dar aos sertanejos um bando de coisas que eles merecem. Se houver festas por aí (Deus me livre disso) o homem se alojará onde quiser; se não houver festas, a minha obrigação é convidá-lo para almoçar em sua casa. Sairemos daqui às seis horas da manhã em automóvel da linha. Estaremos aí, portanto, antes do meio-dia.

Abraços para o senhor e para todo o pessoal de casa. Graciliano. 1º de junho de 1934 (Maceió).

73

A HELOÍSA DE MEDEIROS RAMOS

Julgo que continuarei o Angústia,
que a Rachel acha excelente, aquela bandida

Ló: Estou comendo como um cavalo: Helena de ontem para hoje tem arranjado uns almoços formidáveis. Acabo de almoçar e, como é natural, bebi um bocado de aguardente. Vou dormir. Em seguida retomarei o trabalho interrompido há cinco meses. Julgo que continuarei o *Angústia*, que a Rachel acha excelente, aquela bandida. Chegou a convencer-me de que eu devia continuar a história abandonada. Escrevi ontem duas folhas, tenho prontas 95. Vamos ver se é possível concluir agora esta porcaria. É quase uma hora. Creio que sapecarei o segundo horário da repartição. No quintal procurarei escrever a continuação do romance, que se passa num fundo de quintal, como v. sabe. Sairá uma obra notável. Nenhum artigo novo sobre o *S. Bernardo*: apenas um do Ceará, que a d. Clotilde mandou e que v. leu, parece-me. À noite vou terminar uma carta ao Oscar Mendes, de Minas, carta começada há mais de uma semana, antes da encrenca política. A propósito de encrenca: tudo continua como estava anteontem. Dois dias ganhos, portanto. Mas suponho que teremos sarapatel: consta-me que chegarão hoje do Rio, remetidos pelo general Góes Monteiro, uns ferrabrases acostumados a cortar cabeças. Sempre essa besteira: cortar cabeças, fazer montões de cinza e sangue, salvar o Estado, toda uma literatura desmoralizada. É necessário que termine o meu romance, literatura menos besta que a outra, a política. Vou atirar-me a ele daqui a pouco, quando acordar. Mande-me dizer como aguentou a viagem. Lilita aborreceu-se muito? E d. Luísa? E nosso amigo Ricardo? Como vai o braço? Múcio recebeu o telegrama que Rachel passou em meu nome? Mande-me um relatório circunstanciado sobre a viagem. Por enquanto as coisas por aqui estão calmas. Adeus, Ló. Abraços em minha mãe. Vou dormir. E, às seis horas, quando acordar, conversarei com a Marina e com Luís da Silva, excelentes criaturas, na opinião da Rachel e de Zéauto. Abraços do Graciliano. 22 de março de 1935. (Maceió).

P.S. Comunico-lhe, para os devidos fins, que Helena pregou ontem o botão do pijama.

74

A HELOÍSA DE MEDEIROS RAMOS

Tínhamos sido exonerados:
os atos já estavam na Imprensa Oficial

Ló: Escrevi-lhe ontem uma carta, que Helena não mandou porque o caminhão do Antônio Augusto não veio para o transporte da mala. Assim, v. ficou sem carta e sem mala, mas amanhã ou depois lhe chegarão esses troços. Acabo de ler o papel que v. me mandou contando as aventuras da cambada no trem, especialmente o comunismo da nossa amiga Luísa. Aqui vão as notícias do dia. Hoje tivemos coisas notáveis, que passo a expor. Isto é, exponho apenas as partes que me interessam, pouco notáveis para os outros. Logo que cheguei aos Martírios soube que o Osman ia deixar o governo sem esperar decisão do Rio. Subi e encontrei o pessoal na sala de jantar arrumando coisas que iam para a casa do Valdemar Loureiro, segundo me disse a d. Laura. O Edgar tinha ao pé da cama uma padiola para transportá-lo ao Farol. E redigia um telegrama horrível para a mãe. Conversei algum tempo com o Osman, que estava inteiramente disposto a deixar o governo ao comandante do 20º Batalhão de Caçadores. Este, porém, deu o fora, não quis meter a mão em combuco. Arranjaram na padiola e depois no automóvel o Edgar e a perna doente. Acompanhei-os para me despedir deles na casa nova. De volta trepei-me num carro (oficial, pois os dinheiros estão curtos) e andei por estas ruas tentando pôr em ordem uns pedaços da minha vida. No Relógio Oficial encontrei Zélins, que foi comigo à Nordeste liquidar o negócio das cauções. Daí fomos ao palácio, abraçar o Osman e dizer os nossos endereços. Ao descermos, o autor de *Banguê* quis por força levar-me à casa dele: capítulo do romance novo e almoço. A Naná muito amável. Estou convencido de que ela é uma excelente moça. Em seguida rodamos para casa do Zéauto, onde ouvimos as últimas páginas do livro da Rachel. Zélins deu o fora e eu fiquei, na amolação, conversando literatura e esquecido da política. Rachel falou várias vezes em v. Sempre encantada com as meninas, especialmente com a Clarita, por causa da lembrança que ela tem da Clotildinha. De vez em quando dizia-me uns desaforos por não me resolver a meter a cara no *Angústia*, que ela acha melhor que os outros dois. Falta de entusiasmo. Sapequei uma folha ontem à noite, mas frio, bocejando. De volta da casa dos nossos amigos, encontrei no bonde o Teixeira de Carvalho, que me falou a respeito de um telegrama chegado à tarde. Eu não sabia de nenhum telegrama, que tinha passado o dia fora da cidade. O Teixeira tinha ouvido que o Osman ia transmitir o governo ao Edgar e embarcar para o Rio, tudo por ordem do Ministro da Justiça. Ao passar pela Boa Vista, quis ir ao *Jornal de Alagoas*, pedir informações, mas não fui. Amanhã saberei se a história é verdade ou mentira. Quando saí dos Martírios, antes do meio-dia, tínhamos sido exonerados: os atos já estavam na Imprensa Oficial. Agora à noite seu Américo me disse que à tarde José Soares tinha vindo informar-me de que a publicação havia sido suspensa. Nota sentimental: a datilógrafa que empreguei este ano veio pela segunda vez ao meu gabinete, com os olhos pisados, oferecer-se para copiar os meus livros, à noite. Adeus, Ló. Beijos nos pequenos e abraços em minha mãe e no pessoal de casa. Fique boa. São dez e meia: vou ver se consigo arranhar uma folha do *Angústia*. Abraços do Graciliano. 23 de março de 1935.

Mando-lhe alguns recortes de jornais de hoje. Como v. vê, parece que ainda ficamos uns dias a roer os ossos da repartição. Ontem, depois que lhe escrevi, ainda arranjei uma página regular sobre os amores de sinha Germana com o velho Trajano. Creio que hoje amanheci com a munheca desemperrada: já fiz um pedaço de capítulo. E são nove horas da manhã. Há um grande silêncio na casa, a gente escreve que é uma beleza. Ainda há dias o Osman me perguntava: "Como diabo v. pode escrever com tanto filho?" Julgo que agora concluirei o livro. Diga a Júnio e a Múcio que tenham muito cuidado com os esqueletos. E v. tenha também cuidado com o seu. Adeus. Novos abraços. Vou conversar com a Marina e com a d. Germana. Beijos nos pequenos;. Graciliano. 24 de março de 1935. (Maceió).

75

A HELOÍSA DE MEDEIROS RAMOS

Deitarei os cobres que v. pede entre as folhas do bloco de papel

Ló: Recebi as suas duas cartas. Ainda não tinha mandado resposta à primeira porque ando muito ocupado com o livro. Múcio não deve vir agora, que não temos segurança nenhuma. É bom que ele espere até o dia 15: facilmente se arranjará explicação com um atestado médico. Antes disso conversaremos. Tudo por aqui está muitíssimo atrapalhado. O homem das entrevistas loucas continua a ameaçar Deus e o mundo nos jornais do Rio.

O estado do Edgar é grave, creio mesmo que é muito grave. Vê v. daí que podemos ter em Alagoas pelo menos algumas amostras das violências que o candidato irmão do general Góes Monteiro anda a prometer. Tudo está numa confusão horrível. A nossa permanência nos cargos é coisa incerta, julgo que demoraremos pouco. V. viu que já fomos exonerados duas vezes. De resto, ainda que o Osman triunfe, não tenho nenhum desejo de continuar numa repartição que se desorganiza, não obstante os esforços que a gente faz para consertar a trapalhada. Mandei a sua receita para a farmácia agora mesmo. Logo que tenha portador para aí remeterei os remédios e o bloco de papel que v. pede. Se não aparecer portador, suponho que irei eu mesmo levar essas coisas e olhar o riacho a que se refere a sua carta. Estive uma vez em casa do Zéauto. Rachel me pediu que lhe mandasse as lembranças dela. A viagem para aí foi uma brincadeira. Que diabo iria a Rachel fazer em Palmeira? Julgo que a informação que v. me deu na penúltima carta lhe seria indiferente: com certeza se riria se ouvisse aquilo. Tolice.

Deitarei os cobres que v. pede entre as folhas do bloco de papel. Tenha o trabalho de percorrer as folhas. Luís vai submeter-se a nova operação: escreveu dizendo que tem estado pior e precisa voltar ao canivete. Seu Américo andou ontem com uma cara de bicho. Diga a Júnio que durma e se alimente. A Múcio também. Não se preocupe com o dinheiro da mulher: irá no princípio do mês, como v. prometeu.

Escrevi umas seis ou oito folhas depois da sua saída, quase dois capítulos horrivelmente cacetes. Zéauto e Rachel, que me visitaram no domingo, acharam tudo muito bom, mas tenho a certeza de que a história cada vez mais está ficando indigesta.

O comunismo de Luísa (27) tem produzido aqui um bruto sucesso. Adeus, Ló. Estou aqui com um monte de papéis para assinar. São quatro horas: tenho apenas uma hora para liquidar esta papelada. Muitos abraços. Beijos na comunista, em Lilita, em Tatá. Uns puxões de orelha em Múcio e em Júnio. Graciliano. Maceió, 29 de março de 1935.

76

A HELOÍSA DE MEDEIROS RAMOS

*Como li os pedaços de uma prosa
do Plínio Salgado, o sono me agarrou*

Ló: Ontem lhe mandei uma carta comprida. Agora é um bilhete apenas para lhe remeter os remédios pedidos e o bloco de papel. Com certeza v. já recebeu a mala. Não escrevi ontem nem uma linha: estive até tarde em casa do Aloísio (o integralista), e como li os pedaços de uma prosa do Plínio Salgado, o sono me agarrou quando voltei e dormi doze horas pouco mais ou menos. Quando acordei estava meio maluco. Nenhuma notícia de Rachel e do Zéauto. Acabo de receber uma carta do Gastão com várias notícias e dois artigos: um do Pará, outro de Minas. A crítica do mineiro está bem-feita. O paraense ataca a minha linguagem, que acha obscena, mas diz que eu serei o Dostoiévski dos Trópicos. Levante-se e cumprimente. Uma espécie de Dostoiévski cambembe, está ouvindo? O pior é que o homem me chama Gratuliano. Diz o Gastão que ele pensa que eu sou interventor na Paraíba. Seja tudo pelo amor de Deus. Adeus, Ló. Cuidado com os meninos, especialmente com a Luísa, por causa das tendências comunistas dela. Percorra as folhas do bloco de papel: vão dentro os cobres que v. pediu.

    O resto irá no princípio do mês vindouro. Abraços. Graciliano. 30 de março de 1935. (Maceió)

77

A HELOÍSA DE MEDEIROS RAMOS

Os que vendem ou compram fazendas, os que plantam algodão e os que fabricam açúcar são de espécie diferente da minha

Ló: No último capítulo do *S. Bernardo* o nosso amigo Paulo Honório escreve uma carta a certo sujeito de Minas, sobre um negócio confuso de porcos e gado zebu, se não estou enganado. Ou só de porcos: parece que no livro não se fala em gado zebu. Só vendo. Pois eu agora acabo de escrever duas cartas a dois sujeitos de Minas, sobre o mencionado Paulo Honório. Não tratei de porcos — só literatura. Os dois sujeitos são o Oscar Mendes e o Jaime de Barros, que escreveram dois artigos muito sérios, um na *Folha de Minas*, outro no *Estado de Minas*, a respeito do *S. Bernardo*. Umas cartas literárias, cheias de merda de galinha. Paciência. Eu sou um literato horrível, e só dou para isso. Tenho procurado outras profissões. Tolice. Creio que meu pai e minha mãe me fizeram lendo o Alencar, que era o que havia no tempo deles. O Estado está pegando fogo, o Brasil se esculhamba, o mundo vai para uma guerra dos mil diabos, muito pior que a de 1914 — e eu só penso nos romances que poderão sair dessa fornalha em que vamos entrar. Em 1914-1918 morreram uns dez ou doze milhões de pessoas. Agora morrerá muito mais gente. Mas pode ser que a mortandade dê assunto para uns dois ou três romances — e tudo estará muito bem. Por aí vê você que eu sou um monstro ou um idiota. Alagoas tem um milhão e duzentos mil habitantes, mas na minha estatística há apenas uns três indivíduos, uns três e meio, quatro no máximo. Os que fazem política, os que vendem ou compram fazendas, os que plantam algodão e os que fabricam açúcar são de espécie diferente da minha.

Há pouco seu Américo pediu-me para ler uns capítulos do *Angústia*. Li, sem entusiasmo, e como ele me dissesse que alguém gostava dos meus livros e entendia de literatura, passei uma hora convencendo-o de que isto não era possível. Somos uns animais diferentes dos outros, provavelmente inferiores aos outros, duma sensibilidade excessiva, duma vaidade imensa que nos afasta dos que não são doentes como nós. Mesmo os que são doentes, os degenerados que escrevem história fiada, nem sempre nos inspiram simpatia: é necessário que a doença que nos ataca atinja outros com igual intensidade para que vejamos nele um irmão e lhe mostremos as nossas chagas, isto é, os nossos manuscritos, as nossas misérias, que publicamos cauterizadas, alteradas em conformidade com a técnica. Tudo isto é muito pedante e muito besta, mas é continuação das cartas que escrevi ao Oscar Mendes e ao Jaime de Barros. Apenas suponho que esta vai saindo melhor, o que é ridículo. Mas você, na que recebi hoje, falou-me na possibilidade de vivermos aí, se não estou enganado. É possível que nos metamos outra vez em Palmeira, que eu compre algodão e venda trapos, mas com certeza hei de comprar e vender muito mal. Comprando algodão ou vendendo fazenda, construindo o terrapleno da lagoa ou entregando os diplomas às normalistas (não vale a pena contar: foi uma estopada), hei de fazer sempre romances. Não dou para outra coisa. Ora aqui há uns dois ou três indivíduos que falam comigo. Aí não há nenhum. Estou, pois, com vontade de ir para Minas, onde há muitos leprosos. Talvez encontre outros doentes como eu. Adeus, Ló. Abraços de Graciliano. Maceió, 3 de abril de 1935.

78

A HELOÍSA DE MEDEIROS RAMOS

*Almocei em casa deles, com Zélins,
mas acabamos brigando*

Dona Ló: Conversei há pouco com o Antônio Augusto, que me disse ter visto você a semana passada em Palmeira de Fora. Perguntei se você estava viva, e ele me respondeu que sim e que andava a passeio, com boa cara. Em falta de carta sua, tomei as informações dele como boas. Deus lhe dê saúde. Disse há dias a Zéauto que você continuava doente; como falei em aborto, ele pensou que você tinha tido um aborto recente e transmitiu a notícia a Rachel, que ficou alarmadíssima. Veio aqui pedir pormenores e foi difícil convencê-la de que Zéauto se tinha equivocado e exagerado a história. Almocei ontem em casa deles, com Zélins, mas acabamos brigando por causa da nova literatura russa, que eu acho uma peste e a Rachel admira. Em seguida fomos ao Capitólio, ver o Pancho Villa, uma fita que reproduz perfeitamente a revolução mexicana, que eu conhecia pelos telegramas, uns anos atrás. Agora, com a fita, tudo se tornou mais claro. Recebi mais um artigo de Minas sobre o *S. Bernardo*, amabilidades, besteiras. O que veio a semana passada é que tem uns ataques muito bem arranjados, é um estudo sério que vou transcrever no *Jornal de Alagoas*. A literatura continua mal: o livro encalhado no capítulo 23. Não há esforço que sirva. Antes de tudo tenho necessidade de escrever a essa gente de Minas, agradecendo tanta gentileza. Os paulistas me trataram mal, mas os mineiros são excelentes. É preciso que me corresponda com eles. Há dois jornais camaradas. A política de Alagoas vai no mesmo estado de incerteza e atrapalhação. Edgar vai melhor, creio eu. Ontem à noite retiraram os soldados do exército dos edifícios públicos estaduais. Foi bom. Ontem pela manhã encontrei o grupo Diegues Júnior transformado em caserna: dois heróis armados e municiados. E a diretora me disse que a princípio havia quatro. Adeus, Ló.

Abraços. Graciliano, 3 de abril de 1935. (Maceió).

79

A HELOÍSA DE MEDEIROS RAMOS
Um cabotinismo horrível

Ló: Apenas um bilhete, para aproveitar a visita do Panta, que segue para aí hoje. Como vai a saúde? Hoje é provável que meta a cara no capítulo 24, a história da companhia lírica, que será notável, presumo. Zélins embarcará para o Rio amanhã. Anda triste, por deixar Alagoas.

Nenhum artigo novo do Sul, nem no *Boletim de Ariel*, que recebi ontem. Apenas os quatro ou cinco de que lhe falei. Creio que vou transcrever tudo no *Jornal*: um cabotinismo horrível. Abraços. Graciliano. 10 de abril de 1935. (Maceió).

80

A HELOÍSA DE MEDEIROS RAMOS

Como vai o comunismo de Lulu?
Rachel ficou querendo um bem danado a ela

Ló: Recebi ontem à noite a sua literatura do dia 15. Acordei agora. E, antes do banho, apenas com uma xícara de café que a Albertina me trouxe, sapeco-lhe esta resposta. Hoje ninguém trabalha, que é pecado, por causa da morte do J. Cristo, esse rapaz que andou fazendo discursos na província e acabou tentando chefiar revolução na capital. Tenho desejo de ler os jornais do tempo, mas as reportagens, que ali estão em cima da arca de Noé, me tomariam o dia inteiro, e eu tenho outras coisas para fazer nestas noventa e seis horas de férias. Em todo o caso penso no J. Cristo, sem nenhuma simpatia, está visto. Foi o pior dos revolucionários, muito mais prejudicial que o Juarez Távora. Estamos aqui aguentando as consequências do idealismo do major Távora: o câmbio desceu, as estradas se fecharam, e não existe no interior um negociante que não tenha sido prefeito, nem existe no Rio um militar que não tenha sido interventor nestes quatro anos de pândega administrativa. Tudo se esculhambou por causa da ideologia dos revolucionários marca Juarez Távora. Depois tudo se endireita, porque a revolução daqui foi miudinha, uma revolução besta, sem mártires, sem santos, sem doutores. A do J. Cristo foi a encrenca mais desastrosa que a humanidade já aguentou. Há dois mil anos que rebentou o fuzuê, e nunca mais as coisas voltaram aos eixos. Estou aqui pensando no que seria o mundo se o J. Cristo, em vez de se entregar àquela mania que todo judeu tem de consertar o que está certo, tivesse ficado em casa, fabricando bancos e mesas, como o marido da mãe dele. O mundo seria hoje menos feio, menos triste, menos besta, menos safado, menos ruim. Nem vale a pena tentar a comparação. Quando o J. Cristo começou a fazer *meetings* na beira do lago, as coisas iam assim assim, nem muito bem nem muito mal. Em todo o caso iam melhor que hoje. J. Cristo meteu os pés pelas mãos e esbagaçou tudo. E o que veio foi esta porcaria que se vê. Estou aperreado, Ló, com a besteira daqueles rapazes que acreditaram nas conversas dele. Rapazes sérios, gente de trabalho, até homens casados, largaram as ocupações de cada dia e saíram atrás do Filho do Homem, procurando o reino do Filho do Homem. Outros aqui procuram o reino do Alberto (28), que está ficando tão feroz como o J. Cristo. Só falta pegar um chicote e expulsar do Tesouro, do Palácio dos Martírios e da Prefeitura os vendilhões que lá vivem, roendo um ordenado mesquinho, coitados. Vamos deixar de conversa, Ló. Estou aborrecido com todos os sujeitos que fazem promessas de felicidades e milagres: o J. Cristo, o Afonso de Carvalho, etc. As promessas do judeu foram como as do capitão. Piores, que muita gente acreditou nelas e muita gente ainda acredita, e as do Afonso de Carvalho ninguém levou a sério. "Para que sejamos dignos das promessas de Cristo. Amém." Quem é que é digno das promessas do J. Cristo? D. Rosinha Calixto? É. D. Rosinha Calixto tem tudo, até a corcunda, perfeitamente cristã. Entretanto d. Rosinha Calixto parece que não está satisfeita. Há dias fui a bordo acompanhar Zélins, que ia para o Rio. Num bote que chegou junto ao meu alguém gritou por mim. Não reconheci logo a cara, mas percebi que era moça de Palmeira, um pouco transformada. Mas logo avistei perto dela a corcunda e o nariz de d. Rosinha Calixto, que ia para o Rio. Compreendi então que as promessas do J. Cristo a d. Rosinha Calixto ainda não se realizaram. E d. Rosinha Calixto vai procurar no Rio de Janeiro o reino do Filho do Homem. Naturalmente não o encontrará, porque no Rio não existe nenhum reino dessa natureza. Então d. Rosinha Calixto morrerá e encontrará no céu o reino do Filho do Homem, segundo afirma o padre Cavalcante e outros que ainda não casaram. Padre Tavares e um de União estão agora pensando de maneira diferente. Fui tomar banho, Ló. Depois bebi o café e contei umas anedotas a seu Américo. Agora não me ajeito mais com a história de Evangelho que estava escrevendo, por causa da semana santa. Mudemos de assunto. A gripe ainda me incomoda, mas ando melhor. Tanto que pretendo dar um salto aí terça ou quarta-feira. A encrenca política está num beco sem saída: ninguém sabe como esta porcaria vai acabar. É melhor pensar em outra coisa. Enfim tudo vai muito mal, no pior dos mundos possíveis. É preciso que o Alberto endireite isto. Zéauto e Rachel foram para o Recife. Zélins não voltará do Rio. A Naná irá dentro de um mês. Os outros literatos dedicam-se a trabalhos políticos ou burocráticos, não se percebe a cara de nenhum. Uma coisa chatíssima. Aqui em silêncio nestes quatro dias vou ver se consigo escrever uns dois capítulos. Fiz quatro depois da sua saída. Compridos e muito difíceis. Provavelmente o livro ficará uma porcaria, mas vou continuá-lo, por causa do homem do Pará. (29) De todas as besteiras que disseram sobre mim foi a dele a mais engraçada. A companhia lírica vai dar-me dois capítulos. Arranjei o primeiro: tudo se passa no alto do Farol. Imagine, o alto do Farol a propósito de óperas. Todo o capítulo gira em torno dum parafuso. Enfim uma coisa sem pé nem cabeça. Vou continuar a história. Como vai o comunismo de Lulu? Rachel ficou querendo um bem danado a ela. Mais que à Clarita, que é muito brilhante, muito estimada, na opinião da Rachel. Luísa é mais meiga e vive na sombra, por causa do brilho da outra. O periquito de Múcio caiu no banheiro e passou um dia ensopado e triste. Adeus. Abraços em minha mãe, em Daia, etc., etc., etc. Até a semana vindoura. Abraços. Graciliano. Quinta-feira. (Maceió, 1935).

81

A HELOÍSA DE MEDEIROS RAMOS

Marina continua em vergonhosa atracação com o Julião Tavares

Ló: Hoje, dia da morte de Judas, volto a escrever-lhe. Anteontem, Endoenças (é um nome brabo, mas está ali na folhinha), foi um dia de grande trabalho. Ontem escrevi menos, mas ainda assim fiz o resto dum capítulo e outro quase todo. Falei muito com seu Américo e por isso a história não se adiantou como eu desejava. Terminei o espetáculo da companhia lírica. O primeiro ato é no Farol, como já disse, o segundo aqui no fundo do quintal, ao pé da mangueira, que nunca existiu. Marina continua em vergonhosa atracação com o Julião Tavares. O ciúme de Luís da Silva é uma doença horrível. O marido de d. Rosália apareceu ultimamente, creio que já lhe disse. Depois castrou-se um moleque nos paralelepípedos. Surgiram uns vagabundos tocando violão e matando o bicho numa bodega. Ontem à noite Luís da Silva tirou da raiz da mangueira dezesseis mil-réis em prata e duas libras esterlinas que Vitória tinha enterrado. Aí apareceu um gato que deve ser da família do diabo: creio que nessa história de botija o diabo aparece sempre. Nunca vi nenhum, mas é o que dizem. O meu diabo tem olhos de gato e veio numa sexta-feira da Paixão. Suponho que ele fica bem com olhos de gato. Seu Américo me deu umas informações sobre os olhos dos gatos, mas sem imaginar que eu estava preparando um diabo num dia santo como o de ontem. Quinta-feira passei o dia numa excitação dos pecados. Terminei a sua carta às dez horas. Pois daí até meio-dia, e das quatro da tarde à uma da madrugada, escrevi com uma rapidez que me espantou. Nunca trabalhei assim, provavelmente um espírito me segurava a mão. Vou perguntar a d. Luísa. A letra era minha, embora piorada por causa da pressa, mas é possível que aquilo fosse mesmo feitiçaria. Ou efeito de aguardente. O que é certo é que não vi espírito nenhum. Ontem, como já disse, o que vi foi o diabo, mas um diabo doméstico, com olhos de gato. Não é possível reduzir mais o sobrenatural. Estou em grande atrapalhação para matar Julião Tavares. Cada vez me convenço mais de que não tenho jeito para assassino. Ando procurando uma corda, mas, pensando bem, reconheço que é uma estupidez enforcar esse rapaz, que não vale uma corda. Enfim não sei. Estou atrapalhado. Se hoje e amanhã eu estiver como nos dois primeiros dias, talvez encontre uma solução para este caso difícil. Estou aqui escrevendo com uma pressa dos demônios, porque preciso voltar à papelada. Felizmente não temos tido jornais. Assim, não perco tempo lendo telegramas e notícias políticas. Ignoro completamente o que se passa da porta do corredor para fora. Presumo que não houve nenhum terremoto. Pelo menos seu Américo não me disse nada a este respeito. Mas se houve algum aqui na Rua do Macena e não quiseram trazer-me uma notícia assim desagradável, espero tomar conhecimento do desastre na segunda-feira. Por enquanto pretendo entregar-me inteiramente a este desastre que preparo e que terá, se aparecer um editor maluco, cinquenta leitores do Amazonas ao Prata, talvez nem tanto. Em seguida o Lívio Xavier, e os outros comunistas amigos da Rachel me arrasarão. Adeus, Ló. Abraços. Beijos nas meninas. Até a semana vindoura. Graciliano. Sábado, 8h da manhã. (Maceió, 1935).

82

A HELOÍSA DE MEDEIROS RAMOS

Uma proposta do José Olímpio, que se oferece para editar o Angústia, *ainda não escrito*

Ló: Fiz viagem regular e cheguei em paz, com muita poeira, muito sono e lembrança das conversas chatas do trem. Felizmente ontem amanheci melhor. Tomei quatro banhos para livrar-me da poeira e escrevi duas folhas do romance: terminei um capítulo e comecei outro. Hoje é que não pude escrever nada. Na repartição encontrei, com um expediente enorme que encoivarei depressa, uma carta do Zélins. Recados para a Rachel, que ainda não voltou do Recife, e uma proposta do José Olímpio, que se oferece para editar o *Angústia*, ainda não escrito. Edição de três mil exemplares. Acabo de escrever ao Zélins dizendo que o livro só estará terminado lá para o fim do ano, se estiver. Marina está grávida, creio que já lhe disse. Agora vou ver se é possível matar Julião Tavares. Difícil. A morte desse homem vai demorar muito. Creio que vou terminar este bilhete, Ló. A encrenca política ainda continua sem solução. Júnio se mudará daqui amanhã ou depois. É melhor, que ele volta para casa sempre muito tarde. Clarita,

Lulu e Tatá não me saem do pensamento. O bilhete de Tatá a Helena está ótimo. Adeus, Ló. Muito cuidado com as crianças. Abraços. Vou trabalhar no *Angústia*. Graciliano. Segunda-feira. (Maceió, 1935).

83

A HELOÍSA DE MEDEIROS RAMOS

*A trapalhada revolucionária e
agora reacionária que há por aí*

MACEIÓ, 14 DE DEZEMBRO DE 1935. Sinha Ló: Aconteceu que, às dez horas, o nosso amigo Esdras Gueiros, pastor evangélico e chefe possível da Aliança Nacional Libertadora, me chamou pelo telefone para enfeitar-me a boca. Um minuto depois Júnio me pediu, pelo mesmo telefone, os caraminguás necessários para comprar um quinto de sabedoria do curso secundário. Como o supracitado Júnio possui toda a sabedoria primária e já tinha pago sessenta por cento da secundária, fui imediatamente ao Colombo entregar-lhe os cobres para que ele se habituasse a julgar-se sabido. Pedi-lhe que demorasse a viagem uma hora ou duas e corri à casa do Esdras, que me amolou até meio-dia. Saí com uma quantidade enorme de dentes, muito parecido com o Paurílio, o que toca piano. Fui à Rua da Caridade, mas só encontrei a Regina. Você já tinha partido, e tudo estava muito triste, como na canção da Maringá. Desde então vivo aqui em companhia de Márcio e dos pombos. Uma noite destas seu Costa, o homem que mora na casa do Quadro, deu-me duzentos mil-réis, aluguel de novembro e dezembro. Explique isto à Daia. Essa pecúnia chegou exatamente na hora em que era necessária. Como se tem arranjado você? Se precisar qualquer coisa, não tenha acanhamento. Continuo a emendar o romance, que o Zé Olímpio quer publicar em janeiro. Mas ultimamente suspendi o trabalho: serviço da repartição e respostas a umas cartas do Zélins, do Jorge e do Benjamin Garay. Ainda não mandei o conto ao argentino. Mandá-lo-ei com o retrato, que ele pediu há meses para umas revistas de Buenos Aires. Endireitando o livro, vejo que não me será possível publicá-lo agora. Talvez até não o publique o ano vindouro. Não sei. Continuo a consertá-lo e projeto um novo romance. Talvez saiam dois ao mesmo tempo. Não tenho lido jornais, ignoro a guerra dos pretos, a política, a trapalhada revolucionária e agora reacionária que há por aí além. A politiquice daqui é uma coisa horrível. Barreto deixou o *Jornal de Alagoas*. Ninguém se entende: um sarapatel pior que o que havia o ano passado. Seu Lima, o nosso vizinho da esquina, coitado, enterrou-se ontem. Quando fui tomar o bonde vi a bodega fechada e cortinas pretas na salinha do fundo da casa. À tarde, de volta, ainda ouvi gente soluçando na casa fechada. Uma tristeza. Coitados. Mande-me notícias. Como vão os estudos de Múcio? E os trabalhos de Júnio? E Maria? Tatá já escreveu a crítica ao livro do Jorge? Beijos em Lulu e em Clarita. Abraços do Graciliano.

84

A HELOÍSA DE MEDEIROS RAMOS

*A velha George Sand começou
a escrever sem gramática*

Ló: A sua carta de anteontem está admirável. Muito bem-feita, muitíssimo bem-feita. Vou dar-lhe um conselho: escreva um livro. Não pense que é brincadeira, estou falando sério. Nas quatro folhas há estilo, há graça e alguma correção. Quando você vier, farei umas emendas, que lhe servirão. Aceite o conselho: veja se arranja um livro. Escreva às escondidas, não é preciso ninguém saber que você se dedica a ocupações prejudiciais. Se o livro sair bom, o que espero, será publicado, elogiado, etc.; se não sair, eu lhe serei franco. Faça uma tentativa, à noite, quando o pessoal estiver dormindo. O plus-valor, a circulação do capital e

dos produtos, as coisas brabas que há na carta, podem ser
úteis. A gramática não tem importância e aprende-se em
pouco tempo. Como você viu, a velha George Sand começou a escrever sem gramática. E os nossos escritores atuais, Zélins e Jorge à frente, ignoram isso completamente.
Veja se encontra assunto para um romance. Não imite ninguém, faça coisa sua. Sei perfeitamente que este conselho
vai causar-lhe espanto, mas é dado de bom coração, porque
a carta me impressionou. Demais você não perde nada em
tentar. Tenho de interromper esta carta. Estiveram aqui na
repartição várias pessoas que me amolaram bastante. São
onze horas, tenho de ir ao Tesouro receber os cobres para
mandar o que você pede. Se demorar, encontro o correio
fechado. Adeus. Beijos nos meninos e em Maria, abraços
em Júnio, em Múcio e em você mesma. Aceite o conselho
que lhe dei. Graciliano. 19 de dezembro de 1935. (Maceió).

85

A HELOÍSA DE MEDEIROS RAMOS

Continuo a substituir e a cortar palavras do Angústia

Ló: Hoje pela manhã escrevi-lhe um bilhete, que tive
de interromper mais de uma vez porque me apareceram

aqui muitas chateações. Às onze horas deixei as professoras que me amolavam e fui ao Tesouro receber os cobres, depois ao correio, porque vi que você tinha pressa em pegar os duzentos bagos. Mandei-os. Vá-se aguentando, com economia, que ainda não paguei ao Esdras, e o mês vindouro tem cinquenta dias. Amanhã ou depois mandarei à Helena o dinheiro de que você falou. Estou desolado com a notícia que me dá de Múcio. Profundamente desenganado. Continuando como vai é desnecessário voltar. A permanência dele aqui torna-se inútil, porque não possuo loja, nem gado, nem cercas. Para os trabalhos a que ele se dedica não é preciso um curso no Liceu. Tudo isto é triste e estúpido. Recomende a Júnio que estude um pouco: ele está um bocado cru. Li hoje uma carta horrível do Márcio, uma coisa idiota. Como me aborreci e aconselhei o rapaz a rasgar aquela porcaria sem pé nem cabeça, ele se zangou e me disse que eu não entendia o que havia lido. É a criatura mais vaidosa deste mundo: a carta era completamente maluca.

Como andam o plus-valor e a circulação das mercadorias? Volto ao conselho que lhe dei pela manhã. Estou convencido de que você poderá, com algum esforço, escrever umas páginas boas. Experimente, veja se consegue arranjar aí um assunto. Estude a gente miúda, deixe a burguesia, que já aproveitei e não é interessante. Falo sério. Parece-me, depois das letras recebidas ontem, que você é uma sujeita capaz de realizar qualquer coisa boa. Seria ótimo que isto acontecesse. Tenha coragem. Compre uma caneta, umas folhas de papel, entenda-se com a Doca, com a sua lavadeira, criaturas deste gênero, que não utilizo porque não as conheço bem. Enfim o conselho está dado. Trabalhe em segredo, para evitar comentários bestas. Se não conseguir nada que preste, o prejuízo será pequeno, pois você nunca teve a intenção de notabilizar-se. Faça a experiência, passe uns três meses trabalhando. Quando nos encontrarmos, faremos um balanço dos produtos fabricados e procuraremos meio de metê-los na circulação. Não é isto que você anda lendo? Quanto a mim, continuo a substituir e a cortar palavras do *Angústia*. O Humberto saltou-me em casa novamente e leu dois capítulos duma novela que está preparando sobre os maloqueiros. Em troca, sapequei-lhe o conto que destino a Buenos Aires e que ainda não seguiu porque não tive coragem de fazer as emendas e de tirar o retrato, coisa indispensável à publicidade, na opinião do Garay. Diga a Maria que me impressionei com o que ela diz ter sentido à leitura da noite na igreja e das cenas do ciúme. Está muito bem. Não deixe de seguir o meu conselho. Vamos ver o que sai daí. As mulheres estão hoje produzindo em quantidade. E não é só produção de meninos. Não lhe parece que duas cartas num dia são um escândalo? Regina está ótima e receberá o presente de festas a que você se referiu. Adeus. Abraços, beijos para os meninos, etc. Graciliano. 19 de dezembro de 1935. (Maceió).

86

A HELOÍSA DE MEDEIROS RAMOS
Há uma grande quantidade de safadezas

Minha Ló: Os fuxicos a que você se refere não me preocupam. Houve realmente, e há, uma grande quantidade de safadezas, mas ando muito ocupado e não quero pensar nelas. Não procurei saber donde partiam, descobri isto por acaso. Mudemos de assunto. Seu Júnio, assim doente, deve evitar excessos e repousar (ou andar em bicicleta, como quer o médico). Dê muitos conselhos a esse indivíduo. Múcio é um idiota, mas ainda está cedo para entregar-se às atividades que você menciona. Humberto continua ausente. Regina é um anjo preto. Nunca vi uma criatura como ela. Formidável. Márcio anda muito recolhido, estudando francês. Já entende umas coisas. Vamos à literatura. Repito pela terceira vez o conselho que lhe dei. Para escrever um livro, o que você sabe chega perfeitamente. Anteontem Márcio quis falar-me em sintaxe: atrapalhou-se e disse "essa engrenagem". Eu achei a expressão muito feliz. E digo-lhe francamente que essa engrenagem é inútil. Se ela servisse para alguma coisa o professor Higino Belo, que analisa por baixo d'água, embora tudo errado, escreveria bem. Entretanto o professor Higino Belo é absolutamente cavalo e incapaz de deitar uma vírgula no lugar onde ela deve estar. Conheço outros professores de gramática semelhantes a ele, menos burros, mas quase iguais. Sapeque a história, sinha Ló, aceite o meu conselho. A sua nova carta reforça a minha opinião. O material de que você me fala é ótimo. As fateiras, o casal de retirantes, o culto dos bodes, tudo muito bom, digno de ser aproveitado. Veja se consegue arranjar um cordão e amarrar isso. Ficará uma beleza. Invente lorotas, não há quem não tenha imaginação. É desnecessário arrumar histórias complicadas demais: a gente vai escrevendo, escrevendo, entra por uma perna de pinto, pronto. Os planos cheios de combinações dão em resultado livros como os do José Américo. Este homem passa meses matutando, chocando um romance. Quando se levanta do choco, dita uma droga à datilógrafa. Não acho boas as recordações do hospital, primeiro porque são um pouco antigas e apareceriam no papel talvez incompletas, segundo porque necessitariam uma linguagem que você desconhece. Enganchar-se-ia fatalmente nas expressões técnicas. Só um médico poderia tratar daquilo decentemente. Atire-se às fateiras, aos protestantes e aos dois sertanejos. A sua lembrança de aproveitar esse material para mim tem graça. As observações duma pessoa não servem a outra pessoa, sinha Ló. O que lhe disse está dito. Uma opinião: não me parece que o enredo seja coisa demasiado importante. Não me preocupo com enredo: o que me interessa é o jogo dos fatos interiores, paixões, manias, etc. Você não se ocupará com isso, creio eu. Descreva a sua gente por fora, mexa com ela, obrigue-a a mover-se, a falar. Adeus, Ló. Vou ao enterro do pai do Alberto e depois ao desembarque do Álvaro Paes. Ignoro se houve ou se há festa por aqui. Estou agarrado com unhas e dentes ao *Angústia*, que vai indo, assim, assim. Abraços. Outros abraços e beijos para a molecoreba. Graciliano. 30 de dezembro de 1935. (Maceió).

87

A HELOÍSA DE MEDEIROS RAMOS

O Angústia *vai indo... Recebi novas cartas do Zélins e do Jorge, pedindo-o*

Ló: Mando-lhe um bilhete rápido servindo-me do oferecimento do Plínio que aqui chegou agora pela manhã. Como vamos? Clarita melhorou? Tatá continua a ler romances? E d. Lulu? Nenhuma notícia soube de Júnio. Quando passei pela Capela, esperei vê-lo na estação. Com certeza estava na farra. Um desastre. Que notícias me dá de Maria Antônia? Tenho pensado muito nessa criatura e desejo que o moleque já tenha conseguido emprego na Sanbra. Será uma decepção horrível para nós essa gente não se arranjar. É preciso que os sertanejos, os protestantes, as fateiras e o rezador vão para diante. Esse curandeiro rezador tem-me feito pensar. O monte de cal embranquecendo as feridas de Maria Antônia, as árvores, as montanhas cinzentas, a casa coberta de zinco, tudo é excelente. Necessário botar essas coisas no papel sem demora. Veja se trabalha com vontade. Vai ficar uma coisa boa, você verá. O *Angústia* vai indo. Estão emendadas duzentas e quatro páginas. Dentro de um mês estará concluído e datilografado. Recebi novas cartas do Zélins e do Jorge pedindo-o. Ainda não dei resposta, mas vou dizer que mandarei os originais quando o editor enviar os cobres. Não tenho confiança nos editores, uns ratos. Estou projetando outro conto para o argentino, mas isto não tem importância e será arrumado quando o romance estiver concluído. Tenho andado meio doente. Aquela queda me escangalhou. Ainda sinto umas dores e medo de que a coisa se complique e me leve ao hospital, como a outra. Enfim, deixemos de ideias tristes. Por enquanto é trabalhar no livro e esperar que o outro, o de Maria Antônia, apareça. Adeus. Beijos para as crianças. Abraços para você. Graciliano. 17 de janeiro de 1936. (Maceió).

O Plínio me disse que Júnio ainda não tinha chegado aí. Isto é um escândalo. Escreva a essa criatura, veja se ele toma vergonha.

88

A HELOÍSA DE MEDEIROS RAMOS

*Recebi a carta do Tatá. O Humberto cita a opinião
dele em um artigo sobre o* Jubiabá

Ló: Não era preciso você preocupar-se com uma coisa que não tinha nenhuma importância. Fiquei surpreendido com essa carta que escreveu a sua família pedindo explicações. Para quê? Isso é criancice. As explicações e os fuxicos só rendem aborrecimentos. Demais, quando lhe falei nessa tolice, falei sem rancor. Não gosto de encher a vida com maluqueiras. É melhor tratarmos de assunto menos insignificante. Nestes últimos dias tem havido aqui em casa uma série de doenças. Fui à cama, por causa da queda, e estive convencido de que seria necessário voltar ao hospital. Dores horríveis na perna exatamente como em 1932. Mariano aconselhou-me umas injeções, que o Luccarini me tem aplicado. A primeira deu-me uma reação dos mil diabos: febre, delírio, etc. Márcio tem andado com as macacoas dele, que agora vieram medonhas. Várias crises por dia, algumas violentíssimas. (30) Julgo que vai ficando pior, precisa um tratamento sério. Seu Júnio apareceu-me hoje com uma carta sua. Creio que não o recebi muito bem. Não sei que possa fazer por essa criatura. São todos uns cabeças de pau, uns malucos teimosos. Não esperem que eu vá pedir para eles, mendigar e humilhar-me. Isso não. Recebi a conta, que será paga no princípio do mês. Quando é que você pretende voltar? Regina está desgostosa, que o ordenado não dá para a comida. Acho bom que ela faça as refeições aqui em casa. E nós também. Qual é a sua opinião? Não quis resolver nada antes de lhe fazer esta consulta. Talvez seja melhor que a gente se servir nesses restaurantes horríveis. Responda-me logo. Se você achar conveniente, ela poderá ficar em casa até o meio-dia e sairá depois do almoço. Mandarei as injeções por Júnio.

Como vai a saúde? Como vão as crianças? Recebi a carta do Tatá. O Humberto cita a opinião dele em um artigo sobre o *Jubiabá*. Vão pelo Júnio os livros que ele pede. Mande-me notícias de Maria Antônia. Pergunta-me se essa criatura deve falar como toda a gente. Está claro. Pois havia de usar linguagem diferente? Falar como as outras pessoas, sem dúvida. Foi o palavreado difícil de personagens sabidos demais que arrasou a antiga literatura brasileira. Literatura brasileira uma ova, que o Brasil nunca teve literatura. Vai ter de hoje em diante. E você deve trabalhar para que Maria Antônia entre nela. Veja se consegue pegar a vida dela, a do curandeiro, isso que aí deixamos assentado. Imagino que a preguiça não lhe amarrou as mãos. Enfim tem você um excelente material, material como poucos sujeitos encontraram. Pode dar coisa muito boa. O que é preciso é ter muita coragem e muita paciência, trabalhar seis meses, um ano, várias horas por dia, sem grandes esperanças. O *Angústia* vai mais ou menos. Falta-me consertar umas oitenta folhas. Um dia destes, no banheiro, veio-me de repente uma ótima ideia para um livro. Ficou-me logo a coisa pronta na cabeça, e até me apareceram os títulos dos capítulos que escrevi quando saí do banheiro, para não esquecê-los. Aqui vão eles: *Sombras, O inferno, José, As almas, Letras, Meu avô, Emília, Os astrônomos, Caveira, Fernando, Samuel Smiles*. (31) Provavelmente me virão ideias para novos capítulos, mas o que há dá para um livro. Vou ver se consigo escrevê-lo depois de terminado o *Angústia*. Parece que pode render umas coisas interessantes. Zélins e Jorge Amado têm insistido para que eu remeta logo os originais. Mas ainda não dei resposta às cartas deles. E só mandarei os originais quando o dinheiro vier. Abraços. Beijos nos pequenos. Graciliano. 28 de janeiro de 1936. (Maceió).

89

A HELOÍSA DE MEDEIROS RAMOS

Que diabo faz você em Palmeira?
É irritante

Ló: Álvaro Paes me disse há dias que você estava para vir. Esperei-a, preparei festa, até contratei a música do Paurílio e estive para mandar Regina assassinar um peru. Não veio — e foi uma decepção dos mil diabos. Diga-me se pretende ficar morando aí. Se pretende, acho bom que os meninos venham, pelo menos que venham os grandes, que me dão muitos cuidados. Essa sua viagem foi o maior disparate que já vi. Afinal sempre lhe serviu para conhecer Maria Antônia. Como vai ela? Não tenho escrito com regularidade por causa do trabalho do livro. Estou a concluí-lo, dentro de uma semana terei tudo terminado. Recebeu os duzentos mil-réis que lhe mandei? Sempre é bom avisar. Tem trabalhado com Maria Antônia? Quero pensar que foi ela que retardou a viagem, e fez você deixar de escrever. Se não foi, é incompreensível tudo isso. De qualquer forma desejo que os meninos voltem sem demora. Aqui me darão menos preocupação. Múcio quer ser marinheiro. Outro disparate. Estou cansado de lidar com cabeças de pau. Enfim, como não pretendo viver muito, é bom que se vão arranjando. Esperei-a sexta-feira e sábado. Álvaro Paes me disse que você viria sexta-feira. Imagine se tenho razão para estar assustado. Para lhe ser franco, devo dizer que acho tudo isso muito irregular. Estou quase a pensar que seria melhor uma separação definitiva. Que diabo faz você em Palmeira? É irritante. Estaria melhor na Rua do Macena, com sua família. Seria mais decente. Assim como você quer, a coisa tem aparência de abandono. Adeus. Beijos nas crianças. Lembranças a Maria Antônia. Abraços. Graciliano. Maceió, segunda-feira, 1936.

1936
OS BILHETES DA PRISÃO

... *Demiti-me em 1931*. No começo de 1932 escrevi os primeiros capítulos de *S. Bernardo*, que terminei quando saí do hospital. As recordações do hospital estão em dois contos publicados ultimamente, um em Buenos Aires, outro aqui. Em janeiro de 1933 nomearam-me diretor da Instrução Pública de Alagoas — disparate administrativo que nenhuma revolução poderia justificar. Em março de 1936, no dia em que me afastavam desse cargo, entreguei à datilógrafa as últimas páginas do *Angústia*, que saiu em agosto do mesmo ano, se não estou enganado, e foi bem recebido, não pelo que vale, mas porque me tornei de algum modo conhecido, infelizmente.

1936
OS BILHETES DA PRISÃO

GR é preso em Maceió, na casa em que reside com sua família, no bairro da Pajuçara, a 3 de março de 1936, suspeito de simpatias pelos comunistas. Faz a via-crúcis de várias prisões, em Maceió, Recife e Rio de Janeiro, durante quase um ano. Os bilhetes à sua mulher, que eram censurados, são do período em que esteve na Casa de Correção, no Rio, exceto o primeiro, do Pavilhão dos Primários.

Nesse ano, a Livraria José Olympio Editora lança a primeira edição de *Angústia*, com o Autor preso.

Desse período GR deixou um longo depoimento nos volumes de *Memórias do cárcere*.

27-3-1936

Heloísa: Até agora vou passando bem. Encontrei aqui excelentes companheiros. Somos setenta e dois no pavilhão onde estou. Passamos o dia em liberdade. Hoje comecei a estudar russo. Já você vê que aqui temos professores. O Hora estuda alemão. Entre os livros existentes, encontrei um volume do *Caetés*, que foi lido por um bando de pessoas. Companhia ótima. Se tiver a sorte de me demorar aqui uns dois ou três meses, creio que aprenderei um pouco de russo para ler os romances de Dostoiévski. Nas horas vagas jogo xadrez ou leio a História de Portugal. Julgo que sou um dos mais ignorantes daqui. Pediram-me uma conferência sobre a literatura do Nordeste, mas não tenho coragem de fazê-la. As conferências aqui são feitas de improviso, algumas admiráveis. Tudo bem. As camas têm percevejos, mas ainda não os senti. Quanto ao mais, água abundante, alimentação regular, bastante luz, bastante ar. E boas conversas, o que é o melhor. Não lhe pergunto nada, porque as suas cartas não me seriam entregues. Abraços para você e para todos. Beijos nos pequenos. Graciliano.

Heloísa: Vou passando bem. O capitão Mata é um excelente companheiro, e com ele ninguém pode estar triste.

Não pretendo voltar a Alagoas. Peça os conselhos de seu Américo para que as coisas não fiquem muito ruins. Vou ver se consigo trabalhar para o José Olympio ou outro editor. Abraços. Graciliano.
Recebi os troços que você mandou.

Heloísa: Para que tomou o incômodo de vir cá, tendo aguentado aquela chuva horrível de ontem? Muito obrigado. Faz bem em deixar para vir à semana vindoura. Não a espero amanhã. Muitos agradecimentos e abraços ao Tatá, não se esqueça. Estou encantado com ele. Vou bem de saúde, mas terrivelmente amolado. Mando-lhe três volumes. À semana vindoura vão outros.
Abraços. Graciliano.

Heloísa: Vai um cheque de trezentos mil-réis. Retire o que necessita e mande-me cem mil-réis. Pergunte ao Edgar se é necessário selo. Se for, devolva-me o cheque para lhe mandar outro. Só utilize o papel que lhe remeti há dias se for absolutamente indispensável. Vou bem de saúde. Nenhum trabalho. Abraços. Graciliano.

Heloísa: Recebi os cinquenta mil-réis. Não é necessário mandar mais, não me falta nada, aqui se gasta pouco. A saúde vai bem. Ignoro quando serão restabelecidas as visitas. Outra coisa: não é preciso incomodar-se para mandar-me doces. Não gosto disso. Nenhum trabalho por enquanto, estou absolutamente inativo. Muitos agradecimentos e abraços. Como vai o livro? Graciliano.

5 de outubro
Heloísa: Muito obrigado pelo "Boletim". Os seiscentos mil-réis podem servir para o trabalho que você necessita. Se precisar mais, avise. De saúde passo bem. E você? Todos os jornais calaram-se: provavelmente o livro se esgotou. Se lhe cair nas mãos algum artigo da província, é bom guardá-lo. Quero saber o que dizem em Minas. Abraços. Graciliano.

Heloísa: Para as visitas é necessário novo cartão da polícia. Em todo o caso, como você conseguiu entendimento com o major, espero-a terça-feira. Esperei-a ontem o dia todo, até imaginei que houvesse doença. Muito satisfeito com a notícia relativa ao Valdemar. Esqueceu-se de dizer se recebeu o cheque. Com certeza o recebeu. Não deixe de trazer os cobres. Abraços. Graciliano.

Heloísa: Recebi, na hora do almoço, a notícia que você me mandou e o conto do Tatá. A nota é uma tolice, o que não admira em jornal de Maceió: só podia sair maluqueira. A literatura de Ricardo é fantástica — super-realismo ou coisa semelhante. Quando escrever para casa, diga-lhe muitas amabilidades, para que ele continue a fazer versículos bíblicos. É fantástico. Se não me engano, o *Angústia* morreu. Um silêncio de morte. A saúde vai bem, mas continuo a não poder trabalhar. Como vai o pessoal de casa? Lembranças aos amigos. Abraços. Graciliano.

Só agora, depois de lhe escrever, me chegou o seu bilhete. Essa história de defesa não me agrada. Estou resolvido a não me defender. Defender-me de quê? Tudo é comédia e de qualquer maneira eu seria péssimo ator. Novos abraços. Graciliano.

1937-1952
RIO DE JANEIRO
MOSCOU

... porque me tornei de algum modo conhecido, infelizmente. Mudei-me para o Rio, ou antes, mudaram-me para o Rio, onde existo, agora. Aqui fiz o meu último livro, história mesquinha — um casal vagabundo, uma cachorra e dois meninos. Certamente não ficarei na cidade grande. Preciso sair. Apesar de não gostar de viagens, sempre vivi de arribada, como um cigano. Projetos não tenho. Estou no fim da vida, se é que a isto se pode dar o nome de vida. Instrução quase nenhuma. José Lins do Rego tem razão quando afirma que a minha cultura, moderada, foi obtida em almanaques.

(Texto publicado em Leitura, *Rio de Janeiro, junho, 1943)*

1937-1952

Rio, 1937. Após a saída da prisão, GR escreve à Heloísa que fora a Alagoas dispor dos pertences do casal e trazer os filhos para o Rio.

Rio, 1938. Júnio Ramos estava em B. Horizonte.

Rio, 1940-1947. Júnio Ramos residia em Santos, SP, e Heloísa o visita ali.

Rio, 1949. Carta à irmã, Marili, que, em Alagoas, escrevia contos.

Moscou, 1952. Graciliano e Heloísa viajam à Europa e da URSS GR escreve aos filhos.

Nesse período GR escreve todo o restante de sua obra: a história infantil *A terra dos meninos pelados*, *Pequena História da República*, *Histórias de Alexandre* (incluídos no volume *Alexandre e outros heróis*), os contos de *Insônia*, o romance *Vidas secas* e dois livros de memórias: *Infância* e *Memórias do cárcere*.

90

A HELOÍSA DE MEDEIROS RAMOS

Estou com remorsos por não ter ainda escrito aos rapazes. Eles me desculparão

FEVEREIRO, 1937. SÁBADO, 11 HORAS. Ló: Depois que o *Itanagé* se sumiu, fiquei ainda algum tempo encostado ao guindaste, meio zonzo. Saí e fui encontrar na rua aquela gente que estava no cais. Tomamos um bondinho da Lapa. O condutor, um sujeito de modos galináceos, cobrava as passagens com uma autoridade imensa, uma autoridade rara, mesmo em militares. Apesar de não possuir bigodes, parecia Hitler, se não na cara pelo menos nas maneiras. Uma das mulheres do cais chorava desesperadamente. Aborreci-me da cretinice da mulher e encolhi-me no estribo do carro, grudei-me à coluna para dar passagem ao condutor feroz. Sucedeu uma coisa estranha: o homem cobrou-me apenas um tostão pela viagem à cidade, fato que não se harmonizava com o meu costume de pagar sempre mais que os outros passageiros. Nestes dois últimos dias tenho sido roubado escandalosamente, a Light deve ter enriquecido muito à minha custa. Só aqueles quatrocentos réis das fichas na Avenida, depois da luta furiosa para tomar o ônibus, me têm dado dor de cabeça. Bem, continuemos o relatório. Eu esperava saltar na Praça Mauá, mas o bonde andou, virou, e encontrei-me na Rua Camerino, que, pelos meus cálculos, devia ficar do outro lado. Pelos meus cálculos, como você não ignora, todas as ruas devem ficar no lado oposto ao lugar onde estão. Chamei à ordem umas recordações antigas e compreendi que aquele veículo estragado era o mesmo bondinho de cem réis que eu tomava todas as tardes, depois do jantar. Mas evidentemente a Rua Camerino e a Avenida Passos tinham mudado de lugar. Continuei a viagem, de pingente, sem ver as casas, até uma praça onde saltaram muitos passageiros. Saltei também, por solidariedade, e tentei adivinhar onde estava. Não quis olhar os nomes das ruas, mas examinei as casas para ver se me lembrava delas. Um sujeito de bronze montado num cavalo de bronze estava ali perto. Quem seria aquele herói que me havia desaparecido da memória? Encostado a uma esquina e sem querer olhar a placa, tentei bem cinco minutos reconciliar-me com aqueles prédios e com a figura de bronze. Afinal li, bem em frente: S. José. E, numa aberta, um pouco à direita, mais ao fundo, Recreio. Virei a cabeça para ver como tinham arrumado o S. Pedro, agora pelo carnaval fantasiado em João Caetano. Marchei para a Rua Sousa Franco, em busca do Largo de S. Francisco, mas estava quase certo de que a dita ruela tinha virado outra coisa. Tinha mesmo, estava feita Leopoldo Fróes, coitado, que merecia consagração melhor. Desemboquei no Largo de S. Francisco e vi com rancor aquele troço de esperar bonde que ali botaram para martirizar a gente em dias de chuva e que ontem me fez tanta raiva. Não preciso dizer que aquele estrupício não existia antigamente e é uma das coisas com que embirro. Cheguei são e salvo à Avenida. Defronte do José Olympio encontrei o Vanderlino e outro cidadão da imprensa. Ficou combinada uma viagem amanhã à casa do Álvaro Moreyra, onde se almoçará. Marchei para a Galeria Cruzeiro, mas a travessia foi lenta por causa dos cordões carnavalescos. Horríveis, horríveis. Num carro, gente miúda e escura, provavelmente a negrada faminta do morro, ria e dizia para baixo: "Guarde o seu sorriso." Pensei numa porção de besteiras e quando dei por mim estava quase gritando: horrível, horrível. Um sujeito concordou espantado que efetivamente era horrível, mas não sei se ele pensava como eu. Isto posto, entrei na galeria e bebi uma cerveja. Em seguida fui engraxar os sapatos, que a chuva escangalhou ontem. Tomei o bonde, aqui cheguei às cinco horas e encontrei a casa deserta. Como você viu, lembro-me perfeitamente do que fiz e do que vi na cidade, mas esqueci o que houve das cinco horas até agora. Estive muito tempo encostado numa das duas cadeiras grandes, entorpecido, como morto. Zé Lins falou-me a respeito do novo livro que já projeta, mas, vendo-me distraído, calou-se. Trataremos da Pedra Bonita amanhã ou depois. O jantar foi uma tristeza. Tornei a cair na cadeira, sem pensar em nada. Não estava dormindo nem acordado, via mal as coisas, mas não compreendia nada. Cristina veio mostrar-me a roupa e tentou arranjar-me na cabeça o chapéu da fantasia dela, mas eu tinha os braços tão pesados que não pude fazer uma carícia à criança. Sinha Maria trouxe-me uma xícara de café. Zé Lins e Naná saíram para o Copacabana. Vim escrever-lhe esta carta. Diga a Márcio e a Júnio que não posso escrever agora a eles. Estou horrivelmente cansado. Também estou com remorsos por não ter ainda escrito aos rapazes. Eles me desculparão. Diga-lhes que tenho andado aperreado e só agora é que vou tentar escrever. Abraços para eles e para Maria. Conte a Tatá a história dos meninos pelados. Diga-me qual é a opinião dele. Adeus, Talima. Você é uma santa, você é uma sujeita como há poucas. De ruim só tem os pés, muito menores que os meus. Os seus sapatos não me servem, o calcanhar fica de fora. Paciência, não há ninguém perfeito. Só Deus. Beije Tatá, Lulu e Clarita. Muitas lembranças aos meninos pelados (32) que encontrar: Valdemar, Aurélio, Diegues, Barreto, Ulisses, etc. Abraços a seu Américo e Helena. Good bye, Talima, santa Talima. Graciliano. (Rio de Janeiro).

91

A HELOÍSA DE MEDEIROS RAMOS

Afinal o homem se voltou e perguntou-me:
"Então v. é Fulano mesmo?"

RIO, 14 DE FEVEREIRO DE 1937. Ló: Provavelmente quando v. chegou aí, encontrou a minha carta.

Escrevo-lhe agora sem muita novidade para dizer e bastante aborrecido. Estou num dia de chateação medonha, seria melhor não escrever, mas como tomei a obrigação de mandar-lhe algumas linhas por semana, cumpro a promessa. Nada fiz depois da sua saída. Apenas acabei de emendar os meninos pelados, que não sei se prestam. Vi hoje uns desenhos admiráveis que o Santa vai mandar para o mesmo concurso de coisas infantis. Os meus meninos não valem nada diante das figuras do nosso amigo, um circo de cavalinhos formidável. Formidável. Aqui vão, em resumo, os acontecimentos da semana. Domingo desci à cidade. Ao saltar na Galeria Cruzeiro, encontrei o Rubem, que me apresentou a mulher. Nesse ponto um sujeito vestido de fêmea vomitou-me a roupa, e voltei para casa, cheio de nojo e amaldiçoando o carnaval. Segunda--feira, na Cinelândia, descobri Apporelly por detrás duma cordilheira de rodas de papelão, o que indicava que por ali havia corrido numerosa cerveja. Conheci nesse lugar alguns cidadãos importantes. O mais curioso foi um chinês, secretário de embaixada, moço que falava uma língua estranha composta de sorrisos, pedaços de português, de inglês e de outra coisa que podia ser, ou não ser, chinês. Uma criatura encantadora. Disse-me o nome umas duas vezes e mostrou o cartão, que não adiantou nada, porque só tinha três letras como aquelas que vêm no rol dos lavadores. Não sei como o homem se chama. Apporelly apresentou-me ao Oswald de Andrade, que me apresentou a mulher e ficou em silêncio meia hora, numa cadeira junto à minha. Não lhe disse uma palavra e tive a impressão de que ele nunca tinha visto o meu nome. Afinal o homem se voltou e perguntou-me: "— Então v. é Fulano mesmo?" Ficamos camaradas. Mais tarde encontrei o Murilo, fui à *Revista Acadêmica* e tomei umas bebidas em companhia da tropa de lá. Terça-feira novo encontro com o chinês, Oswald de Andrade, Santa Rosa, vários literatos e simpatizantes da literatura. Marques Rebelo declarou que do Prêmio Lima Barreto (33) eu só receberia um conto, novecentos e quarenta, porque o Murilo ia deduzir sessenta mil-réis de gim bebidos na véspera. Com Oswald de Andrade e Bárbara, a mulher dele, fui à Praça 11, ver os pretos do morro. Oswald pediu-me o *Angústia*, que ainda não conhecia. Quarta-feira dei-lhe, na livraria do José Olympio, o volume que aqui havia. Quinta-feira tive na Avenida uma prova do exagero e da insinceridade dos paulistas. Oswald de Andrade afirmou-me que *Angústia* havia abafado a banca (uma frase da Nise) e que agora era um trabalho sério escrever no Brasil. Para não fazer coisa que se assemelhasse àquilo, não valia a pena escrever. Comparou o troço com obras grandes da Europa e dos Estados Unidos. Quis saber a minha maneira de trabalhar e perguntou quantos anos tinha gastado para fazer o livrinho. Enfim uma série de conversas que, se fossem levadas a sério, me encheriam de vaidade. Não foram nem encheram, graças a Deus, mas é possível que o romance não seja mal recebido em S. Paulo. Sexta-feira comprei um pente e um bloco de papel. O pente veio no bolso, mas o papel ficou esquecido no bonde da Gávea. Ontem, no José Olympio, encontrei o Rubem e a Zora, mulher dele. Fomos ao hotel onde estão, no Catete, e ganhei da Zora uma partida de xadrez. Essa cidadã é filha dum aventureiro sérvio que esteve na Abissínia, onde Menelik fez dele visconde. De sorte que Zora é viscondessa na Abissínia, viscondessa negra, uma criatura filha de sérvio e terrivelmente branca. Hoje fomos à casa do Santa, onde vi os bonecos admiráveis de que já falei. Enquanto lá estávamos, o pintor arranjou a capa do *Pureza*, serviço de uma hora, feito na presença da gente. Ontem recebi de Nicolau Montezuma, que escreveu aquele artigo na *Revista*, este bilhete: "Silva: tenho pouco que lhe escrever. Não creio que haja desvantagem em v. vir. Venha. Se quiser, traga sua mulher: creio que ela se dará bem com um descanso aqui, depois de tanta coisa. Para ela tem aqui mamãe e minha irmã: esta última ficou muito sua amiga. Venha com naturalidade. Um abraço, meu amigo." Se v. estivesse aqui, talvez fôssemos visitar esse ótimo amigo que entrei a conhecer depois do *S. Bernardo* e que ainda não vi. Conheço a irmã, de quem lhe falei. Uma criatura modesta e encantadora. Domingo passado, como lhe disse, almocei em casa do Álvaro Moreyra. Bem, d. Ló, agora vou escrever ao Aurélio e depois ler os meninos pelados. Abraços nos rapazes, em seu Américo e em Helena. Beijos nos pequenos. Esquecia-me de contar que na quarta-feira jantei com Edgar. Falamos muito em você. Adeus, Ló. Muitos abraços. Até à semana vindoura. Graciliano.

92

A HELOÍSA DE MEDEIROS RAMOS

*Zélins andou com vontade de se atracar
com o Marques Rebelo*

Ló: Venho apresentar-lhe o relatório semanal, mas agora realmente não há muita coisa para dizer.

Impossível arranjar a carta como diário, à maneira da outra, porque não sei o que fiz nestes sete dias que Deus me deu, dias perdidos. Gastei horas e horas consertando os meninos pelados, que afinal foram ontem para a escola Remington, donde voltarão copiados amanhã. Até agora há poucos livros na comissão, conforme disse o Zélins. Provavelmente não aparecerão coisas muito melhores que os meninos pelados. Mas não acredito no prêmio, como não acredito no da *Revista Acadêmica*. Isso está parecendo uma grande safadeza. Enfim vamos ver. Almocei ontem com o José Olympio, que me falou na possibilidade de se arranjar um emprego qualquer em S. Paulo. Creio que já lhe disse que o Oswald de Andrade havia insistido comigo para que fosse morar lá. Tudo muito vago. Anteontem encontrei Múcio na Rua do Ouvidor. Ontem foi procurar-me na livraria, e hoje, domingo, encontramo-nos na Galeria Cruzeiro. Passei estas últimas tardes a andar com o rapaz, a mostrar-lhe os cinemas da Avenida, a Gávea, a Rua do Ouvidor e as tartarugas do Passeio Público. Parece que uma das tartarugas está apaixonada. A pequena é inocente. Mas a segunda mostra haver chegado à idade perigosa da literatura, dos sonhos e da safadeza. Ontem mordia a grande com vontade, tinha modos de gente. Uma senhora chegou perto do tanque e perguntou-me que é que elas estavam fazendo. Respondi que se acariciavam. A moça riu e saiu dizendo para os bichos: "Divirtam-se." Fiquei matutando, assuntando, dizendo que os tempos andam realmente mudados. Há vinte anos as coisas se passavam de modo diferente. Não entre as tartarugas, é claro. As tartarugas amavam-se como se amam hoje. A diferença está é na moça. Em 1917 ela teria corado vendo as tartarugas e ouvindo a explicação que eu dei. Pois eu e Múcio andamos por estas ruas, olhando tartarugas e outros viventes. Ele está forte e traz um bolso cheio de fotografias das meninas. Conversamos muito. No primeiro dia estive a ensinar-lhe as ruas, mas ontem e hoje nos despedimos na Galeria Cruzeiro. Saiu hoje um artigo sobre *Angústia* na *Nação*. O autor, um rapaz que encontro diariamente na livraria, mostrou-me o original anteontem. Não é grande coisa. Não vale a pena mandar-lho, como você pediu. Demais preciso dele. Recebi, endereçada a você, uma carta do Humberto, juntamente com uma nota sobre o Aloísio e aquele artigo que o ano passado ele publicou sobre mim e sobre o Jorge. Ele queria a transcrição de tudo na Revista. Mas nem tomou o trabalho de datilografar as notas, mandou recortes do jornal, e o Murilo me disse que só faz transcrições de coisas estrangeiras. Vou escrever ao Humberto. Se você o encontrar, diga-lhe que entreguei os papéis ao diretor da *Revista* e pedi a publicação. Aurélio e Valdemar não dizem nada. Como vão eles? E Barreto? Ontem Zélins andou com vontade de se atracar com o Marques Rebelo por causa de Dostoiévski e outros russos, todos uns idiotas, na opinião do Marques.

Zélins quis brigar e afirmou que o outro de literatura russa conhecia Anna Karenine, porque tinha visto o romance numa fita de cinema. A conversa tornou-se desesperadamente azeda e terminou com a chegada de Adalgisa Nery. Levei o Marques para o café, onde ele se vingou de Zélins atacando Santa Rosa e todos os pintores, com exceção de Portinari. Quando voltamos à livraria, o autor de *Banguê* e a poetisa de *Eu em ti* haviam desaparecido. Quem eu tenho encontrado algumas vezes é o Artur Ramos, excelente rapaz. Não me foi possível encontrar Rui Coutinho, acabarei convencendo-me de que Rui Coutinho é uma espécie de lobisomem. Conheci esta semana o poeta Francisco Karan, paulista, católico, a pessoa mais delicada que é possível imaginar. Entrar numa casa com ele é uma dificuldade: não entra, passa meia hora querendo obrigar os outros a passar primeiro. Uma educação perfeitamente chinesa. Tudo muito diferente dos costumes bárbaros do Nordeste. Não gosto disso.

Vejo sempre indivíduos que me dizem: "Sou um seu admirador", pessoas que nunca me leram. Horrível. Para que essas mentiras? Nunca digo isso a ninguém. Adeus, sinha Ló. Abraços em seu Américo, em Helena e nos rapazes. Beijos nos pequenos. Você continua Talima para todos os efeitos. Um grande abraço, etc. Graciliano, 21 de fevereiro de 1937. (Rio de Janeiro).

93

A HELOÍSA DE MEDEIROS RAMOS

Os jornais disseram que chegaram e foram à festa dois escritores cariocas: o sr. Lins do Rego e o sr. Gratuliano de Brito

SÃO PAULO, 28 DE FEVEREIRO DE 1937. Ló: Aqui vão, como ficou estabelecido, os acontecimentos da semana. Fui morar na Rua Correia Dutra, 164, numa pensãozinha modesta, onde tenho um quarto com o Vanderlino. Mas é bom você continuar a mandar suas cartas para a livraria. A dona da casa é velha, viúva e d. Elvira; a pessoa que varre o quarto é moleca e Sílvia. Comecei a escrever um conto muito chato, fiz uma carta ao Garay e revi a cópia datilografada dos meninos pelados, que foram para o Ministério da Educação. Vi lá, num corredor, o nariz e o beiço caído de s. exa. o sr. Gustavo Capanema. Zélins acha excelente a nossa desorganização, que faz que um sujeito esteja na Colônia hoje e fale com ministros amanhã; eu acho ruim a mencionada desorganização, que pode mandar para a Colônia o sujeito que falou com o ministro. (34) Na livraria Zélins queria achar quem aceitasse um convite para vir a S. Paulo. Ninguém queria vir. Julgo que ninguém queria vir, porque ele me convidou com tanta insistência que fiquei desconfiado. Recusei as passagens gratuitas, hospedagem, etc. Estava com remorso de abandonar o conto e uns vagos projetos de trabalho. José Américo e Otávio Tarquínio submeteram o caso a votação e acharam que eu devia fazer a viagem, que todos pensavam assim. Unanimidade na votação. Mais tarde, no café, João Alphonsus e Manuel Bandeira aconselharam-me a não perder uma boa ocasião de conhecer S. Paulo. Às dez horas de sexta-feira embarcamos. A minha cama, como você deve esperar, tinha o número 13. Não dormi bem não, mas dormi e aqui cheguei ontem pela manhã. Não sabia, nem sei ainda muito bem, qual era a finalidade da viagem. Na estação encontrei uns cidadãos importantes, donos duma dessas companhias que distribuem artigos para a imprensa. Na apresentação vi bem que nenhum deles sabia que espécie de indivíduo era eu. Tinham dificuldade em acertar o meu nome, e um deles à noite ainda pensava que eu fosse do *Correio da Manhã* ou não sei donde. Trepamos num automóvel, percorremos a cidade e fomos hospedados num hotel de criados fardados, com um luxo infeliz e dois elevadores. Estamos no quarto andar, apartamento 401.

Depois de tomar banho e raspar a cara, andamos em muitos lugares. Fomos à Secretaria da Agricultura, onde o secretário disse umas literaturas brabas ao Zélins, vimos o Brás e o Anhangabaú. Andei nisso incógnito, naturalmente. Apenas durante o almoço, no Automóvel Clube ou coisa parecida, um lugar onde se reúne a plutocracia paulista, ministros e o diabo, ouvi um português sapecar o meu nome perto de mim. Parece que ele falava em escritores. Feitas as apresentações, o homem se espantou de me encontrar ali e deu-me uns recados que trazia de Lisboa. Prometeu-me levar ao José Olympio uns livros que me mandavam uns romancistas portugueses. Depois do almoço fomos procurar o Mário de Andrade que não foi encontrado. À tarde, inauguração do prédio novo da aludida companhia de publicidade, um troço muito importante. Bebidas e fotografias em quantidade. Em seguida uma conferência enorme, não sei onde. Nesse ponto eu já tinha achado vários conhecidos, alguns até amigos íntimos. Acredita você que me vieram falar nos relatórios da prefeitura de Palmeira? Pois é verdade. Por onde me vire esses infames relatórios me perseguem. Ninguém leu *Angústia* mas vi pessoas que acham *Caetés* um excelente livro. Fiquei encabulado a princípio, depois lembrei-me de que estava em S. Paulo, onde essa história de literatura não é muito melhor que em Maceió. Excetuando um número reduzido de criaturas, algumas decadentes, o resto não se afasta muito de Armando Wucherer. Um rapaz que acaba de virar doutor disse-me um horror de barbaridades. Provavelmente eu disse outras, não sei. À noite tivemos um banquete. É verdade, um banquete medonho de mais de cento e cinquenta talheres. Naturalmente você está aí arrancando os cabelos ao pensar que apareci nesse banquete com a roupa com que desembarquei na Colônia. Explica-se: é que não tenho outra. Você deve procurar um meio de me mandar esses panos que aí ficaram, o Larousse e o Aulete.

Continuemos a história. Não vale a pena afligir-se. É verdade que no banquete havia políticos graúdos, gente da indústria e do comércio, tubarões, paulistas de quatrocentos anos, troços como o diabo, mas estavam vestidos pouco mais ou menos como eu. Os únicos animais que usavam smoking eram os criados. Em todo o caso é bom você ter cuidado para as traças não acabarem de comer o meu smoking. Depois do banquete andamos rodando uma eternidade por esta Pauliceia. Fomos a uma festa da colônia estoniana. Cantigas numa língua horrível, conversas amáveis com o cônsul da Estônia, que é estoniano, e com o cônsul da Finlândia, que é norueguês. Visita ao bairro japonês. Esquecia-me de dizer que à tarde, por ocasião da história das fotografias e das bebidas, apareceram dois jornalistas japoneses. Passei pelo jornal deles e vi o letreiro na porta, umas letras semelhantes às de Clarita. Visita a um café russo, cantigas e músicas russas. Naturalmente houve outras coisas de que não me lembro.

Chegamos ao hotel às duas horas da manhã. Banho quente e cama. Despesa até agora: mil e quinhentos de barba e dois tostões duma caixa de fósforos. Acordei hoje bem-disposto. O *champagne* e o *whisky* não me fizeram mal. Zélins está um Sardanapalo. Pediu os jornais pelo telefone e leu-os metido na banheira, num banho fumegante. Agora está espichado na cama, enrolado num roupão, conversando pelo arame com Oswald de Andrade, que promete estar aqui dentro de meia hora. Creio que não tenho mais nada para dizer, Ló. Ignoro o programa de hoje. Estou escrevendo à pressa, em alguns minutos serei interrompido. E não quero perder o correio. Os jornais disseram que chegaram e foram à festa dois escritores cariocas: o sr. Lins do Rego e o sr. Gratuliano de Brito. Esse Gratuliano de Brito tem-me atrapalhado a vida, é a segunda vez que me toma o lugar. Paciência. Voltarei hoje à noite. Amanhã às dez horas estarei no Rio e continuarei o conto interrompido. O endereço do Garay é mesmo Lavalle 774? Creio que vou escrever qualquer coisa para os rapazes que nos têm obsequiado mas eles só dão cinquenta mil-réis por artigo. O artigo que José Maria me pediu foi publicado mas ainda não recebi os cobres. Adeus, Ló. Lembranças aos amigos, a seu Américo, a Helena. Abrace os rapazes e beije os pequenos. O João Palmeira viajou para aí. Talvez você pudesse mandar por ele a roupa e os dicionários. Adeus outra vez, Ló. Muitos e muitos abraços. Graciliano.

94

A HELOÍSA DE MEDEIROS RAMOS

*Não me sai da cabeça a ideia de escrever
essa história comprida que você sabe,
em quatro volumes*

São Paulo, 1º de março de 1937. Ló: Findei à pressa a carta de ontem. Oswald de Andrade chegou às oito horas e, feitos uns elogios a *Usina*, reconciliou-se com Zélins, de quem era inimigo terrível. Deu-me umas notícias de fazer dormir em pé. Depois que transmiti a ele um recado do Rubem, que foi convidado para trabalhar num jornal daqui, Oswald voltou a tratar da minha vinda para S. Paulo. Falou-me de Sérgio Milliet, que ainda não conheço e a que já me referi em uma das minhas cartas. Quando conheci Oswald no Rio, pelo carnaval, ele passou meia hora calado, depois me disse de supetão que Sérgio Milliet tinha feito ao *Angústia* umas referências de espantar. Ao avistar-me com Mário de Andrade aconteceu coisa parecida: o autor de *Macunaíma* não conhecia *Angústia*, mas Sérgio Milliet lhe havia dito do livro isto, aquilo, etc. O Murilo e os outros rapazes da *Revista* já me tinham dito que esse homem dava ao livrinho um valor excessivo. Bem. Não pedi nada ao Oswald, mas, ao sair do Rio, ele me garantiu que encontraria meio de trazer-me para aqui. A promessa justificaria a viagem que fiz, mas realmente não pensei nela quando embarquei. Várias pessoas torciam para que me mudasse para S. Paulo, entre elas o Prado, excelente rapaz de quem me tornei camarada, apesar de ele ser político e deputado perrepista. Eu ignorava que Sérgio Milliet fosse troço. Pois é chefe aí de qualquer coisa. Oswald me disse que tinha falado com ele a respeito dum lugar que me serve. Não sei de que se trata. A coisa depende de Sérgio Milliet e de outro que não conheço nem de nome, mas que é meu amigo na opinião de Oswald. Não creio muito nisso, que está me parecendo fácil demais, o que nunca me acontece, mas enfim talvez tenha sido bom eu ter perdido ontem o trem para o Rio. E também foi bom não ter ficado em casa pelo carnaval, procedimento que você censurou à toa. Bem. Vamos aos acontecimentos de ontem. Descemos com Oswald. No andar térreo encontramos os dois rapazes da companhia de publicidade e mais o Rubens do Amaral, jornalista velho, sujeito de valor. Eles tinham um programa complicado. Fomos à casa do Oswald buscar Bárbara. Entre outras coisas, lá vimos uns quadros maravilhosos. Saímos, passamos o dia na Rivière, almoçamos num restaurante à beira da represa, que é uma espécie de lago da Suíça. O almoço não foi grande coisa, mas a paisagem, com toda aquela literatura, era magnífica. Demos um passeio a barca no lago. Mas aí caiu uma trovoada dos mil diabos. Bárbara desembarcou vestida no paletó do marido. Andamos a rodar pelo campo, visitamos Santo Amaro, depois percorremos estas ruas vendo casas. Jantamos em casa de Oswald. Um jantar maravilhoso que a Baiana, uma preta que nos foi apresentada na cozinha, preparou. Ele tem dois filhos: um rapaz, que é pintor, e um pequeno de seis anos, da Pagu. Leitura dum capítulo do romance *Marco Zero*, do dono da casa. Parece que vai ser uma obra notável. Pela manhã ele nos tinha dado volumes do *Serafim Ponte Grande*, e na viagem Rubens do Amaral teimava em ler uns pedaços horríveis em voz alta, parando sempre nos lugares que Bárbara não podia ouvir. Parava sempre, não havia página que pudesse ser lida. Durante o jantar os dois rapazes se levantaram algumas vezes e telefonaram a um terceiro a respeito das nossas passagens de volta. Saímos. No hotel uma surpresa: só havia passagem para um. Acompanhamos Zélins à estação, depois entramos num cinema, onde vimos o Gordo e o Magro. E agora, oito da manhã, estou aqui no hotel, só, à espera do café e sem saber como empregar o dia. Não quero importunar Franchini, um dos dois rapazes. Não conheço estas ruas. Em todo o caso preciso falar com Oswald de Andrade e ver se encontro o Sérgio

Milliet, que chega hoje. Não sei, pode ser que esta viagem me seja útil. O número treze tem-me perseguido. O lugar onde me deitei no wagon era número treze, a cadeira onde me sentei no banquete número treze. No bilhete de volta, que já me chegou, parece que a cama também é treze. Estou ficando supersticioso. É um bom número, nunca me fez mal. Aqui ninguém me conhece, não encontrei o meu livro em parte nenhuma. Veja que sou um cidadão perfeitamente desconhecido do público. Há apenas essas exceções de que falei, duas ou três pessoas que me leram, ou dizem ter lido. Em um milhão de criaturas que vivem em S. Paulo, isso é pouco. Será possível que esses dois ou três leitores me tragam alguma vantagem? Não há nada mais ridículo que fazer romances em semelhantes condições. Os volumes que encontrei no José Olympio estão lá todos. Todos e mais alguns, porque não se vendeu um em dois meses e tem havido devoluções. Quando entro lá, conto os volumes, e noto espantado que eles aumentam. Depois trocam-me o nome: viro Gratuliano de Brito. Mas a impostura é própria do homem, sinha Ló. Tenho visto sujeitos amáveis e risonhos que me dizem: "Os seus livros são muito admirados em S. Paulo." Não é engraçado? Eu nunca disse que era mentira, porque é falta de educação desmentir um homem assim na tábua da venta, mas tenho vontade de brigar. Apesar de tudo não me sai da cabeça a ideia de escrever essa história comprida que você sabe, em quatro volumes. Penso naquela gente que vi o ano passado, uns tipos ótimos. Falei no projeto a alguns conhecidos daqui, excelente projeto na opinião deles, está claro. Tudo é excelente. Se me arranjar aqui, farei o romance em dois anos.

E adeus, Ló. Talvez amanhã lhe escreva de novo contando os acontecimentos de hoje. Agora vou tomar um banho. Lembranças a Valdemar, Aurélio, Barreto, Luccarini, etc. Abraços para você, Márcio, Júnio, Maria, seu Américo e Helena. Beije os pequenos. Graciliano.

95

A HELOÍSA DE MEDEIROS RAMOS

O autor de Serafim Ponte Grande *falaria com Sérgio Milliet a respeito dessa história de colocação*

Rio, 3 de março de 1937. Lozinha: Era indispensável mandar-lhe uma carta hoje, porque faz precisamente um ano que o patriotismo alagoano me considerou um perigo nacional e porque necessito concluir a reportagem sobre S. Paulo. Bem. Julgo que, na minha carta de anteontem, fiquei ali por volta de nove horas, sentado na cama enorme do Hotel Terminus, à espera do café e do banho. Vamos principiar nesse ponto. De volta da banheira, telefonei para a casa de Oswald de Andrade. Como ele não estava, pedi que avisassem da minha permanência de mais um dia em S. Paulo. Às dez horas os dois rapazes da linha de jornais me perguntaram por que não tinha aparecido cedo no escritório deles, como havíamos combinado na véspera. Ia desculpar-me, mas Oswald de Andrade, que estava com eles, me convidou para almoçar. Desci, andei pelas ruas, tomando bondes, pedindo informações a toda a gente. Levei as suas cartas ao correio e fui à casa de Oswald, onde me recebeu uma datilógrafa bonita que tem uma mancha escura, quase preta, debaixo do olho esquerdo. Estava acabando de bater na máquina um capítulo de romance destinado à *Revista*. Almoçou conosco um Pisa, sobrinho desse do Café, rapaz engraçado que me falou sobre um vago romance que prepara. Fomos depois ao atelier de pintura do filho do Oswald, moço que veio da Europa, inteligente e simpático como o diabo. Separamo-nos, fiquei de aparecer à tarde, para jantar e para receber umas coisas destinadas ao Rio. Estive algum tempo a fazer despedidas, mas os rapazes da companhia de publicidade não quiseram despedir-se: prometeram ir buscar-me no hotel às nove da noite. Depois do jantar, Bárbara me leu dois contos que fez para o concurso do Ministério da Educação. Tinha mandado três cópias ao Santa Rosa, mas como o Santa não tinha respondido, deu-me outras cópias para a comissão. Sérgio Milliet não havia voltado. Oswald queria que eu demorasse mais um dia para encontrar-me com ele, mas receei tornar-me importuno. Mas um dia de hotel e amolações seria demais para as pessoas que me receberam sem conhecer-me. O autor de *Serafim Ponte Grande* falaria com Sérgio Milliet a respeito dessa história de colocação, história que saiu da cabeça dele e em que não acredito muito, como lhe disse. Houve ainda umas conversas, leituras, abraços às oito horas, amabilidades, etc. Tomei o elevador. Embaixo encontrei um automóvel esperando-me. Isto aqui está muito bem organizado: os automóveis aparecem quando são necessários e os *chauffeurs* não recebem dinheiro. Às nove horas achava-me no hall do hotel, com um livro aberto e com os olhos fechados. Despertaram-me os dois rapazes, que iam pagar as despesas. Minutos depois estávamos na estação. Insistiram para que eu colaborasse na empresa deles. Consideram a colaboração de Gilberto e Zélins coisas extremamente honrosas para a companhia e para os duzentos jornais que ela serve. Disseram-me que o representante deles aqui me procuraria a fim de combinar o pagamento e o número de artigos, artigos miúdos, que eles não querem trabalho extenso. Às dez horas deixei S. Paulo. A minha cama, segundo previ, tinha mesmo o número 13. Diga isso a seu Américo. Apesar de trancado na cabine, senti frio. Acordei cedo, tomei café, estive algum tempo espiando a paisagem através da vidraça e cheguei ao Rio. Como desembarcássemos antes da Central, andei uma hora olhando as placas das ruas e os letreiros dos bondes, procurando orientar-me. Afinal fui cair na Lapa e de lá rumei para o Catete, cheguei à pensão e lavei-me. Depois Naná me chamou ao telefone, falou-me sobre a lavadeira, disse que Marluce estava quase boa e que Betinha havia sido aprovada. Depois do almoço caí no ramerrão diário. Fui à livraria, encontrei Zélins, Santa, Jardim. Fomos ao Ministério levar os álbuns de figuras dos dois últimos e os contos de Bárbara. Os desenhos de Santa, um circo de cavalinhos, estão maravilhosos, mas também gostei dos de Jardim, uma história de bichos muito engraçada. José Olympio acha isso admirável, o que já se fez de melhor para crianças no Brasil. No Ministério conheci Carlos Drummond de Andrade, um sujeito seco, duro como osso. Voltamos à livraria. José Américo, cercado por um batalhão de torcedores, tinha com Zélins um segredo sobre a candidatura, uma entrevista com José Olympio a propósito dum livro de memórias. Fomos à Rua 13 e arranjamos com José Olympio a tal entrevista, que ficou uma porcaria porque quem a escreveu fui eu. Marchamos para a Cinelândia, entrei na *Revista* e entreguei ao Murilo o capítulo do romance do Oswald. Murilo reclamou o retrato para o número especial da *Revista*. Ele quer um retrato direito, feito pelo Portinari. Prometi a fotografia pela décima vez, enquanto ele me prometia o dinheiro do prêmio. Saímos. Ele foi procurar o César, um camarada, para falar sobre um prêmio impossível da Academia. Entrei no Amarelinho, onde encontrei Zélins, Santa, Portinari e Rodrigo. Jantei com Zélins. Lá achei o Alfeu Rosas. Cristina deu-me uma quantidade escandalosa de beijos. E Betinha, emocionada com o exame, quase imitou Cristina. São umas crianças adoráveis. À hora da saída quem me beijou e abraçou na escada foi Glorinha. Marluce está satisfeitíssima, engordando, desesperadamente vermelha. Mas isso é por causa da tinta. Falou comigo em segredo bem meia hora a respeito do namoro, e falaria mais se eu não desse o fora. Bem. Até logo. Preciso ver se arrumo uma espécie de artigo para S. Paulo. Se de outra vez eu não puder escrever muito, não se espante: necessito trabalhar. Lembranças aos rapazes, a Maria, a seu Américo, a Helena. Beije Tatá, Lulu e Clarita. Abraços para você, muitos abraços. Graciliano.

96

A HELOÍSA DE MEDEIROS RAMOS

*Ontem insistiu comigo para que
escrevesse um drama ou comédia*

Rio, 8 de março de 1937. Ló: Levantei-me às seis horas para lhe escrever a carta semanal. Poucas notícias. Nestes últimos dias não tenho saído. Apenas duas vezes me afastei da companhia agradável de d. Elvira, de Sílvia, de d. Laura e de Marli. As duas primeiras você já conhece. D. Laura é uma pensionista simpática que tem apenas um defeito: se a gente passar por ela e disser bom-dia, d. Laura responde, sorri, passa algumas horas conversando, contando histórias do colégio onde esteve. E não acaba, é uma dificuldade a gente encontrar meio de livrar-se. O que uma pessoa deve fazer é cumprimentá-la de longe e subir a escada correndo. Marli, filha dela, tem quatro anos. É uma criança engraçada, inteligente demais para a idade. O marido de d. Laura é um cidadão invisível e católico. Vive aqui, mas nunca aparece. Há também um hóspede velho, dr. não sei quê, surdo e meu vizinho de quarto. Pois, depois que voltei de S. Paulo, meti-me em casa. Não sei se lhe disse que Franchini me tinha pedido uns artigos para os jornais dele. Tinha me falado em seis artigos por mês, o que deve ser engano, pois os outros colaboradores apenas fazem dois. De qualquer forma estive esta semana arranjando os troços enquanto espero que o representante receba as instruções a que Franchini aludiu quando nos despedimos. Eles pagam pouco, julgo que cinquenta mil-réis por colaboração. Escrevi nestes últimos dias umas cinco tolices. Vou procurar o representante dos paulistas. Anteontem, como necessitasse dinheiro para pagar a quinzena da pensão, fui ao *Observador Econômico*, onde me deram cem mil-réis por aquela miséria que escrevi em casa de Zélins. É um horror, não vale cinco tostões. Em todo o caso recebi o dinheiro, cheio de remorsos. De volta encontrei Murilo Miranda que positivamente não tem a intenção de pagar o prêmio da *Revista*. Tudo isso é uma pilhéria desagradável, e foi um desastre Valdemar ter metido aquelas notas na *Gazeta*. E desastre maior haver noticiado a publicação dos meninos pelados. Como você sabe, essa história foi escrita para um concurso e mandada para o ministério com pseudônimo. O nome do autor não podia ser descoberto antes do julgamento. É verdade que eu não tinha esperança de alcançar o prêmio, mas enfim havia oitenta concorrentes e eu era um deles. Agora, dois meses antes da apuração, a nota da *Gazeta* me exclui do concurso. O intuito de Valdemar não foi esse, é claro, mas se ele soubesse que a história tinha sido escrita para um concurso, não publicaria aquilo. Não desejo que se diga mais nada sobre os meninos pelados e sobre a conversa da *Revista*. É bom ele não pensar que estou ressentido (realmente não estou), mas qualquer publicidade me prejudica. Afinal o meu afastamento do concurso foi um bem: não me preocuparei com essas coisas incertas. E eu só tinha feito aquilo por insistência do Rodrigo. Acabou-se, não tem importância. Ontem almocei com Álvaro Moreyra, passei quase o dia todo conversando com Eugênia e Tina. Álvaro estava um pouco mole, as meninas andavam na praia, de *maillot,* com os namorados. De sorte que sustentaram a conversa poucas pessoas: um professor de canto, Eugênia, Tina. Não sei se já lhe falei nesta última. É uma pianista risonha, magra, engraçada, entendida em literatura francesa e inglesa. O vocabulário que se adota em casa do Álvaro é pouco mais ou menos igual ao dos livros de Jorge Amado. Eugênia adota essa linguagem naturalmente e, como é atriz, fala com arte. Anda querendo organizar uma companhia. Ontem insistiu comigo para que escrevesse um drama ou comédia. Como não conheço técnica de teatro, emprestou-me um livro, *Teatro social norte-americano*, e disse que até maio eu lhe devia entregar a peça, o que não acontecerá. Enquanto ela esboçava os seus projetos, Álvaro lia em voz alta um artigo do *Ven-*

dredi e Tina atacava o último livro de André Gide. Essa criatura magra e modesta tem opiniões certas. Interrompi esta carta e fui tomar café. D. Elvira trouxe-me a bandeja, o que é um excesso de gentileza. Estive conversando meia hora com o Vanderlino, que agora saiu para o jornal. Mais tarde irei à cidade, levar este papel ao correio. Mas antes tentarei escrever cinquenta mil-réis de literatura. Falta assunto. Talvez faça alguma coisa sobre os livros novos do José Olympio. As memórias de Oliveira Lima renderam um escândalo medonho. Uns sujeitos desconhecidos têm atacado estupidamente o *Caminho de pedras*. Ainda ontem o *Jornal* trouxe uma coisa besta que tentava escangalhar esse livro, uma opinião integraloide como a de Sucupira. Disseram-me que o Sobral Pinto havia brigado com os companheiros e ia ser excluído do Centro D. Vital. Nenhuma notícia de S. Paulo. Provavelmente aquela história é uma tapeação semelhante ao prêmio da *Revista*. Bem. Era tudo muito incerto, como lhe disse. Nenhuma decepção, portanto. É conveniente não pensar nisso, não tenho fé em bilhetes de loteria. Se um deles sair premiado, será uma surpresa agradável; mas se não sair, é besteira a gente se aperrear. Bem, d. Ló. Vou escrever o artigo e morder os cinquenta mil-réis do homem. A semana passada mandei-lhe três cartas. Se continuar assim não poderei fazer outra coisa. Lembranças a seu Américo, Helena,

Márcio, Júnio, Maria. Se escrever a minha mãe, diga-lhe que vou bem e que não me correspondo com ela por falta de tempo. Múcio e Ivan estiveram aqui na pensão anteontem à noite. Beijos para Tatá, Lulu e Clarita. Abraços para você. Graciliano.

97

A HELOÍSA DE MEDEIROS RAMOS

Ao entrar, percebi logo que me achava diante duma pessoa de sexo indeterminado

RIO, 14 DE MARÇO DE 1937. Ló: Fez ontem dois meses que lhe apareci no Méier e fomos pedir a Naná uma cama para dormir. E nestes dois meses tenho rolado daqui para ali, à toa, andei até em S. Paulo. Viagem inútil. Fui procurar os representantes da I.B.R., essa companhia de que falei. Encontrei lá uma italiana zangada e falando inglês, mas não achei nada referente às instruções sobre os artigos pedidos. Um dos homens, um doutor amável, foi correto: "— Não tem dúvida. Se os diretores pediram seis artigos por mês, o senhor pode trazê-los." Não levei nada, por escrúpulo. Estou me acostumando às conversas dos paulistas. Em todo o caso vou escrevendo uns troços, que serão depois vendidos, a eles ou a outros. Sabe quem vi anteontem no café Amarelinho? A Lídia. Eu estava com Zélins e Portinari. Ela chegou, disse umas amabilidades, Portinari assanhou-se com desejo de fazer o retrato dela. Não achei que Lídia fosse tão boa assim para retrato, mas Portinari garantiu que ela possuía uma cara excelente. Parece que não é só a cara: julgo que Portinari quer pintá-la nua. Mas Lídia não se importava muito com retratos: andava com vontade de ver macumbas. E saiu logo. Quem apareceu depois foi Amelinha, bonita como o diabo e carregada de revistas inglesas. Lembra-se dela? A companheira do Barreto, aquela que estava na alfaiataria no dia em que levaram o Álvaro pendurado e Agildo deu um coice na cabeça do guarda preto. Lembra-se? Barreto e Amelinha estavam numa atracação bárbara, desmanchavam-se em beijos medonhos que duravam bem meia hora. Vendo Amelinha anteontem, eu pensava naquela manhã encrencada, nos gritos, no pontapé do Agildo e no chapéu do preto rolando no chão em companhia dum tamanco. Não tenho saído estes últimos dias. Apenas uma vez na sexta-feira de tarde, porque Zélins me telefonou avisando-me de que estavam na livraria umas cartas para mim. Encontrei duas: a sua e uma do Benjamin Garay. Conversas, felicitações, notícias a respeito duma cavação de trinta contos para a editora que ele anuncia desde o ano atrasado. A respeito de colaboração, "lo unico que puedo assegurarle es que le pagarán 25 pesos". Deram-me na livraria o romance do português, esse de que lhe falei quando estive em S. Paulo. Uma dedicatória comprida, cheia de complicações exageradas, adjetivos medonhos em cima da gente. Tentei ler o livro. Um desastre, lugares-comuns em cada período, ausência completa de ideias, o assunto mais tolo que se pode imaginar. Lisboa está um horror. Comparo os romances brasileiros com isso que recebi agora e fico espantado. O fascismo dá essa literatura à Plínio Salgado. Encontrei esta semana Rui Coutinho na livraria. Já o considerava uma espécie de lobisomem, não havia meio de vê-lo. Deu-me o endereço, e fiquei de procurá-lo um domingo destes. Ontem um cidadão desconhecido me telefonou, um dr. Armando não sei quê, pedindo-me que aparecesse hoje em casa de Rui, que estava de viagem, mas me havia deixado o convite. Fui com o Vanderlino, que ia visitar o Álvaro. Achei no apartamento, entre livros abundantes, um cidadão de modos equívocos, conhecedor de letras, grande conversador e muito amável. Ao entrar, percebi logo que me achava diante duma pessoa de sexo indeterminado. Representante duma editora que se dedica a traduções, queria conhecer-me. Neste ponto derramou uma razoável quantidade de cumprimentos e elogios ao *S. Bernardo* e ao *Angústia*. Queria pedir-me a tradução dum romance francês. Felizmente Vanderlino, que já o conhecia e o vê sempre em casa do Álvaro, ajudou-me a escutar o homem. Pouco mais ou menos homem. Eugênia já me havia falado nele. Voltei. Depois do almoço apareceram aqui Simeão e a noiva. Você conheceu Simeão? Ele esteve aí em casa uma vez, com Valdemar e Teo. É um rapaz simpático, amigo do Rui, um sujeito nervoso, meio doido, médico, literato. Arranjou uma discussão tremenda com o Rubem, que está aqui na pensão com a Zora. Quando, há uns quatro anos, falamos pela primeira vez, a apresentação estragou-se. "Dr. Simeão." Ele estendeu o braço para cumprimentar-me. Como Valdemar acrescentasse "sobrinho do dr. José Américo", Simeão desviou o braço e deu uma banana a Valdemar. É ótimo. A propósito, como está Valdemar da operação? Ele tinha medo dessas coisas. Quando me visitava, não podia ver tirar um esparadrapo da ferida. Diga-me se já se levantou e se ainda continua na *Gazeta*. E Barreto? Humberto? Aurélio? Lembranças a todos. Outra coisa: o Garay me pediu um conto regional para *La Prensa*. Você quer mandar-me as suas notas sobre a história de Ana Maria? Talvez com isso eu faça o conto para o argentino. Se você não quiser escrever a história, é claro. Não tem muita pressa. Seria necessário enviar-me a oração, que é o mais importante do caso. Para que servia a oração? Seria possível arranjar uma oração que se adaptasse ao fim da narrativa, uma oração de verdade, com as palavras que os matutos empregam? Se não conseguir toda, basta que venham algumas palavras. Uma oração para doença nervosa, para afastar o espírito, não é isto? Não me lembro direito. Terminei ontem um conto horrivelmente chato. O protagonista não tem nome, não fala, não anda. Está parado num canto de parede e escuta um político também sem nome. A chateação, que saiu comprida, é para descobrir o que o personagem pensa, encolhido, calado. A pior amolação deste mundo. Um sujeito disse no *Jornal* que os romancistas de hoje são todos muito cacetes e o mais cacete de todos sou eu. Ele tem razão. O conto que terminei ontem é uma estopada que nenhum leitor normal aguenta. Temos aqui um hóspede aviador, coitado, que também deu para fazer contos. Mostrou-me hoje uns papéis timidamente e disse que tinha lido muito Coelho Neto e Humberto de Campos. Imagine. Múcio matriculou-se ontem no terceiro ano. Passou a tarde comigo. Diga a Júnio que deixe de besteira. Escreveu-me uma carta importante, cheia de falsa modéstia. Diga a ele que a carta está muito bem-feita, só tem um erro de gramática.

As lembranças e os abraços do costume, não é preciso repetir a lista. Como vai a literatura de Tatá? E Lulu? Clarita que me escreva. Abraços para você, d. Ló. Sonhei que estávamos brigando porque eu andava com ciúmes. Imagine. Graciliano.

98

A HELOÍSA DE MEDEIROS RAMOS

Isto é o país mais extraordinário do mundo.

Rio, 22 de março de 1937. Lozinha: Esta semana foi quase inteiramente perdida. Não sei por que, mas a verdade é que não escrevi nem li nada. Fui algumas vezes à cidade, e o Rubem tem passado as manhãs aqui no meu quarto, contando gatos. Temos perto da janela uns barracões enormes que servem de garagem e depósitos de troços para automóveis. Por cima dos barracões, vemos telhados, árvores à esquerda, um morro à direita, palmeiras, quatro águias do Catete, só quatro, porque as árvores cobrem as outras. Na casa aqui ao lado há mulheres que à noite passeiam nuas. Nunca as vi assim. Vanderlino passa horas à janela, espiando-as. Nunca as vi assim, mas parece que há uma bonita e bastante cabeluda. Na casa do outro lado mora uma velha que sobe uns degraus de cimento coçando o rabo. Vanderlino levanta-se à noite. Às vezes, vejo-o encostado à janela, olhando mulheres nuas que passam a dois metros de distância. E Rubem conta gatos pela manhã. Há sempre muitos deles na coberta de zinco dos barracões. Pois, como lhe disse, nenhum trabalho foi realizado esta semana. Melhor. Se não tivesse ido à livraria muitas vezes, talvez não houvesse recebido seu telegrama. Recebi-o no momento em que Tasso da Silveira provava a existência de Deus ao Dias da Costa. Infelizmente não assisti a vitória da fé sobre a impiedade: saí com Echenique e Rômulo à procura de um tabelião. No cartório do velho Távora os empregados estavam muito ocupados. Mas no do Olegário Mariano achamos tudo fácil. Olegário mandou interromper outros serviços, conversou muito amável e saiu com oferecimentos excessivos, dizendo ao funcionário que não recebesse dinheiro, porque ali não se explorava gente que vinha da cadeia. Como você viu, a procuração não pôde ser mandada para José Leite. O cidadão que a fez disse-me que era necessária a sua assinatura. Livrei-me da dificuldade mandando-a para você. Ao sair do cartório, achei-me, por um capricho da Providência, na companhia de cidadãos ilustres. Ao entrar na livraria para lhe escrever um bilhete, encontrei Schmidt, que me apresentou ao ex-ministro Macedo

Soares. No correio foi uma dificuldade registrar a carta, estive uma hora esperando a minha vez. Afinal a procuração foi confiada ao governo, que, mediante a paga módica de três mil e oitocentos, se encarregou de entregá-la à destinatária. Nova ida à livraria, alguns abraços em Carlos de Gusmão. Nesse ponto outro deputado me chamou para uma conversa particular. É um rapaz do PRP, Cid Prado, ou Sidnei, não sei bem. Quando falo com ele, digo Cid, que não se distingue bem de Sidnei. Mas não sei escrever o nome desse amigo. Há tempo ele me anda a dizer que os paulistas vão requisitar-me e que, se o PRP estivesse no poder, eu já moraria em S. Paulo. Em todo o caso Prado se entende com amigos que tem no partido adversário e conhece melhor que eu essa história de que me falou Oswald. É um excelente rapaz e não tem aparência de deputado. Anteontem, quando me chamou, mostrou-me umas combinações que não entendi, garantiu-me que, assim ou assado, das combinações sairia a minha ida para S. Paulo. Quando ele saiu, José Américo me convidou para almoçar em casa dele, com Alfredo de Maia. Zélins disse logo que eu era inimigo do Maia e não podia ir. Depois desmanchou o que tinha dito, cochichou-me que esse encontro era excelente. E foi. Quando chegamos ontem em casa de José Américo, já lá estava Jorge Amado, que me deu notícias da Bahia. Uma longa conversa meio política, meio literária. Depois do almoço, chegaram dois sujeitos: um político do Paraná e o Raul Machado, poeta e juiz do Tribunal Especial. Alfredo de Maia deve ter ficado surpreendido. José Américo disse a Raul Machado que, se ele queria julgar extremistas, achava ali dois. Em seguida afirmou que por mim deitava a mão no fogo e dois dedos pelo Jorge. Depois entrou com o político do sul, naturalmente foi tratar dessa encrenca da presidência. José Olympio, que fazia parte da tropa, ficou conversando com Zélins e Alfredo de Maia, que ele teimava em chamar seu Maia; o juiz do Tribunal Especial veio sentar-se no canto onde Jorge me contava o romance que prepara, falou-nos sobre os livros de poesias. Mais tarde José Américo historiou a visita que recebeu do Newton Cavalcanti, disse coisas admiráveis. De volta, Zélins achava que isto é o país mais extraordinário do mundo. E é. Esse juiz do Tribunal Especial conversando com a gente sobre poesia em casa dum candidato à presidência da República, na presença de políticos graúdos, não é deste mundo. Bem. Fomos visitar a velha Nazaré Prado, que nos leu muito francês e conversou bastante num português que ela própria acha ruim. Tomamos chá em companhia duma senhora que não sei quem é, dessas a quem é preciso beijar a mão. D. Nazaré não quer que a gente chame dona a ela. Mostrou-nos a sala onde estão as coisas do Graça Aranha, uma espécie de museu que o Jorge, possuidor do prêmio este ano, admirou com entusiasmo. Saímos à noitinha, separamo-nos do Jorge, fomos passeando pela praia. De repente Zélins teve a ideia de visitar o Gastão Cruls. Em casa de Gastão encontramos Saul Borges. Íamos despedir-nos quando Gilberto Amado entrou com uma violência de furacão e transformou-nos a noite pacata em baderna. Abraçou-me sem apresentação, perguntando "Quem é este?" Arrastou-nos para jantar, mas o jantar efetuou-se em três lugares diferentes e acabou às duas horas da madrugada. Custou aí uns quinhentos mil-réis ao embaixador. Primeiramente fomos ao Palace Hotel, depois ao Lido, por fim a outro hotel, onde se bebeu *whisky* abundante. Gilberto Amado quer fazer em Paris um curso de literatura brasileira. E, para começar, disse-nos em francês pedaços das conferências em que pretende mostrar os escritores daqui, os únicos da América do Sul, na opinião dele. A Argentina e o Chile não valem nada, especialmente o Chile, onde se deu o escândalo que ele ontem nos contou. Parece que não volta a ser embaixador. Mas quer ser ministro e ensinar literatura brasileira em Paris, a literatura nova. Diz que ministro toda a gente pode ser. Ensinar literatura brasileira na Europa é diferente, porque Gilberto Amado só há um. Bem, d. Ló. Vou interromper isto. Preciso sair, vou levar o *Angústia* a Gilberto Amado e depois almoçar com

Portinari, que me vai fazer um retrato. Não continuo porque Rubem me entrou no quarto e provavelmente vai contar gatos. Adeus e muitos abraços. Lembranças ao pessoal todo e beijos nos pequenos. Novos abraços do Graciliano.

99

A HELOÍSA DE MEDEIROS RAMOS

Essas duas que ficaram não sabiam que eram minhas. Se soubessem, teriam morrido

DOMINGO, 28 DE MARÇO. D. Ló: Esta carta vai ser muito curta, que estou ocupado, fabricando um artigo encrencado para o *Observador*. (35) Apesar de ter sido uma miséria o que escrevi, Olímpio Guilherme pediu-me outro de três páginas, uma coisa comprida, muito chata, mas que me vai render uns cem ou duzentos mil-réis. Por isso não posso fazer uma carta grande como as outras. Fez você muito bem vendendo os animais que restavam. Estranhei que ainda tivessem escapado as duas rezes. Provavelmente essas duas que ficaram não sabiam que eram minhas. Se soubessem, teriam morrido, como as outras. Não preciso do dinheiro agora, Ló. Você pode utilizá-lo se tiver necessidade. Por enquanto eu vou vivendo de artigos e do que o Murilo me tem arranjado. Aquele negócio da *Revista* está sendo pago aos pedaços. Não lhe posso mandar nada. Fique com o que apurar nessa venda de macacos. Preciso roupa, o dinheiro da *Revista* não chega para tudo. Necessito arranjar trabalho. Adeus, Ló. Vou cavar os cobres com um artigo enorme sobre a economia no romance. Lembranças ao pessoal grande e beijos no miúdo. Muitos abraços. Graciliano. (Rio de Janeiro, 1937).

100

A HELOÍSA DE MEDEIROS RAMOS

*Um sujeito muito educado, viajado pela
América do Norte, cheio de números*

Rio, 31 de março de 1937. Sinha Ló: Estou com remorsos porque lhe mandei uma carta miúda no último correio. Vai outra de quebra, fora de tempo. É que só agora me desocupei, sinha Ló. Amanhã estarei novamente ocupado, até não sei quando, e se domingo o trabalho não estiver pronto, mando-lhe só um bilhete. A semana começou bem, como você vai ver. O troço que escrevi para o *Observador* em casa do Zélins era horrível, nunca pensei que me dessem por aquilo mais de vinte mil-réis. Deram cem, mas não supus que pedissem outro. Pois a semana passada o Olímpio Guilherme telefonou umas quatro vezes aqui para a pensão, procurando-me. Quando eu entrava em casa, recebia a notícia de que me haviam chamado ao telefone. Afinal falei pelo arame com o diretor da revista e dois dias depois aceitei a encomenda dum artigo sob medida: três páginas, três mil palavras a respeito da influência da economia no romance brasileiro. Como da outra vez, deixei a composição das besteiras para a última hora. Quinta-feira e sexta arranjei umas coisas para a IBR. Sábado fui à escola Remington, onde uma datilógrafa muito feia bateu na máquina quatro artigos, que meia hora depois foram entregues, mas não foram pagos, porque o homem do dinheiro andava em S. Paulo. Voltei para a pensão meio chateado e passei o domingo riscando no papel as três mil palavras necessárias à encomenda. Segunda-feira li uns originais de romances recebidos há dias e corrigi a literatura da véspera, que ontem pela manhã foi datilografada por uma criatura da Remington e entregue ao Olímpio Guilherme, um sujeito muito educado, viajado pela América do Norte, cheio de números e amabilidades. Pediu-me outra história para maio e elogiou a miséria que lhe vendi há dois meses, mas não pagou as nove folhas escritas agora. Isto só será feito depois da publicação. Não faz mal. Antes de entregar a colaboração para o *Observador*, eu tinha ido ao representante dos paulistas e recebido os duzentos mil-réis dos quatro artigos. Se o Olímpio Guilherme pagar duzentos mil-réis pelo troço que lhe dei ontem, farei o outro que ele pediu. Hoje estava resolvido a descansar, mas lembrei-me de dar um salto à livraria para ver se havia carta sua. Encontrei lá o Alfredo de Maia, Zélins, Otávio Tarquínio, José Américo, um diretor do Banco do Brasil e mais dois tipos ricos que não sei o que são. Almocei com eles por insistência do Zélins. De volta à livraria, Moacir Deabreu, que vi pela primeira vez, pediu-me um conto para ser publicado na Argentina e em outros países da América Latina. Diz ele que trabalha para conseguir a publicação dos trabalhos na China e no Japão — uma espécie de propaganda para o Brasil. Ofereceu-me duzentos mil-réis pelo conto, que pode ser publicado aqui antes de entregue. E o homem não aceita coisa que tenha mais de mil e trezentas palavras. Mil e trezentas a mil e oitocentas, quando muito. Chegando em casa, calculei que os que tenho inéditos não servem, são compridos demais, três ou quatro vezes maiores que o que o homem deseja. Disse-me que só precisava receber o original em maio e prometeu deixar amanhã na livraria o cheque do pagamento. Essa história de pagar adiantadamente, um mês antes de receber a mercadoria, surpreendeu-me. A IBR paga quando recebe os originais, os jornais e revistas daqui só dão o dinheiro depois que a colaboração é publicada. Vou tentar amanhã fabricar o conto, que, sendo publicado no *Jornal* como o outro, me rende trezentos mil-réis, um negócio da China, mesmo que não seja publicado em chinês. Um pronome, sinha Ló, uma letra ou duas, por duzentos e trinta réis, mais que a passagem de bonde daqui à Galeria Cruzeiro, é um horror. Se eu encontrasse negócios assim muitas vezes, não queria outra vida, ficava podre de rico. Estou sem preocupações de ordem econômica por um mês ou dois: em uma semana apareceram-me trabalhos no valor de seiscentos ou setecentos mil-réis. Sempre darão para esperar que as coisas melhorem. Não tenha escrúpulo: pode gastar aí o que for preciso. Eu me arranjarei aqui, mesmo que passe um mês ou dois sem trabalhar.

Bem, d. Ló. Esta carta está pau. São quase seis horas da manhã. Daqui a pouco vou começar o conto para a Argentina. Vanderlino, que está aqui espichado na cama, acorda com o barulho do despertador e marcha para o jornal. D. Laura chorará com ciúmes do marido e ouvirá as consolações de d. Elvira. Rubem escreverá crônicas para o rádio, Zora irá para o colégio, onde termina o curso. Anteontem deu-se um caso engraçado. Entrei com Rubem num café da Rua Gonçalves Dias. Minutos depois entrou Zora e começou uma galinhagem desgraçada com o Rubem. Por infelicidade um sujeito velho aproximou-se: era o professor de Latim, que fez uma cara feia por encontrar a aluna abraçada com um homem. O pior é que Zora não pode dizer que é casada: no colégio passa por solteira. É uma garota de dezoito anos. Se soubessem que ela tem marido, os colegas ficariam assanhados, voariam para cima da viscondessa abissínia. Adeus, sinha Ló. Esta carta vai sapecada e fora do tempo. Foi começada alta noite, mas dormi um bocado e acabo-a agora de manhã. De sorte que o que era ontem virou anteontem. Vou arrumar as mil e trezentas palavras de duzentos e trinta réis depois que sinha Maria trouxer o café. (Por segurança, é bom avisar que sinha Maria é preta e não tem dentes.) Quando o trabalho do conto estiver muito chato, contarei daqui da janela os gatos do barracão. Adeus outra vez, Ló. Lembranças, abraços e beijos, como de costume. Recebi ontem uma carta do Valdemar. Novos abraços. Graciliano.

Não sei se lhe disse que o Garay me ofereceu 25 pesos por um conto para *La Prensa*. Moacir Deabreu gaguejou-me ontem (o homem é desesperadamente gago) que se *La Prensa* publicar qualquer dos contos, paga, além do que ele Deabreu dá aqui, mais quatrocentos ou quinhentos mil-réis no mínimo. Veja o que vale o negócio do Garay. Adeus, Lozinha. Graciliano.

101

A HELOÍSA DE MEDEIROS RAMOS

*É necessário que eu não endoideça,
apesar da cadeia*

Domingo, 11 de abril de 1937. D. Ló: Sua carta chegada ontem estava muito cheia de esperanças cor-de-rosa. É bom não contar com jornal, porque não farei nunca um artigo direito. E os contozinhos que tenho arranjado saem com dificuldade imensa: uma semana de trabalho às vezes. Não desanimo, mas realmente isto é pau. O negócio do Deabreu parece que é uma conversa fiada, como as outras. Paciência. Consertei uma daquelas histórias de hospital e mandei tirar duas cópias. Uma foi para *O Jornal* e o Santa já a recebeu para fazer as ilustrações. Deve sair no outro domingo. Mas não há meio de encontrar o Deabreu e entregar a segunda cópia, que ele queria comprar por duzentos mil-réis. Vou ver se arranjo o negócio esta semana. Agora estou endireitando outra história que o Otávio Tarquínio pediu para a *Lanterna Verde*. É uma coisa comprida e pagam por ela cem mil-réis, muito pouco. É barato ou não é? Ééé. Não sei se já lhe disse que Portinari me fez um retrato maravilhoso. Bandeira me disse há dias que muita gente anda com dor de corno por causa desse retrato. É formidável. Murilo quer metê-lo na *Revista* e ficar com ele. Tem graça. O retrato vale mais que o prêmio. Por falar em prêmio, o negócio do Ministério da Educação está sendo lido. Os álbuns de figuras foram julgados, como você viu. E saiu vitoriosa gente nossa: Santa, Jardim e Paulo. Agora é uma torcida braba em torno dos livros de literatura. Marques Rebelo anda cheio de veneno como uma cascavel. Creio que Bandeira gostou do livro dele. Rodrigo me disse que não é coisa muito boa. E Marques já se julga derrotado antes do julgamento, fala mal de todo mundo, acha a comissão incapaz e todos os concorrentes idiotas, menos ele. Certamente os meus meninos pelados se enterram. É bom. Você ficaria satisfeita se eles conseguissem o terceiro lugar. Tolice. É melhor não terem coisa nenhuma. Um terceiro lugar seria um desastre. E não acredito que paguem esses prêmios. Convém não pensar nisso. Jantei com Rodrigo ontem. Antes estivemos em casa da mãe dele, e a irmã me pediu assinatura num livro que tem nomes esquisitos de sujeitos brabos dos Estados Unidos e da Europa, onde ela viveu muitos anos. Depois do jantar fomos ao cinema, a primeira vez que vi cinema depois da sua saída. A senhora de Rodrigo queria ver uma fita horrível. Separei-me deles depois de meia-noite, na Avenida. É uma gente muito fina, de amabilidade mineira, sem espalhafato. Conversei ontem um bocado com o Rômulo, na Ouvidor. Ele acha que eu tenho uma mulher de exceção. Fiquei cheio de vaidade, mas pensei nessa sua doença. Se a opinião do Clemente é verdadeira, talvez seja bom você tomar banhos frios. Um dia a gente se encontra e tudo se endireita. Uma coisa me surpreende: tenho sonhado constantemente com meu pai. Nunca penso nele, na vida que tenho não me sobra tempo para sentimentalismo. É aqui no duro, arrumando frases com dificuldade. Mas quando sonho o velho me aparece, vivo, e noto que tenho uma grande amizade a ele. Você se esqueceu de mandar os recortes que lhe pedi há tempo. Não há pressa. Mande-me isso pelo correio ordinário, quando se lembrar.

Diga a Júnio que, sem querer intervir na vida íntima dele, acho que ele deve pelo menos retardar um ato que pode ter consequências desagradáveis. Não o posso trazer para aqui, está claro. Agora isto é impossível, absolutamente impossível. Trabalho para ver se posso fazer qualquer coisa por todos eles. Mas se não querem, se apenas desejam ser marinheiros, soldados, funcionários de trezentos mil-réis, paciência, não posso transformar ninguém. É necessário que eu não endoideça, apesar da cadeia. Preciso ter a cabeça no lugar certo e afastar essas coisas de coração. Se o coração entrar na dança, acabo enforcando-me. E por enquanto não pretendo enforcar-me.

Se seu Júnio se casa, acabou-se, não tenho nada com isso. Não irei a Alagoas para dar conselhos a ele. Não irei de forma nenhuma. Hoje eu só iria a Alagoas se pudesse oferecer a isso um terremoto que acabasse tudo.

Valdemar já está bom? Recebi uma carta dele. E Aurélio? Barreto? Humberto? Lembranças a todos. Não sei se lhe disse que tenho recusado uns trabalhos bestas que aparecem: traduções, peças de teatro, serviços de jornal, que não sei fazer. Esta semana ofereceram-me a crítica literária numa coisa que vão fundar. Recusei: não entendo de crítica e não confiei no sujeito que me fez a proposta. Não quero trabalhar de graça. Bem, d. Ló, ciao. É meia-noite. Vou dormir um bocado. Às quatro horas preciso levantar-me e continuar o trabalho que devo entregar esta semana a Otávio Tarquínio. Muitos abraços para você e para o pessoal todo. Beijos às crianças. Diga a Tatá que a história dele está muito bonita, mas gostei mais da outra, do ano passado. Novos abraços. Graciliano.

Comprei sapatos, meias, gravatas e uma roupa de linho. Estou muito bonito, com chinelos novos. Os que você me deixou só davam para metade dos pés. Com sapatos novos, creio que escreverei melhor. (Rio de Janeiro).

102

A HELOÍSA DE MEDEIROS RAMOS

Dissessem logo que isto não vale nada,
que não me pedissem estes horrores

22 DE ABRIL DE 1937. Ló: Domingo não pude escrever. Uma crise de chateação medonha: faz mais duma semana que não consigo fabricar nada, julgo-me uma besta e não me animo a sair de casa. Passei três dias sem falar. Domingo estava assim. O Pinto veio buscar-me para passar o dia em casa dele. Fui, mas estraguei o almoço da família. Dois dias antes tínhamos ido visitar o velho Mota, que fez oitenta anos. Encontrei tudo muito diferente, muito calado, muito triste. A gente que deixei miúda está velha: Joaninha é professora de piano, Paulo é bacharel. Senti-me ali um estranho. Só a Priscila continua nova e bonita. Voltei cheio de tristeza, acabado, uma ruína. Esta vida vai ficando uma coisa horrivelmente chata, d. Ló. Não posso trabalhar, um horror. Esta semana arranjei para a *Lanterna Verde* um dos contos do hospital. Acabo de ler e emendar esta porcaria. Não vale nada, é uma desgraça. Mas sou obrigado a mandar datilografá-la e hoje à tarde preciso entregá-la ao Otávio Tarquínio. Vou mandar uma cópia para o Garay. Domingo

saiu um troço na primeira coluna do *O Jornal,* com duas ilustrações do Santa Rosa. A primeira ilustração é ótima. A história é que é infame. Depois da publicação meti-me em casa para não ouvir falar naquilo. Certamente me iriam dizer que tinham lido e achado tudo muito bom. Não tive coragem de aparecer no jornal para receber o dinheiro: o Santa é que me mandou os cem mil-réis que estavam lá. Apesar da burrice imensa em que me acho, tenho de arranjar esta semana umas encomendas. Eu desejava que me dissessem logo que isto não vale nada, que não me pedissem estes horrores. Bem, d. Ló. Você está vendo que não posso escrever. Se me curar, mandar-lhe-ei uma carta domingo. Agora é impossível. Muitos e muitos abraços. Graciliano.

Acabei de datilografar *O relógio do hospital.* Agora vou ao correio mandá-lo para Buenos Aires. Good bye. (Rio de Janeiro).

103

A HELOÍSA DE MEDEIROS RAMOS

Posso abandonar tudo isto e voltar para Alagoas

RIO, 7 DE MAIO DE 1937. Ló: Só ontem recebi a sua carta. Por isso chegará com atraso a resposta que você quer a respeito do cofre. É bom vendê-lo, caso você ache que não voltamos para Palmeira. Mas aqui aparece uma dificuldade para resolver. Quando nos separamos, ficamos certos de que eu teria tempo para cavar a vida, para esperar o fim das vacas magras, e dois meses depois você muda e quer que vivamos pelo menos cinco pessoas numa pensão com duzentos e cinquenta mil-réis, que é o produto dos cinco artigos a que alude. Eu esperava resolver isso com calma, e como você me tinha prometido um prazo longo para tentar fixar-me aqui, fiei-me nisso e apesar de todos os aborrecimentos havia dias em que não andava muito desanimado. Mas a resolução de nos juntarmos agora desorienta-me. Não há recursos para vivermos aqui. Mas você tem razão, e proponho-lhe o seguinte. Posso abandonar tudo isto e voltar para Alagoas. Será um desastre completo e chegarei aí morto de vergonha. Mas se você achar conveniente, irei dentro duma semana. Abandonarei todos estes sonhos, sairei daqui sem me despedir de ninguém, passarei em Maceió algumas horas, escondido, e seguiremos todos para o sertão onde criaremos raízes, não falaremos em literatura nem consentiremos que os meninos peguem em livros. Irei sem nenhum desgosto, sinha Ló, será a repetição do que já fiz uma vez, embora hoje as condições sejam outras. Em todo o caso eu desejava saber em que fica essa história do concurso e as promessas de S. Paulo. Parece que um segundo ou terceiro prêmio não me servirá de grande coisa, e isso de S. Paulo é vago. Mas não seria mau esperar, talvez nos arrependêssemos com uma saída repentina. Há também essa confusão política. Por que não demorarmos um pouco até que se endireite a encrenca? Enquanto esperamos, você poderia vir passar uns dias comigo, para não perdermos o costume. As crianças não poderiam vir, é claro, mas arranjaríamos aqui na pensão um quarto para dois. Você podia gastar nisso o dinheiro do cofre. Até seria bom para a saúde, como dizia o nosso amigo Paulo Honório. Mas por ora não penso que pudéssemos ficar juntos muito tempo. Enfim não sei. Você resolverá. Se quiser vir fazer-me uma visita, muito bem; se achar melhor vivermos em Palmeira, irei logo que receba a sua resposta. Talvez seja uma doidice. Esta solução seria boa se tivéssemos o fascismo. Mas não teremos, e em outro regime não será impossível a gente se aguentar no Rio. Vamos agora à segunda parte, às notícias da semana. Oswald de Andrade esteve aqui e insistiu na promessa. Fomos ao teatro, naturalmente de graça, que o Procópio é camarada. Há o projeto duma viagem a S. Paulo: parece que irão quarenta sujeitos em aeroplano. Intercâmbio intelectual ou outro nome assim. O negócio era para depois de amanhã, mas José Olympio me disse ontem que tinha sido transferido. Essa transferência agora me dá suspeitas. Será coisa de política? Essa trapalhada está ficando muito séria. Escrevi um conto sobre a morte duma cachorra, um troço difícil, como você vê: procurei adivinhar o que se passa na alma duma cachorra. Será que há mesmo alma em cachorro? Não me importo. O meu bicho morre desejando acordar num mundo cheio de preás. Exatamente o que todos nós desejamos. A diferença é que eu quero que eles apareçam antes do sono, e padre Zé Leite pretende que eles nos venham em sonhos, mas no fundo todos somos como a minha cachorra Baleia e esperamos preás. (36) É a quarta história feita aqui na pensão. Nenhuma delas tem movimento, há indivíduos parados. Tento saber o que eles têm por dentro. Quando se trata de bípedes, nem por isso, embora certos bípedes sejam ocos; mas estudar o interior duma cachorra é realmente uma dificuldade quase tão grande como sondar o espírito dum literato alagoano. Referindo-me a animais de dois pés, jogo com as mãos deles, com os ouvidos, com os olhos. Agora é diferente. O mundo exterior revela-se a minha Baleia por intermédio do olfato, e eu sou um bicho de péssimo faro. Enfim parece que o conto está bom, você há de vê-lo qualquer dia no jornal. Baleia é como esse poeta que gostava de cheirar roupa de mulher. Domingo encontrei em casa do Álvaro Moreyra uma francesa casada com um redator do *Paris-Soir*. Naturalmente afastei-me dela. Por infelicidade Álvaro e Eugênia tiveram a lembrança de fazer apresentações e eu empreguei durante alguns minutos a língua de Benvinda. Com certeza a mulher deve ter ficado bem assustada e hoje à noite vou encontrar-me com o marido. Não sei por que essa gente vem ao Brasil sem saber português. Não tem nada. Falo francês, e pior para ele: não entenderá uma palavra. Good bye, Ló. Abraços, etc. Graciliano.

O número da fechadura do cofre é 72-16-51.

104

À HELOÍSA DE MEDEIROS RAMOS

*A trapalhada aqui está horrível,
não se sabe o que vai acontecer...*

Rio, 13 de maio de 1937. Ló: Recebi ontem a sua carta e vi que você está bastante agitada. Apresso-me a dar resposta, para você não se aperrear muito: provavelmente não lhe agradou o que escrevi a semana passada. Mas repito o que lhe disse. Você poderia vir passar aqui algum tempo, poderia até ficar definitivamente, caso os negócios endireitassem. As crianças viriam depois. Que acha? Talvez não seja uma solução muito boa, mas sempre é melhor que você continuar chateando-se. Se quiser vir, espere uns dias, até que se regularize essa coisa de política. A trapalhada aqui está horrível, não se sabe o que vai acontecer. Pelos jornais você saberá quando pode vir. Mas aconselho-a a não chegar aqui em momento de barulho. Bem. Já você sabe que será para mim um grande prazer engancharmos a vida novamente. Precisamos ir ao morro e ao cinema, o que não pudemos fazer. Se não nos aguentarmos aqui, daremos o fora. Mas é bom esperarmos até o fim. O projeto de voltar para Alagoas é tolice, não lhe parece? Penso que será melhor você vir logo que as ameaças de encrenca desapareçam. Garay me diz que mandou para você o número do *Mundo Argentino* que trouxe o conto. Recebeu-o? Ele vai remeter-me outro. Traduziu ou vai traduzir para *La Prensa* o *Relógio do hospital*. Vamos ver se essa coisa será publicada. Se for, teremos possibilidade de um bom negócio. Por sugestão dele, enviei ontem um exemplar de *Angústia* a José Gollán, o homem que se encarrega de literatura nesse jornal riquíssimo. Também mandei para lá a história da cachorra, a última coisa que me saiu da cabeça. E adeus por hoje, Ló. Vou escrever ao Garay uma carta comprida. Preciso entender-me com ele a respeito dessa história de *La Prensa*. Não tenho muitas esperanças, mas vamos ver se cavamos isso. Até logo, Ló. Beije as crianças. Abraços numerosos, Graciliano.

105

A JÚNIO RAMOS

*Um projeto vago, um romance que
vá da favela ao arranha-céu*

RIO, 9 DE ABRIL DE 1938. Júnio: Dois dias depois da sua saída apareceu aqui na pensão o Otávio

Dias Leite, que nos trouxe as primeiras notícias que tivemos dessa aventura. Que temos feito por aí? O Edgar me escreveu dizendo que ia tentar conseguir para você uma nomeação provisória no Banco, até a realização do concurso. Arranjou isso? E o Ciro? Os outros rapazes que receberam cartas de recomendação do Rubem? Diga-me em que ponto andam os seus negócios por aí e se tem esperança de colocar-se. Deixei aquele troço indecente onde trabalhava, estou novamente de braços cruzados, esperando um milagre. Conto com a Divina Providência e com o êxito, que naturalmente vai ser grande, dos livros agora publicados. Você deve ter visto isso, foram alguns exemplares para Belo Horizonte. Logo lhe mandarei os seus volumes. O mês passado eu tinha a impressão de que o negócio de livros ia por água abaixo: nosso amigo José Olympio andava triste, chorava como um bezerro desmamado, e eu tinha vontade de oferecer-lhe uns níqueis quando o via. Parece que a coisa está melhorando. O editor, otimista, levantou a cabeça, a livraria do Ouvidor recomeça os negócios, chegam pedidos do interior na Rua 1º de Março. Durante uns três dias Fabiano fez alguma figura na *vitrine*. Depois escondeu-se e os compradores se sumiram. É o diabo. Vamos ver o que dizem os críticos. Dias da Costa, que publicou esta semana um bom artigo, acha que Fabiano, sinha Vitória, os dois meninos e Baleia serão muito atacados. Está bem, vamos esperar isso. E enquanto esperamos vivemos chocando um projeto vago, qualquer coisa a respeito dum romance que vá da favela ao arranha-céu onde os tubarões da indústria digerem o país, e entre o morro e o escritório — a livraria, o jornal, a pensão do Catete, o restaurante Reis, o bar automático, o cinema, o teatro, o mangue e o café da Cinelândia. Enfim tudo indeciso, provavelmente não será escrito o livro. Bem. Aqui em casa a vida corre, ou antes arrasta-se, como quando você nos deixou. Luís progride, creio eu. Márcio continua como estava. O resto vai bem. E adeus. Um abraço. Graciliano.

106

A JÚNIO RAMOS

Quem nos obriga a fabricar romances?

Rio, 8 de agosto de 1940. Júnio: Acho que talvez andasse direito dirigindo-me ao finado Júnio, porque nestes seis dias, se a notícia que v. me deu se realizar, temos um pobre moço de Palmeira definitivamente morto. Péssima ideia. Enfim isso é lá com v. E se um sujeito gosta de ter sarna, é tolice outro dizer-lhe que a sarna incomoda. Vá-se coçando como puder e seja feliz. Se conseguir evitar os filhos, ficarei muito satisfeito: envelheço com uma rapidez espantosa, e se me vierem netos, será o diabo.

O Jeca é um animal que vive bem em qualquer parte, e depois da experiência dura a que se submeteu nestes últimos anos, estou certo de que se acomodará no buraco onde se meteu agora. É uma criatura ótima. Andou aqui fazendo trapalhadas com uma garota da pensão, mas isto não tem importância. Provavelmente nestes dois anos estará casado, em conformidade com o mau costume da família. Esteve conosco vários dias, enquanto se arrumava para esse salto que deu à terra do gado.

Transmiti os seus recados ao Márcio, que aqui se vai aguentando, cheio de ambições contraditórias. Como vocês se enfurnaram na roça, pensou em arrumar-se num Banco e voar para o sertão; depois quis dedicar-se à agricultura; ultimamente fala em casar. Pedi a ele a *Folha Estudantina*, que já não existe. Desapareceu essa recordação de Maceió, uma das poucas que ainda restavam.

Vou dar uma busca na estante, ver se, entre a grande quantidade de besteiras que me remetem, encontro alguma coisa que se possa ler. Mandar-lhe-ei a xaropada que você deseja, os meus livros inclusive, os dois últimos publicados. *Caetés* é uma lástima, nem gosto de lembrar-me daquilo, e *Angústia* esgotou-se. Por enquanto não há esperança de nenhum outro. Nestes miseráveis tempos que atravessamos até os contos idiotas que eu fazia para *O Jornal* e para o *Diário de Notícias* foram escasseando e sumiram-se de todo. Tenho escrito uns horrores para uma revista vagabunda, mas essas misérias dão pouco trabalho e vendem-se a cem mil-réis, exatamente o preço dum conto. Uma desgraça, tudo uma desgraça. Afinal quem nos obriga a viver, a fabricar romances, a tirar retratos? Esse que v. me mandou para escrever uma dedicatória está bem bonito, hein?

Adeus, seu Júnio. Heloísa manda-lhe um abraço. As meninas não mandam nada, porque estão dormindo. E eu, seguindo costume do velho Aprígio e de indivíduos semelhantes, remeto-lhe uma bênção, para não repetir o abraço. Recomende-me à patroa, se já está embirado. Graciliano.

107

A JÚNIO RAMOS

Tenciono apresentar aquela gente em cuecas

Rio, 12 de outubro de 1945. Júnio: Reli agora as suas cartas e o bilhete que me mandou por intermédio do Morena. Quantas diferenças desde aquela tarde em que nos separamos na Central, hem? Você parecia meio apagado, mas vi bem que a frieza era consequência da situação geral. Agora saltou uma faísca — e fazemos coisas que nunca pensamos fazer, até discursos.

Domingo achei-me em dificuldade séria. Num comício, na Praça Saenz Peña, houve sabotagem, cortaram-nos o microfone — e foi preciso, diante de alguns milhares de pessoas, andar gente em busca de pilhas, não sei quê. Só podiam falar os sujeitos de pulmões fortes. Vieram as pilhas, mas ainda assim os oradores tiveram de suprimir muitas coisas. Eu tinha feito uma experiência. Afirma a reação que a massa é estúpida, insensível, e por isso devemos oferecer-lhe chavões e bobagens rudimentares. Resolvi não fazer ao público nenhuma concessão: escrevi na minha prosa ordinária, que, se não é natural, pois a linguagem escrita não pode ser natural, me parece compreensível. Várias vezes Carpeaux me disse que acha inexplicável haverem esgotado uma edição do *Angústia*. Realmente foram duas, e já teria saído a terceira, se não vivêssemos sob a ditadura das tipografias. Há também essa. Decidi, pois, falar num discurso como falo nos livros. Iriam entender-me? Talvez metade do auditório fosse formado pelas escolas de samba. E referi-me à canalha dos morros, à negrada irresponsável, utilizando as expressões dos jornais brancos. Era arriscado. Aceitaria a multidão essa literatura sem metáforas e crua? Além disso Deus me deu uma figura lastimosa, desagradável, cheia de espinhos. Com essas desvantagens, senti-me apoiado logo nas primeiras palavras, e conversei como se estivesse em casa. De repente o microfone emperrou. Em vez de encoivarar o resto à pressa, calei-me, dobrei os papéis e aguardei os acontecimentos. Exigências e gritos fizeram que o miserável voltasse a funcionar. Cheguei ao fim com diversas interrupções. Os homens dos morros ouviram a injúria que a reação lhes atira e manifestaram-me simpatia inesperada. (37) E inútil, porque não pretendo ser ator.

Estou velho para mudar de profissão.

Aqui em casa todos se meteram na grande bagunça. Madame trabalha na minha célula. As duas garotas pregam cartazes, escrevem nas paredes — e domingo passaram o dia num caminhão, lendo horrores num alto-falante. À noite estavam roucas. Nosso amigo Tatá brilha, como v. tem visto, na *Tribuna*. (38) Diz que trabalha muito, mas acho que apenas se emprega em aparecer nas fotografias, dançar e ouvir música. Descobriu que é fotogênico, é o repórter mais novo do Brasil, e explora isto.

Em Minas, acabada a primeira parte da tarefa, passei algumas horas no seu Banco e estive a conversar com o presidente, um cidadão amável que tentou harmonizar as nossas opiniões. Mas isto era impossível. Encontrei alguns funcionários esquerdistas. Voltando às tarefas, cochichei uma espécie de conferência, um desastre, na ABDE, (39) onde fui recebido por um jornalista católico. Da ABDE passamos a um bar, daí ao cassino, andamos noutros lugares e terminamos a noite num café ordinário, impingindo literatura a uma pretinha. Notei em Minas uma singularidade: todas as mulheres que vi estavam grávidas.

Mando-lhe, para *A Tribuna*, o conto *Dois dedos*, quase inédito. Saiu há tempo na Argentina e vai ser publicado numa edição de duzentos exemplares. Vou ver se mando a colaboração pedida. Não desejo trabalhar na imprensa, nem de longe, mas ando a remoer um plano, talvez realizável. Findos alguns compromissos neste resto de ano, iniciarei um trabalho a respeito das prisões de 1936. É difícil e arriscado: tenciono apresentar aquela gente em cuecas, sem muitos disfarces, com os nomes verdadeiros. Necessito a autorização das personagens: não tenho o direito de utilizar gente viva num livro de memórias que encerrará talvez inconveniências. Preciso falar sério com os meus companheiros de cadeia. Se fizer o livro, poderei publicá-lo no jornal de Santos, antes de entregá-lo ao editor. Mandarei os capítulos à medida que forem sendo feitos. Foi o que fiz com *Infância*. Isto é apenas uma probabilidade, ou antes uma possibilidade, e o negócio começará o ano vindouro, se começar, pois agora estou enganchado em vários contratos. Antes do fim do mês enviarei um artigo.

Diga a Natália que recebi os contos. (40) Ainda não os li. Vai para ela um volume de *Infância*. Não lhe mando um porque não vale a pena gastar cinquenta mil-réis à toa: arranje-se com o exemplar dela.

E adeus. Parece que tudo vai muito mal. É o diabo. Abraços para v. e para Natália. Muitos beijos na moleca. E bênçãos, naturalmente. Graciliano.

108

A HELOÍSA DE MEDEIROS RAMOS

Fui um assistente silencioso e coberto de suor

Rio, 12 de janeiro de 1946 (4 1/2 da manhã). D. Ló: Mandei-lhe ontem um telegrama, que, agora com os serviços públicos mais ou menos escangalhados, provavelmente lhe chegará por estes dias. Só fui à cidade por causa desse telegrama, o que não deixa de ser lisonjeiro para os seus vinte e sete anos (ou vinte e nove, não estou bem certo). O negócio do Pleno findou no dia 10, mas como não pretendo redigir uma ata sobre matéria tão larga, apenas lhe envio ligeiras impressões.

Marcos Zeida, representante do PC paraguaio, fez uma excelente intervenção, e Palacios, representante do PC espanhol, foi recebido com imensos aplausos. Já você vê que não precisamos usar máscara, podemos revelar-nos claramente internacionalistas, examinando questões estrangeiras como se fossem nossas e recebendo em língua estranha opiniões a respeito de assuntos nacionais. Sexta-feira passada, no Instituto de Música, atiramos ao governo o hino excomungado, revolucionário em demasia, com cheiro de anarquismo. Emprego os verbos na primeira pessoa, mas na verdade não cantei nem falei, porque sou uma lástima quando tento fazer essas coisas. Na ABI, fui um assistente silencioso e coberto de suor, sem colarinho e sem gravata, o paletó no encosto da cadeira. Nos momentos mais sérios fechava os olhos para observar melhor o que se estava passando, e com certeza os vizinhos me achavam sonolento e chateado. Sobre o caso Meireles, um rapaz do Rio Grande do Norte, meu companheiro no porão do *Manaus*, fez observações inéditas muito importantes. As roupas femininas voltaram, exibidas por Coutinho, mas foram afastadas por Arruda, e Jocelyn, ao meu lado, cochichou-me uma tradução daquele desconchavo. Não se tratava de roupa: isto era um pretexto. Coisinhas de mulher, o bicho pior que Deus fabricou, exceto vocês cinco, a Sandra inclusive. Enfim tudo vai bem, segundo afirmam, e o nosso Partido é o maior da América, de toda a América. Agora não conseguirão facilmente derrubar-nos. No golpe de outubro hesitaram e recuaram. E como vamos crescendo com rapidez, e nos salvaram de Getúlio oferecendo-nos Linhares, provavelmente não nos irão salvar de novo por estes meses. E teremos tempo de corrigir nossos defeitos, embora alguns erros tenham sido úteis, dizem os entendidos. Melhoraremos a organização, pois quase só fizemos agitação, e teremos isto funcionando com decência. Esses fofos papões covardes que nos queriam fuzilar em 1936 meterão o rabo entre as pernas e deixarão de falar na bomba atômica. De fato parece que já meteram e já deixaram. Se não me engano, o que houve na conferência de Moscou foi isto. Os americanos correram a oferecer o segredo enorme e os russos responderam: — "Podem guardá-lo. Passamos bem sem isso." Ponto final. Um sujeito andou aqui a procurar garrafas vazias de guaraná. Não entendo de garrafas (refiro-me às vazias, naturalmente), e você é uma trapalhona, faz as coisas incompletas e ganha o mundo sem deixar indicações: Anteontem recebi dois telefonemas. O primeiro foi de Melo Lima, que, cheio de panos mornos, se referiu vagamente a um assunto desagradável. Assustei-me. O homem queria saber se d. Heloísa não me havia dito nada. Imagine. Afinal depois de numerosos rodeios, reclamou sessenta mil-réis de costuras, desculpando-se em excesso. Mandei-o para o diabo e entreguei a d. Marieta o dinheiro, num envelope. Cinco minutos, segundo telefonema, da agência, da *Tribuna*, que me pagou trezentos mil-réis pela reprodução de *Dois dedos*. Juntando as duas operações, ganhei duzentos e quarenta mil-réis, e por isto fico muito agradecido a você e a Júnio. Bandeira me pediu que remetesse às fãs dele uma poesia vendida em leilão, auxílio aos republicanos espanhóis. Vai um telegrama de d. Lili. Léa está admirável, é preciso conservá-la. Tem escrito a

Ricardo e a mim uns bilhetes notáveis, com informações preciosas. Um deles estava redigido mais ou menos assim: "Seu grasa vou sedo meu tio tapasando mal tata vai pasa o domingo em paqueta tem sobremesa." Muito claro, apesar da falta de pontuação. Com esses cuidados, Helena me confessou ontem à noite que não tem tido nenhum trabalho. E adeus, por hoje. Muitos abraços para todos, machos e fêmeas. Graciliano.

109

A JÚNIO RAMOS

Talvez eu consiga voltar ao porão do Manaus

Rio, 15 de novembro de 1946. Júnio: Recebi a sua carta de 1º deste mês. Há três dias a ABDE pagou-me os trezentos mil-réis relativos ao artigo que v. levou quando saiu daqui. Espero notícia do conto. Em conformidade com o desejo que lhe manifestaram, mando-lhe *Decadência do romance brasileiro,* saído há tempo na Argentina e nos Estados Unidos e agora publicado em *Literatura,* revista do PC. Como desejam outras colaborações, envio também *O fator econômico no romance* e várias crônicas. Dentro de alguns dias remeterei mais alguns troços que d. Ló ainda não teve tempo de copiar. Faça-me o obséquio de entregar essas mercadorias ao armazém. Interrompi o livro: há dois meses revejo provas dos que o José Olympio vai lançar agora. É um trabalho estúpido, mas não tenho confiança nos revisores e sou obrigado a amolar-me. Talvez em dezembro eu consiga voltar ao porão do *Manaus*. Se me for possível realizar a tarefa, suspendo as colaborações de contos e crônicas bestas, oferecerei à *Tribuna* a publicação das coisas que venho arrancando este ano dos miolos, com dificuldade imensa. Receio não chegar a concluí-las, pois estou numa burrice espantosa. Fiquei no capítulo dezoito — e apenas contei o que se passou em dez dias. Uma estopada sem fim. Vou ver se alcanço o meio da viagem. Se alcançar, é certo chegar ao fim e poderei fazer contrato com um editor e um jornal. Não tenho querido publicar nenhuma das páginas escritas. Um sujeito me ofereceu há meses um conto de réis por um capítulo, mas julgo que ele estava bêbedo. E é só, por hoje. São duas horas da madrugada e ainda tenho trabalho em demasia: não poderei dormir. Adeus e muitos abraços para v. e para Natália. Heloísa, que pôs a cabeça ali à porta do quarto, manda beijos para a Sandra. Até a semana vindoura, quando lhe darei outra maçada. Graciliano.

110

A JÚNIO RAMOS

Vivo comendo os miolos

Rio, 20 de julho de 1947. Meu velho Júnio: Desculpe-me não ter dado até agora resposta à sua carta. É que ando atrapalhado, andamos todos numa atrapalhação dos diabos, levados pela correnteza, nadando à toa, sem enxergar margem. Refletindo, acho que você fez bem. Eu, no seu caso, teria feito o mesmo. Foi burrice, provavelmente; mas às vezes praticamos burrice vendo as consequências e não encontrando meio de evitá-las. Em determinadas situações mandamos tudo para o diabo, queimamos as alpercatas e esperamos tranquilamente o naufrágio. Já fiz isso. E, com surpresa nossa, o naufrágio não vem. Mudamos de profissão, vamos para o hospital ou para a cadeia, fabricamos romances ou vendemos cereais. Tudo no fim dá certo. Espero que os seus milhos e os seus feijões não sejam piores que as ancoretas de vinho branco e os mandacarus de 1936. Tenho horror aos indivíduos parados, seu Júnio, gosto da gente que se mexe e tem coragem de dar um pontapé na coisa útil, necessária, indispensável. Isto por aqui vai como você pode imaginar. Além da confusão política, dos avanços e recuos, o negócio de livros anda mal. Todos os negócios, naturalmente. Duas editoras rebentaram numa semana, as outras estão pouco mais ou menos paralisadas. Se se publicassem hoje os meus romances, o desastre seria completo. À saída venderam-se quinhentas coleções para Lisboa, duzentas para o Instituto do Livro e só em São Paulo, na capital, quatrocentas em oito dias. De repente cessaram os pedidos, ou vêm pingados. Essa encrenca política desarranjou-me: se não fosse ela, os vinte milheiros estariam a esgotar-se. Lá fora, um horror. A prestação inicial da edição de *Infância* na Argentina chegou-me com seis meses de atraso; a de *Vidas secas*, publicado em março, ainda não veio. Tempo de vacas magras. Em desânimo, findei o primeiro volume da história que estou fazendo — trinta e três capítulos — e mergulhei no segundo. Suponho que terei as memórias prontas em três anos. Pedi esse prazo ao editor, vou recebendo os direitos autorais mês a mês, isto é, vivo comendo os miolos. Quando o segundo volume estiver acabado, será necessário contratar o lançamento da obra nos jornais. Tenciono, como lhe disse, publicá-la aqui, em São Paulo, talvez na Bahia, em Pernambuco e no Rio Grande. E basta, por hoje. Luísa está em Minas, com Múcio. O resto do pessoal, sem novidade. Muitos abraços para você e para Natália. Beijos nas garotas. Graciliano.

111

A MARILI RAMOS

Arte é sangue, é carne

Rio, 23 de novembro de 1949. Marili: Mando-lhe alguns números do jornal que publicou o seu conto. Retardei a publicação: andei muito ocupado e estive alguns dias de cama, a cabeça rebentada, sem poder ler. Quando me levantei, pedi a Ricardo que datilografasse a *Mariana* e dei-a ao Álvaro Lins. Não quis metê-la numa revista: essas revistinhas vagabundas inutilizam um principiante. *Mariana* saiu num suplemento que a recomenda. Veja a companhia. Há uns cretinos, mas há sujeitos importantes. Adiante. Aqui em casa gostaram muito do conto, foram excessivos. Não vou tão longe. Achei-o apresentável, mas, em vez de elogiá-lo, acho melhor exibir os defeitos dele. Julgo que você entrou num mau caminho. Expôs uma criatura simples, que lava roupa e faz renda, com as complicações interiores de menina habituada aos romances e ao colégio. As caboclas da nossa terra são meio selvagens, quase inteiramente selvagens. Como pode você adivinhar o que se passa na alma delas? Você não bate bilros nem lava roupa. Só conseguimos deitar no papel os nossos sentimentos, a nossa vida. Arte é sangue, é carne. Além disso não há nada. As nossas personagens são pedaços de nós mesmos, só podemos expor o que somos. E você não é Mariana, não é da classe dela. Fique na sua classe, apresente-se como é, nua, sem ocultar nada. Arte é isso. A técnica é necessária, é claro. Mas se lhe faltar técnica, seja ao menos sincera. Diga o que é, mostre o que é. Você tem experiência e está na idade de começar. A literatura é uma horrível profissão, em que só podemos principiar tarde; indispensável muita observação. Precocidade em literatura é impossível: isto não é música, não temos gênios de dez anos. Você teve um colégio, trabalhou, observou, deve ter se amolado em excesso. Por que não se fixa aí, não tenta um livro sério, onde ponha as suas ilusões e os seus desenganos? Em Mariana você mostrou umas coisinhas suas. Mas — repito — você não é Mariana. E — com o perdão da palavra — essas mijadas curtas não adiantam. Revele-se toda. A sua personagem deve ser você mesma. Adeus, querida Marili. Muitos abraços para você. Graciliano.

Você com certeza acha difícil ler isto. Estou escrevendo sentado num banco, no fundo da livraria, muita gente em redor me chateando.

112

A CLARA, LUÍSA E RICARDO RAMOS

"Senhor Ramos! O senhor aqui?"

Moscou, 1º de maio de 1952. Clarita, Luísa, Ricardo: Cá estamos na Terra Santa. Para aqui chegar, passei por Dacar, Lisboa, Paris, Bruxelas, Praga, Minsk. Afinal esta coisa impossível — Moscou, terra encrencada, de nomes impronunciáveis, grafados de maneira absurda. Traduzido em russo, no passaporte, transformei-me em Pamoc. Que hei de fazer? Algumas notícias. Em Dacar os negros falam pouco, mais ou menos em francês. O que me serviu, no restaurante, pediu gorjeta sem cerimônia. Dei-lhe dez mil-réis e indiquei-lhe uma agência bancária. "— Sim." Nenhum agradecimento. Em Lisboa um repórter arrancou-me uma entrevista, que deve ter saído infame, e um sujeito do bar quis furtar-me doze escudos. Joguei a minha aritmética relativa a moedas internacionais. Chegamos a Paris depois da meia-noite. Vimos aqueles negócios badalados nos livros: o Arco do Triunfo, o Obelisco, Notre Dame, a Madalena, a Praça Vendôme, as duas ilhas, o Instituto, etc., etc., e às quatro horas ceávamos no mercado, em companhia de soldados, operários, açougueiros de grandes aventais sujos de sangue, gente de bela aparência, amável em demasia. Três dias em Paris, num bom hotel do cais Anatole France. Cigarros péssimos e caros, aguardente magnífica, longos passeios a pé, aborrecimento com um secretário na embaixada tcheca, visitas extensas aos livros velhos expostos no cais. E muitas outras coisas. Jantamos em Montmartre, na zona revolucionária; atravessamos a rua du Chat Qui Pêche, perto da sede do Partido Comunista. Na véspera da partida quebrei os óculos, fiquei cego — e d. Ló me serviu de guia quando embarcamos. "— Veja esta nota." "— Cinco mil francos." "— E esta?" "— Dez francos." Uma desgraça. Em Bruxelas bebi uma cerveja excelente e quase perco o avião. Um guarda me ensinou o caminho falando inglês, alemão, afinal francês. A chegada em Praga foi um desastre. Nem uma pessoa conhecida, ausência de coroas no bolso, ignorância completa da língua. Caí em desânimo profundo, mas d. Heloísa estava otimista, aguardando milagres. Vendo o passaporte, o funcionário fez um gesto de exigência. Mostrei o papel dado aí na legação. "— Moscou?" Adivinhei que ele perguntava isso. "— Sim, oui, yes, ya, si." O sujeito arranjou-me intérprete, que me apresentou a um agente da VOKS, a associação que nos hospeda. "— Pertence a alguma organização de classe?" "— Coisa nenhuma." D. Heloísa entende línguas estrangeiras. Em Paris conseguiu expressar-se: usou *merci* duas mil e quinhentas vezes. Compreendeu a minha resposta e atirou: "— Você não é presidente da ABDE?" Nem me lembrava. Declarei isso e afirmei que me esperavam. Os homens afastaram-se, pouco depois fui chamado ao telefone. Explicações. "— O senhor pode esperar dez minutos?" O ônibus dos passageiros saiu; ao cabo de um quarto de hora veio um automóvel. Levaram-nos à cidade, meteram-nos em certo hotel, hoje pertencente ao governo e há pouco tempo frequentado por milionários e prostitutas de alto bordo. Encontrei Jorge Amado e outros comunistas brasileiros. Demora de três dias em Praga; falta de visto na Embaixada soviética; visitas a alguns castelos, um deles do século XIII; passeios na Praga velha, em companhia de Arnaldo Estrela, Sinval Palmeira, Mariuccia, mulher do primeiro, Lourdes, mulher do segundo. "— Senhor Ramos! O senhor aqui?" Era Zdenka, uma das moças que trabalhavam na legação tcheca aí. Em seguida veio Blasta. E na véspera da partida, depois de visitarmos com Zdenka o castelo antigo onde vive o Presidente da República, Pitha me surgiu, conversou até duas da manhã, ofereceu-me uns óculos que, a rigor, me serviam. Quando fui deitar-me, quebrei a armação dos óculos. Assim, cheguei a Minsk analfabeto, o que não foi prejuízo, pois aí a linguagem escrita não tinha significação. Moscou. Ao saltarmos do avião, Heloísa, Mariuccia e Lourdes receberam ramalhetes, e vários fotógrafos nos prenderam fazendo filmes. Levaram-nos ao Hotel Savoy, separaram-nos dos nossos companheiros operários. Kaluguin, redator dos *Tempos Novos*, pediu-me os óculos para consertar. No outro dia Mme. Alexandra Nikolskaia levou-me a uma casa de óptica, onde obtive novos vidros. Tentei pagá-los com moeda brasileira ou francesa, pois não tenho um rublo; já estavam pagos. À noite Kaluguin trouxe-me os óculos consertados. Tenho bebido vodca, ido várias vezes ao Kremlin, à Praça Vermelha, visto a Catedral de São Basílio e o túmulo de Lenin. Ontem visita à VOKS: doces, frutas, vinho, arranjo do programa, longo discurso do Presidente, um professor de cabeça pelada. À noite, *Romeu e Julieta* no Teatro Bolshoi, com Ulanowa no papel de Julieta. Havia talvez mais de duzentas figuras. Nunca imaginei coisa semelhante. Hoje, a festa para que fomos convidados. O desfile começou às dez horas e deve ter-se prolongado até sete da noite. Deixamos o Kremlin às três horas. Víamos de longe, com dificuldade, a cabeça de Stalin. Furor de aplausos na multidão. Cristine, mulher de Joffily, emprestou-me um binóculo. Subi à última plataforma exterior do Kremlin, fui andando para a esquerda, cheguei a poucos metros do túmulo de Lenin, no momento em que Stalin ia subindo a escada. Aproximei-o com o binóculo. Está velho, gordo e curvo. Nessa altura um tipo se avizinhou e quis tomar-me o binóculo. Fingi não entendê-lo. "— Sou estrangeiro. Não compreendo o russo." Stalin passou. Recuei dez metros, quis examinar os figurões que estavam ali a pequena distância; outro guarda, falando e gesticulando, deu-me a entender que era proibido usar binóculo. Ignoro o motivo dessa proibição. Enquanto as organizações operárias desfilavam, Kaluguin perguntou-me quais os meus livros que deviam ser traduzidos em russo. Talvez nenhum, respondi. E expliquei a minha divergência com o pessoal daí. (41) Kaluguin deu-me razão, mas isto resulta da extrema delicadeza da gente deste país para conosco. Kaluguin propôs-me um bate-papo com os escritores que fazem a regra. Achou excelente eu ter levado os livros e os capítulos de *Cadeia*. Precisamos examinar isso juntos. Adeus. Amanhã terei de falar na rádio sobre as festas de hoje. Abraços. Mamãe vai muito bem. Graciliano.

PESSOAS E PERSONAGENS REFERIDAS

A
Adalgisa Nery — Poetisa.

Agildo — Agildo Barata, militar e político. Esteve preso com GR (Cf. *Memórias do cárcere*).

Alaíde — Alaíde Medeiros Moreira, irmã de Heloísa, cunhada de GR.

Albertina — Empregada doméstica em casa do sogro de GR.

Alberto — Alberto Passos Guimarães, jornalista, autor de livros de história econômica e social.

Alfeu Rosas — Juiz de Direito, cunhado de José Lins do Rego.

Alfredo de Maia — Usineiro e chefe político alagoano.

Aloísio — Aloísio Branco, poeta alagoano.

Aloísio — (Carta 76) Aloísio Rossiter Moreira, marido de Alaíde, concunhado de GR.

Álvaro — Álvaro Moreyra, poeta e cronista.

Álvaro — (Carta 97, 1ª ref.) Álvaro de Sousa, militar e político. Esteve preso com GR. (Cf. *Memórias do cárcere*).

Álvaro Lins — Ensaísta e crítico literário.

Álvaro Paes — Governador de Alagoas ao tempo em que GR dirigiu a Imprensa Oficial do Estado.

Amália — Amália Ramos Costa, irmã de GR.

Américo — Américo de Araújo Medeiros, secretário do Tribunal de Justiça de Alagoas. Pai de Heloísa, sogro de GR. Referido como Seu Américo e Velho Américo.

Ana Maria — Benzedeira de quebranto em Palmeira dos Índios.

Anália — Anália Ramos, irmã de GR. Também referida como Daia.

Antero — Antero Amorim, negociante em Palmeira dos Índios. Referido como Seu Antero.

Antônio Augusto — Antônio Augusto de Barros, proprietário de empresa de transportes em Palmeira dos Índios. Tio de Maria Augusta, primeira mulher de GR.

Antônio Panta — Antônio Pantaleão, oficial da Polícia Militar de Alagoas. Também referido como Panta.

Aporelly — Aparício Torelly, humorista. Esteve preso com GR (Cf. *Memórias do cárcere*).

Arnaldo Estrela — Pianista. Companheiro de GR na viagem à Europa.

Arruda — Diógenes Arruda Câmara, político, dirigente comunista.

Artur — Artur Bernardes, então candidato à presidência da República.

Artur Ramos — Antropólogo e folclorista.

Aurélio — Aurélio Buarque de Holanda Ferreira, escritor e filólogo.

Azevedo Gondim — Personagem de S. *Bernardo*.

B

Baleia — Cachorra Baleia, personagem de *Vidas secas*.

Bandeira — Manuel Bandeira, poeta.

Bárbara — Julieta Bárbara, escritora. Mulher de Oswald de Andrade.

Barreto — Pedro Barreto Falcão, jornalista alagoano.

Barreto — (Carta 97, 1ª ref.) Barreto Leite Filho, escritor e jornalista. Esteve preso com GR (Cf. *Memórias do cárcere*).

Benjamin de Garay — Escritor e tradutor argentino. Também referido como Garay.

Betinha — Maria Elizabeth Lins do Rego, filha de José Lins do Rego.

Brandão — João Augusto Soares Brandão, ator de teatro.

C

Carlos de Gusmão — Desembargador alagoano.

Carmem — Carmem Ramos, irmã de GR.

Carpeaux — Otto Maria Carpeaux, crítico e ensaísta.

Chico — Ver Francisco Cavalcanti.

Ciro — Ciro dos Anjos, escritor.

Clarita — Clara Ramos, filha de GR. Também referida como Lilita.

Clélia — Clélia Ramos, irmã de GR.

Clemente — Clemente Silveira, médico alagoano. Operou GR em 1932 (Cf. *Memórias do cárcere*).

Clodoaldo — Clodoaldo Ramos, irmão de GR.

Clotildinha — Filha de Rachel de Queiroz, já falecida na época da referência.

Costa Rego — Pedro da Costa Rego, jornalista e político alagoano. Governador de Alagoas na década de 20.

Cristina — Maria Cristina Lins do Rego Veras, filha de José Lins do Rego.

D

Daia — Ver Anália.

Dias da Costa — Osvaldo Dias da Costa, contista e jornalista.

Diegues — Manuel Diegues Júnior, antropólogo e escritor.

Dindinha — Ver d. Lili.

Doca — Ver Pedro.

Doca — (Carta 85) Empregada doméstica em casa da família de GR, em Palmeira dos Índios.

D. Amália — Amália Leite Alves, tia de Heloísa, mãe do padre José Leite. Também referida como titia Amália.

D. Austrilina — Austrilina Leite de Medeiros, avó materna de Heloísa. Também referida como Vovó.

D. Clotilde — Clotilde Queiroz, mãe de Rachel de Queiroz.

D. Elvira — Dona da pensão da Rua Correia Dutra, no Rio de Janeiro, onde GR morou com a família em 1937.

D. Evangelina — Evangelina Botelho, parteira diplomada que atendia Heloísa.

D. Germana — Personagem de *Angústia*. Também referida como Sinha Germana.

D. Helena — Dona da pensão no Rio de Janeiro onde GR hospedou-se, durante algum tempo, em 1915.

D. Heloísa — Heloísa Cavalcanti, mulher de Francisco Cavalcanti.

D. Laura — Laura Mota Lima, mulher de Rodolfo Mota Lima.

D. Laura — Hóspede da pensão da Rua Correia Dutra. Serviu de modelo para a personagem do conto "Ciúmes" (Cf. *Insônia*).

D. Lili — Lucila Leite, tia de Heloísa. Também referida como Dindinha.

D. Ló — Ver Heloísa.

D. Luísa — (Carta 73) Ver Luísa.

D. Luísa — (Carta 81) Personagem espírita de *Suor*, romance de Jorge Amado.

D. Marcela — Personagem de *S. Bernardo*.

D. Marieta — Funcionária da Livraria José Olympio.

D. Olímpia — Olímpia Cavalcanti, irmã de Francisco e Otávio Cavalcanti.

D. Priscila — Priscila Mota Lima, mulher de Pedro Mota Lima.

D. Rosália — Personagem de *Angústia*.

Dr. Helvécio — Helvécio de Sousa, promotor público em Palmeira dos Índios.

Dr. Liberato — Personagem de *Caetés*.

Dr. Mota — Joaquim Pinto da Mota Lima, pai dos amigos de GR: Pinto, Rodolfo, Pedro e Paulo Mota Lima. Também referido como Revmo. Mota Lima e Velho Mota.

E

Echenique — Carlos Echenique Júnior, jornalista.

Edgar — Edgar de Góes Monteiro, político alagoano.

Edmundo Bittencourt — Jornalista, fundador do *Correio da Manhã*.

Eugênia — Eugênia Álvaro Moreyra, atriz. Mulher de Álvaro Moreyra.

F

Fabiano — Personagem de *Vidas secas*.

Franchini — Miguel Franchini Neto, jornalista e diplomata.

Francisco Cavalcanti — Comerciante e chefe político em Palmeira dos Índios. Referido como Chico e Chico Cavalcanti.

G

Garay — Ver Benjamin de Garay.

Gastão — Gastão Cruls, escritor. Editor da revista *Boletim de Ariel* e diretor da Ariel Editora que publicou a primeira edição de *S. Bernardo*.

Germana — (Carta 60) Personagem de *S. Bernardo*.

Gilberto — Gilberto Freyre, sociólogo e escritor.

Gilberto Amado — Escritor e diplomata.

Glorinha — Maria da Glória Lins do Rego Santos, filha de José Lins do Rego.

Góes Monteiro — Pedro Aurélio de Góes Monteiro, militar e político.

Gonçalo — Nome escolhido por GR para o filho que Heloísa esperava. Nasceu menina, Clara.

Graça Aranha — Escritor e diplomata.

Gustavo Capanema — Político. Ministro da Educação.

H

Helena — Helena Medeiros Gomes de Figueiredo, irmã de Heloísa, cunhada de GR.

Heleno — Heleno Ramos, filho de Leonor, sobrinho de GR.

Heloísa — Heloísa de Medeiros Ramos, segunda mulher de GR. Também referida como Ló, d. Ló, Sinha Ló e Mamãe.

Hora — Sebastião Hora, médico alagoano. Esteve preso com GR (Cf. *Memórias do cárcere*).

Humberto — Humberto Bastos, jornalista.

I

Isaura — Isaura Brandão da Mota Lima, mulher de Joaquim Pinto da Mota Lima Filho.

Ivan — Ivan Ramos Braga, filho de Otília, sobrinho de GR.

J

J. Pinto da Mota Lima Filho — Joaquim Pinto da Mota Lima Filho, jornalista. Amigo de infância de GR. Irmão de Rodolfo, Pedro e Paulo Mota Lima. Referido como Pinto.

Jardim — Luís Jardim, pintor e escritor.

Jeca — Ver Múcio.

João Alphonsus — Contista, romancista e poeta.

João Inácio — Padre (Cf. *Infância*).

Jocelyn — Jocelyn Santos, jornalista.

Joffily — Geraldo Irineu Joffily, juiz de Direito. Companheiro de GR na viagem à Europa.

Jorge — Jorge Amado, romancista.

José Américo — José Américo de Almeida, escritor e político.

José Leite — Padre José Leite, primo de Heloísa. Oficiou o segundo casamento de GR. Também referido como Zéleite.

José Leite — (Cartas 67 e 98) José Leite Costa, fazendeiro em Palmeira dos Índios. Marido de Amália, cunhado de GR.

José Leonardo — Pequeno fazendeiro em Buíque, no sertão pernambucano (Cf. *Infância*).

José Maria — José Maria Belo, escritor.

José Olympio — Editor. Também referido como Zé Olympio.

Julião Tavares — Personagem de *Angústia*.

Júlio Amorim — Comerciante e intendente em Palmeira dos Índios.

Júnio — Júnio Ramos, filho de GR.

L

Léa — Empregada doméstica em casa de GR.

Leobino — Leobino Soares, comerciante em Palmeira dos Índios.

Leonor — Leonor Ramos, irmã de GR.

Lídia — Lídia Besouchet, jornalista.

Lígia — Lígia Ramos, irmã de GR.

Lilita — Ver Clarita.

Lourival — Lourival Melo Mota, médico alagoano.

Luccarini — Florisval Luccarini Barreiros, funcionário da Instrução Pública, em Alagoas (Cf. *Memórias do cárcere*).

Luís — Luís Augusto de Medeiros, médico. Irmão de Heloísa, cunhado de GR.

Luís da Silva — Personagem de *Angústia*.

Luísa — Luísa de Medeiros Ramos Amado, filha de GR. Também referida como Lulu.

Lulu — Ver Luísa.

M

Macedo Soares — José Carlos de Macedo Soares, político e diplomata.

Madalena — Personagem de *S. Bernardo*.

Madrinha Teresinha — Teresa Ferreira Ferro, avó materna de GR.

Major — Major Nunes, diretor da Casa de Correção (Cf. *Memórias do cárcere*).

Márcio — Márcio Ramos, filho de GR.

Maria — Maria Augusta Ramos, filha de GR.

Maria — (Carta 30, 2ª ref.) Ver Maria Augusta.

Maria Amélia Ferro Ramos — Mãe de GR. Referida como Velha Maria.

Maria Antônia — Mulher do povo, de Palmeira dos Índios.

Maria Augusta — Maria Augusta Barros Ramos, primeira mulher de GR. Também referida como Maria.

Marili — Marili Ramos, irmã de GR.

Marina — Personagem de *Angústia*.

Mário de Andrade — Escritor.

Marluce — Marluce Massa, cunhada de José Lins do Rego.

Marques — Marques Rebelo, escritor.

Melo Lima — Francisco de Melo Lima, jornalista e contista.

Morena — Roberto Morena, político, dirigente comunista.

Múcio — Múcio Ramos, filho de GR. Também referido como Jeca.

Murilo — Murilo Miranda, jornalista. Editor da *Revista Acadêmica*, mensário carioca.

N

Naná — Filomena Massa Lins do Rego, mulher de José Lins do Rego.

Natália — Natália Alves Ferreira Ramos, mulher de Júnio, nora de GR.

Nazaré Prado — Viúva de Graça Aranha.

Nicolau Montezuma — Pseudônimo de Carlos Lacerda, jornalista e político.

Nilo — Nilo Peçanha, candidato à presidência da República.

Nise — (Carta 55) Luísa Cavalcanti, filha de Heloísa e Francisco Cavalcanti.

Nise — (Carta 91) Nise da Silveira, psiquiatra. Esteve presa com GR (Cf. *Memórias do cárcere*).

O

Odon — Odon Braga, marido de Otília, cunhado de GR.

Olegário Mariano — Poeta e tabelião.

Olímpia Cavalcanti — Ver d. Olímpia.

Olímpio Guilherme — Jornalista.

Oscar Mendes — Crítico literário.

Osman — Osman Loureiro, governador de Alagoas.

Oswald — Oswald de Andrade, escritor.

Otacília — Otacília Ramos, irmã de GR.

Otávio — Otávio Cavalcanti, fazendeiro e político em Palmeira dos Índios.

Otávio — Otávio Tarquínio de Sousa, historiador e crítico literário.

Otávio Dias Leite — Jornalista e escritor.

Otília — Otília Ramos Braga, irmã de GR.

P

Padilha — (Cartas 55 e 62) Personagem de *S. Bernardo*.

Padre Macedo — Francisco Xavier de Macedo, fundador do jornal *O Índio*, em Palmeira dos Índios. Provável modelo para os sacerdotes Atanásio e Silvestre, dos romances *Caetés* e *S. Bernardo*, respectivamente.

Pagu — Patrícia Galvão, jornalista e escritora.

Panta — Ver Antônio Panta.

Paulo — Paulo Mota Lima, jornalista.

Paulo Honório — Personagem de *S. Bernardo*.

Pautila — Pautila Cavalcanti, sobrinha de Francisco Cavalcanti.

Pedro — Pedro Mota Lima, escritor e jornalista. Referido como Doca.

Pedro Ferro — Avô materno de GR.

Pinto — Ver J. Pinto da Mota Lima Filho.

Plínio — Plínio Ramos, filho de Leonor, sobrinho de GR.

Portinari — Cândido Portinari, pintor.

Prado — Cid Prado, político, deputado paulista pelo PRP.

Priscila — Ver d. Priscila.

Procópio — Procópio Ferreira, ator.

R

Rachel — Rachel de Queiroz, romancista.

Regina — Empregada doméstica em casa de GR.

Revmo. Mota Lima — Ver Dr. Mota.

Ricardo — Ricardo Ramos, filho de GR. Também referido como Tatá.

Rodolfo — Rodolfo Mota Lima, jornalista.

Rodrigo — Rodrigo Melo Franco de Andrade, escritor e diretor do Serviço do Patrimônio Histórico e Artístico Nacional.

Rômulo — Rômulo de Castro, secretário da Editora Schmidt.

Rosália — (Carta 45) Empregada doméstica em casa de GR.

Rubem — Rubem Braga, cronista. Companheiro de pensão de GR.

Rui — Rui Coutinho, médico.

S

Sandra — Sandra Ramos Galvão, filha de Júnio, neta de GR.

Santa — Tomás Santa Rosa, desenhista e pintor.

Saul Borges — Jornalista, colaborador do *Boletim de Ariel*.

Schmidt — Augusto Frederico Schmidt, poeta e editor.

Sebastião Ramos de Oliveira — Pai de GR. Referido como Velho Sebastião.

Sérgio Milliet — Poeta, escritor e crítico.

Seu Américo — Ver Américo.

Seu Antero — Ver Antero.

Seu Ribeiro — Personagem de *S. Bernardo*.

Silva — Designação dada a GR no bilhete de Carlos Lacerda (Nicolau Montezuma) que, foragido político, evitava comprometer o destinatário do convite.

Sílvia — Empregada doméstica na pensão da Rua Correia Dutra.

Simeão — José Simeão Leal, médico. Companheiro de pensão de GR.

Sinha Germana — Ver d. Germana.

Sinha Vitória — Personagem de *Vidas secas*.

Sinval Palmeira — Advogado, companheiro de GR na viagem à Europa.

Sucupira — Luís Sucupira, professor e autor de livros didáticos.

T

Talima — Personagem de *A terra dos meninos pelados*.

Tasso da Silveira — Escritor.

Tatá — Ver Ricardo.

Teo — Teo Brandão, folclorista.

Terto Canuto — Tertuliano Canuto, proprietário e vizinho do escritor em Palmeira dos Índios. Vendeu a GR a casa onde este residiu e que é hoje seu museu na cidade alagoana.

Titia Amália — Ver d. Amália.

Tobias — José Tobias Filho, farmacêutico e intendente em Palmeira dos Índios.

Tristão de Athayde — Escritor e crítico literário.

U

Ulisses — Ulisses Braga Júnior, jornalista alagoano.

V

Valdemar — Valdemar Cavalcanti, jornalista e crítico literário.

Vanda — Vanda Ramos, irmã de GR.

Vanderlino — Vanderlino Nunes, jornalista. Esteve preso com GR (Cf. *Memórias do cárcere*).

Velha Maria — Ver Maria Amélia Ferro Ramos.

Velho Américo — Ver Américo.

Velho Ferreira — Bisavô de GR.

Velho Mota — Ver Dr. Mota.

Velho Sebastião — Ver Sebastião Ramos de Oliveira.

Velho Trajano — Personagem de *Angústia*.

Vitória — Personagem de *Angústia*.

Vovó — Ver d. Austrilina.

Z

Zé Fernandes — (Carta 31). Personagem de *A cidade e as serras*, de Eça de Queiroz.

Zé Fernandes — José Fernandes de Barros Lima, ex-governador de Alagoas.

Zé Olympio — Ver José Olympio.

Zéauto — José Auto de Oliveira, poeta.

Zéleite — Padre José Leite. Também referido como José Leite.

Zélins — José Lins do Rego, romancista.

Zora — Zora Seljan, jornalista e escritora.

NOTAS

1. GR era encarregado da loja de tecidos de seu pai (carta 1).
2. *O Malho*. Revista carioca de circulação nacional. Estimulava e divulgava colaboração de jovens. Nela GR publicou algumas de suas primeiras produções, inclusive versos. A revista editava anualmente o "Almanaque de *O Malho*" (carta 2).
3. "Pautílicos" e "augustas". Referências a moças de P. dos Índios: Pautila Cavalcanti e Maria Augusta Barros, esta namorada de GR (carta 7).
4. "Cavações". A palavra é utilizada no sentido de cavar a vida, sem conotação pejorativa (carta 14).
5. "Foca". Iniciante em trabalho de jornal (carta 14).
6. "Pinga-Fogo". Nome popular da rua de P. dos Índios onde residiam Sebastião Ramos e família (carta 15).
7. "Mestre manda". Referência ao folguedo infantil folclórico (carta 17).
8. "Fazenda". Por cabeças de gado (carta 18).
9. "Burro sem rabo". Expressão carioca que designa os condutores de carrinhos de mão (carta 21).

10. "Linhas tortas". Referência de GR aos seus escritos literários de então. Expressão utilizada como título do volume póstumo que reúne sua produção do período (carta 24).
11. "A Paulista". Rede de lojas espalhadas pelas cidades alagoanas (carta 25).
12. Referência a Maria Augusta Barros, sua namorada (carta 28).
13. "Jornaleco". Trata-se de *O Índio*, jornal fundado em 1921, em P. dos Índios, pelo Pe. Macedo, do qual GR foi redator "quase único" (carta 32).
14. "A prisão do Vigário". Para impedir a saída do Pe. Macedo, que o visitava em companhia de Heloísa, GR trancou a porta do quarto ao qual se havia recolhido o sacerdote para a leitura do Breviário (carta 35).
15. "A arenga do Pe. Macedo". Referência ao pedido de casamento feito pelo padre ao pai de Heloísa, em nome de GR (carta 36).
16. "Indiscrição do Pe. Macedo". O sacerdote revelara ao pai de Heloísa que o pretendente à mão de sua filha escrevia um romance, buscando com isto valorizá-lo aos olhos do futuro sogro (carta 40).
17. "Na volta". GR retornava com os filhos de visita a Heloísa, então no Pilar (carta 44).
18. "Um capítulo de vinte e cinco folhas". Referência ao trabalho em *Caetés*, seu primeiro romance (carta 44).
19. "Papel que Schmidt me mandou". Propaganda impressa dirigida pelo editor aos livreiros, anunciando futuras edições (carta 44).
20. "A história do livro acabou". Solicitado pelo editor a GR, em 1929, *Caetés* somente foi enviado a Schmidt em fins de 1930 e publicado em 1931 (carta 52).
21. "A denúncia não terá consequências". Os vitoriosos da Revolução de 30 perseguiam os desafetos políticos vencidos através da aplicação do Decreto Federal 19.811, de março de 1931, pelas Juntas Estaduais de Sanções. Procuradores Especiais abriam os processos a partir de denúncias, e GR foi acusado de

"desviar 1.020$000" quando prefeito de P. dos Índios. Reunida, a Junta julgou improcedente a denúncia e mandou arquivar o processo (carta 53).
22. "Saí do hospital terça-feira". GR submeteu-se a cirurgia para livrar-se de abscesso resultante de uma queda (carta 54).
23. "Arranjar qualquer coisa lá". GR havia deixado a Imprensa Oficial e escrevia *S. Bernardo* (carta 55).
24. Referência ao seu primeiro encontro com Heloísa quando esta coletava contribuições para a festa da igreja (carta 60).
25. "Tinoco I". Tasso Tinoco, interventor em AL (carta 70).
26. "As meninas aparecem aqui". Referências às suas irmãs, que estudavam em Maceió (carta 71).
27. "O comunismo de Luísa". Durante a viagem de trem a P. dos Índios, um padre pôs-se a brincar com os filhos de GR, todos vestidos de marinheiro. Perguntou a Ricardo, apontando os enfeites da roupa, se este era cabo. Intrometendo-se, Luísa respondeu pelo irmão: "Ele é cabo e eu sou comunista." A frase da criança provocou gargalhadas entre os amigos de GR (carta 75).
28. "O reino do Alberto" e, logo adiante, "é preciso que o Alberto endireite isto". Referências às ideias e à ação políticas do seu amigo Alberto Passos Guimarães (carta 80).
29. "Por causa do homem do Pará". Referência a artigo assinado, publicado em Belém, sobre *S. Bernardo*; "o paraense ataca a minha linguagem, que acha obscena, mas diz que eu serei o Dostoievski dos Trópicos" (carta 80).
30. "As macacoas do Márcio". O filho mais velho de GR sofria de epilepsia (carta 88).
31. Parece haver-lhe ocorrido então, pela primeira vez, a ideia de um volume de memórias, pois os títulos citados correspondem aos de alguns dos capítulos de *Infância*, a cuja elaboração GR somente se entregou a partir de 1937, no Rio (carta 88).
32. Livre da prisão, GR escrevia *A terra dos meninos pelados*, literatura infantil (in *Alexandre e outros heróis*), texto vencedor

do concurso instituído nesse ano pelo Ministério da Educação e Cultura (carta 90).

33. Prêmio instituído pela *Revista Acadêmica*, do Rio, e concedido a *Angústia*, em 1937 (carta 91).
34. Referência à Colônia Correcional, presídio na Ilha Grande, RJ, onde GR esteve preso (cf. *Memórias do cárcere*) (carta 93).
35. "Observador". *O observador econômico e financeiro*, revista especializada, publicada no Rio sob a direção de Olímpio Guilherme, na qual colaboravam escritores importantes (carta 99).
36. A cachorra Baleia é personagem de *Vidas secas* (carta 103).
37. GR foi candidato a deputado federal por AL, na chapa do PCB, e participou de comícios eleitorais no Rio (carta 107).
38. "Tribuna". Referência à Tribuna Popular, diário do PCB no Rio. Abaixo na mesma carta GR refere *A tribuna*, diário da cidade de Santos (carta 107).
39. ABDE. Sigla da Associação Brasileira de Escritores, da qual GR foi presidente nacional em 1951 e que, durante algum tempo, atuou como agência arrecadadora de direitos autorais (cartas 107 e 109).
40. "Diga a Natália que recebi os contos". GR havia solicitado à nora que lhe mandasse contos goianos para seleção e inclusão na *Antologia do conto brasileiro* que ele preparava para a editora da Casa do Estudante do Brasil (carta 107).
41. GR discordava do "realismo socialista" de Zdanov, para o qual o PCB buscava ganhar os escritores seus membros (carta 112).

VIDA E OBRA DE GRACILIANO RAMOS

Cronologia

1892   Nasce a 27 de outubro em Quebrangulo, Alagoas.
1895   O pai, Sebastião Ramos, compra a Fazenda Pintadinho, em Buíque, no sertão de Pernambuco, e muda com a família. Com a seca, a criação não prospera e o pai acaba por abrir uma loja na vila.
1898   Primeiros exercícios de leitura.
1899   A família se muda para Viçosa, Alagoas.
1904   Publica o conto "Pequeno pedinte" em *O Dilúculo*, jornal do internato onde estudava.
1905   Muda-se para Maceió e passa a estudar no colégio Quinze de Março.
1906   Redige o periódico *Echo Viçosense*, que teve apenas dois números.
       Publica sonetos na revista carioca *O Malho*, sob o pseudônimo Feliciano de Olivença.
1909   Passa a colaborar no *Jornal de Alagoas*, publicando o soneto "Céptico", como Almeida Cunha. Nesse jornal, publicou diversos textos com vários pseudônimos.

1910-1914 Cuida da casa comercial do pai em Palmeira dos Índios.

1914 Sai de Palmeira dos Índios no dia 16 de agosto, embarca no navio *Itassucê* para o Rio de Janeiro, no dia 27, com o amigo Joaquim Pinto da Mota Lima Filho. Entra para o *Correio da Manhã*, como revisor. Trabalha também nos jornais *A Tarde* e *O Século*, além de colaborar com os jornais *Paraíba do Sul* e *O Jornal de Alagoas* (cujos textos compõem a obra póstuma *Linhas tortas*).

1915 Retorna às pressas para Palmeira dos Índios. Os irmãos Otacílio, Leonor e Clodoaldo, e o sobrinho Heleno, morrem vítimas da epidemia da peste bubônica.

Casa-se com Maria Augusta de Barros, com quem tem quatro filhos: Márcio, Júnio, Múcio e Maria Augusta.

1917 Assume a loja de tecidos A Sincera.

1920 Morte de Maria Augusta, devido a complicações no parto.

1921 Passa a colaborar com o semanário *O Índio*, sob os pseudônimos J. Calisto, Anastácio Anacleto e Lambda.

1925 Inicia *Caetés*, concluído em 1928, mas revisto várias vezes, até 1930.

1927 É eleito prefeito de Palmeira dos Índios.

1928 Toma posse do cargo de prefeito.

Casa-se com Heloísa Leite de Medeiros, com quem tem outros quatro filhos: Ricardo, Roberto, Luiza e Clara.

1929 Envia ao governador de Alagoas o relatório de prestação de contas do município. O relatório, pela sua qualidade literária, chega às mãos de Augusto Schmidt, editor, que procura Graciliano para saber se ele tem outros escritos que possam ser publicados.

1930 Publica artigos no *Jornal de Alagoas*.
Renuncia ao cargo de prefeito em 10 de abril.
Em maio, muda-se com a família para Maceió, onde é nomeado diretor da Imprensa Oficial de Alagoas.

1931 Demite-se do cargo de diretor.

1932 Escreve os primeiros capítulos de *S. Bernardo*.

1933 Publicação de *Caetés*.
Início de *Angústia*.
É nomeado diretor da Instrução Pública de Alagoas, cargo equivalente a Secretário Estadual de Educação.

1934 Publicação de *S. Bernardo*.

1936 Em março, é preso em Maceió e levado para o Rio de Janeiro.
Publicação de *Angústia*.

1937 É libertado no Rio de Janeiro.
Escreve *A terra dos meninos pelados*, que recebe o prêmio de Literatura Infantil do Ministério da Educação.

1938 Publicação de *Vidas secas*.

1939 É nomeado Inspetor Federal de Ensino Secundário do Rio de Janeiro.

1940 Traduz *Memórias de um negro*, do norte-americano Booker Washington.

1942 Publicação de *Brandão entre o mar e o amor*, romance em colaboração com Rachel de Queiroz, José Lins do

Rego, Jorge Amado e Aníbal Machado, sendo a sua parte intitulada "Mário".
1944 Publicação de *Histórias de Alexandre*.
1945 Publicação de *Infância*.
Publicação de *Dois dedos*.
Filia-se ao Partido Comunista Brasileiro.
1946 Publicação de *Histórias incompletas*.
1947 Publicação de *Insônia*.
1950 Traduz o romance *A peste*, de Albert Camus.
1951 Torna-se presidente da Associação Brasileira de Escritores.
1952 Viaja pela União Soviética, Tchecoslováquia, França e Portugal.
1953 Morre no dia 20 de março, no Rio de Janeiro.
Publicação póstuma de *Memórias do cárcere*.
1954 Publicação de *Viagem*.
1962 Publicação de *Linhas tortas* e *Viventes das Alagoas*.
Vidas secas recebe o Prêmio da Fundação William Faulkner como o livro representativo da literatura brasileira contemporânea.
1980 Heloísa Ramos doa o Arquivo Graciliano Ramos ao Instituto de Estudos Brasileiros da Universidade de São Paulo, reunindo manuscritos, documentos pessoais, correspondência, fotografias, traduções e alguns livros.
Publicação de *Cartas*.
1992 Publicação de *Cartas de amor a Heloísa*.

Bibliografia de autoria de Graciliano Ramos

Caetés
Rio de Janeiro: Schmidt, 1933. 2ª ed. Rio de Janeiro:
J. Olympio, 1947. 6ª ed. São Paulo: Martins, 1961. 11ª ed. Rio de Janeiro: Record, 1973. [34ª ed., 2019]

S. Bernardo
Rio de Janeiro: Ariel, 1934. 2ª ed. Rio de Janeiro: J. Olympio, 1938. 7ª ed. São Paulo: Martins, 1964. 24ª ed. Rio de Janeiro: Record, 1975. [101ª ed., 2019]

Angústia
Rio de Janeiro: J. Olympio, 1936. 8ª ed. São Paulo: Martins, 1961. 15ª ed. Rio de Janeiro: Record, 1975. [78ª ed., 2019]

Vidas secas
Rio de Janeiro: J. Olympio, 1938. 6ª ed. São Paulo: Martins, 1960. 34ª ed. Rio de Janeiro: Record, 1975. [143ª ed., 2019]

A terra dos meninos pelados
Ilustrações de Nelson Boeira Faedrich. Porto Alegre: Globo, 1939. 2ª ed. Rio de Janeiro: Instituto Estadual do Livro, INL, 1975. 4ª

ed. Ilustrações de Floriano Teixeira. Rio de Janeiro: Record, 1981.
24ª ed. Ilustrações de Roger Mello. Rio de Janeiro: Record, 2000.
46º ed. [1ª ed. Galera Record] Ilustrações de Jean-Claude Ramos Alphen. Rio de Janeiro: Galera Record, 2014. [57ª ed., 2019]

Histórias de Alexandre
Ilustrações de Santa Rosa. Rio de Janeiro: Leitura, 1944. Ilustrações de André Neves. Rio de Janeiro: Record, 2007. [15ª ed., 2019]

Dois dedos
Ilustrações em madeira de Axel de Leskoschek. R. A., 1945. Conteúdo: Dois dedos, O relógio do hospital, Paulo, A prisão de J. Carmo Gomes, Silveira Pereira, Um pobre-diabo, Ciúmes, Minsk, Insônia, Um ladrão.

Infância (memórias)
Rio de Janeiro: J. Olympio, 1945. 5ª ed. São Paulo: Martins, 1961. 10ª ed. Rio de Janeiro: Record, 1975. [49ª ed., 2019]

Histórias incompletas
Rio de Janeiro: Globo, 1946. Conteúdo: Um ladrão, Luciana, Minsk, Cadeia, Festa, Baleia, Um incêndio, Chico Brabo, Um intervalo, Venta-romba.

Insônia
Rio de Janeiro: J. Olympio, 1947. 5ª ed. São Paulo: Martins, 1961. Ed. Crítica. São Paulo: Martins; Brasília: INL, 1973. 16ª ed. Rio de Janeiro: Record, 1980. [32ª ed., 2017]

Memórias do cárcere
Rio de Janeiro: J. Olympio, 1953. 4 v. Conteúdo: v. 1 Viagens; v. 2 Pavilhão dos primários; v. 3 Colônia correcional; v. 4 Casa de correção. 4ª ed. São Paulo: Martins, 1960. 2 v. 13ª ed. Rio de Janeiro: Record, 1980. 2 v. Conteúdo: v. 1, pt. 1 Viagens; v. 1, pt. 2 Pavilhão dos primários; v. 2, pt. 3 Colônia correcional; v. 2, pt. 4 Casa de correção. [50ª ed., 2018]

Viagem
Rio de Janeiro: J. Olympio, 1954. 3ª ed. São Paulo: Martins, 1961. 10ª ed. Rio de Janeiro: Record, 1980. [21ª ed., 2007]

Contos e novelas (organizador)
Rio de Janeiro: Casa do Estudante do Brasil, 1957. 3 v. Conteúdo: v. 1 Norte e Nordeste; v. 2 Leste; v. 3 Sul e Centro-Oeste.

Linhas tortas
São Paulo: Martins, 1962. 3ª ed. Rio de Janeiro: Record; São Paulo: Martins, 1975. 280 p. 8ª ed. Rio de Janeiro: Record, 1980. [22ª ed., 2015]

Viventes das Alagoas
Quadros e costumes do Nordeste. São Paulo: Martins, 1962. 5ª ed. Rio de Janeiro: Record, 1975. [19ª ed., 2007]

Alexandre e outros heróis
São Paulo: Martins, 1962. 16ª ed. Rio de Janeiro: Record, 1978. [64ª ed., 2020]

Cartas
Desenhos de Portinari... [et al.]; caricaturas de Augusto Rodrigues, Mendez, Alvarus. Rio de Janeiro: Record, 1980. [8ª ed., 2011]

Cartas de amor a Heloísa
Edição comemorativa do centenário de Graciliano Ramos. São Paulo: Secretaria Municipal de Cultura, 1992. 2ª ed. Rio de Janeiro: Record, 1992. [2ª ed., 1996]

O estribo de prata
Ilustrações de Floriano Teixeira. Rio de Janeiro: Record, 1984. (Coleção Abre-te Sésamo). 5ª ed. Ilustrações de Simone Matias. Rio de Janeiro: Galerinha Record, 2012.

Garranchos
Organização de Thiago Mio Salla. Rio de Janeiro: Record, 2012. [2ª ed., 2013]

Cangaços
Organização de Ieda Lebensztayn e Thiago Mio Salla. Rio de Janeiro: Record, 2014.

Conversas
Organização de Ieda Lebensztayn e Thiago Mio Salla. Rio de Janeiro, 2014.

Minsk
Ilustrações de Rosinha. Rio de Janeiro: Galera Record, 2013. [2ª ed., 2019]

Antologias, entrevistas e obras em colaboração

CHAKER, Mustafá (Org.). *A literatura no Brasil*. Graciliano Ramos... [et al.]. Kuwait: [s. n.], 1986. 293 p. Conteúdo: Dados biográficos de escritores brasileiros: Castro Alves, Joaquim de Souza Andrade, Carlos Drummond de Andrade, Vinicius de Moraes, Haroldo de Campos, Manuel Bandeira, Manuel de Macedo, José de Alencar, Graciliano Ramos, Cecília Meireles, Jorge Amado, Clarice Lispector e Zélia Gattai. Texto e título em árabe.

FONTES, Amando et al. *10 romancistas falam de seus personagens*. Amando Fontes, Cornélio Penna, Erico Verissimo, Graciliano Ramos, Jorge Amado, José Geraldo Vieira, José Lins do Rego, Lucio Cardoso, Octavio de Faria, Rachel de Queiroz; prefácio de Tristão de Athayde; ilustradores: Athos Bulcão, Augusto Rodrigues, Carlos Leão, Clóvis Graciano, Cornélio Penna, Luís Jardim, Santa Rosa. Rio de Janeiro: Edições Condé, 1946. 66 p., il., folhas soltas.

LEBENSZTAYN, Ieda e SALLA, Thiago Mio. *Conversas*. Rio de Janeiro: Record, 2014.

MACHADO, Aníbal M. et al. *Brandão entre o mar e o amor*. Romance por Aníbal M. Machado, Graciliano Ramos, Jorge

Amado, José Lins do Rego e Rachel de Queiroz. São Paulo: Martins, 1942. 154 p. Título da parte de autoria de Graciliano Ramos: "Mário".

QUEIROZ, Rachel de. *Caminho de pedras*. Poesia de Manuel Bandeira; Estudo de Olívio Montenegro; Crônica de Graciliano Ramos. 10ª ed. Rio de Janeiro: J. Olympio, 1987. 96 p. Edição comemorativa do Jubileu de Ouro do Romance.

RAMOS, Graciliano. *Angústia 75 anos*. Edição comemorativa organizada por Elizabeth Ramos. 1ª ed. Rio de Janeiro: Record, 2011. 384 p.

RAMOS, Graciliano. *Coletânea*: seleção de textos. Rio de Janeiro: Civilização Brasileira; Brasília: INL, 1977. 315 p. (Coleção Fortuna Crítica, 2).

RAMOS, Graciliano. "Conversa com Graciliano Ramos". *Temário — Revista de Literatura e Arte*, Rio de Janeiro, v. 2, n. 4, p. 24-29, jan.-abr., 1952. "A entrevista foi conseguida desta forma: perguntas do suposto repórter e respostas literalmente dos romances e contos de Graciliano Ramos."

RAMOS, Graciliano. *Graciliano Ramos*. Coletânea organizada por Sônia Brayner. Rio de Janeiro: Civilização Brasileira; Brasília: INL, 1977. 316 p. (Coleção Fortuna Crítica, 2). Inclui bibliografia. Contém dados biográficos.

RAMOS, Graciliano. *Graciliano Ramos*. 1ª ed. Seleção de textos, notas, estudos biográfico, histórico e crítico e exercícios por: Vivina de Assis Viana. São Paulo: Abril Cultural, 1981. 111 p., il. (Literatura Comentada). Bibliografia: p. 110-111.

RAMOS, Graciliano. *Graciliano Ramos*. Seleção e prefácio de João Alves das Neves. Coimbra: Atlântida, 1963. 212 p. (Antologia do Conto Moderno).

RAMOS, Graciliano. *Graciliano Ramos*: trechos escolhidos. Por Antonio Candido. Rio de Janeiro: Agir, 1961. 99 p. (Nossos Clássicos, 53).

RAMOS, Graciliano. *Histórias agrestes*: contos escolhidos. Seleção e prefácio de Ricardo Ramos. São Paulo: Cultrix, [1960]. 201 p. (Contistas do Brasil, 1).

RAMOS, Graciliano. *Histórias agrestes*: antologia escolar. Seleção e prefácio Ricardo Ramos; ilustrações de Quirino Campofiorito. Rio de Janeiro: Tecnoprint, [1967]. 207 p., il. (Clássicos Brasileiros).

RAMOS, Graciliano. "Ideias Novas". Separata de: *Rev. do Brasil*, [s. l.], ano 5, n. 49, 1942.

RAMOS, Graciliano. *Para gostar de ler*: contos. 4ª ed. São Paulo: Ática, 1988. 95 p., il.

RAMOS, Graciliano. *Para gostar de ler*: contos. 9ª ed. São Paulo: Ática, 1994. 95 p., il. (Para Gostar de Ler, 8).

RAMOS, Graciliano. *Relatórios*. [Organização de Mário Hélio Gomes de Lima.] Rio de Janeiro: Editora Record, 1994. 140 p. Relatórios e artigos publicados entre 1928 e 1953.

RAMOS, Graciliano. *Seleção de contos brasileiros*. Rio de Janeiro: Ed. de Ouro, 1966. 3 v. (333 p.), il. (Contos brasileiros).

RAMOS, Graciliano. [Sete] *7 histórias verdadeiras*. Capa e ilustrações de Percy Deane; [prefácio do autor]. Rio de Janeiro: Ed. Vitória, 1951. 73 p. Contém índice. Conteúdo: Primeira história verdadeira. O olho torto de Alexandre, O estribo de prata, A safra dos tatus, História de uma bota, Uma canoa furada, Moqueca.

RAMOS, Graciliano. "Seu Mota". *Temário — Revista de Literatura e Arte*, Rio de Janeiro, v. 2, n. 4, p. 21-23, jan.-abr., 1952.

RAMOS, Graciliano et al. *Amigos*. Ilustrações de Zeflávio Teixeira. 8ª ed. São Paulo: Atual, 1999. 66 p., il. (Vínculos), brochura.

RAMOS, Graciliano (Org.). *Seleção de contos brasileiros*. Ilustrações de Cleo. Rio de Janeiro: Tecnoprint, [1981]. 3 v.: il. (Ediouro. Coleção Prestígio). "A apresentação segue um critério geográfico, incluindo escritores antigos e modernos de todo o país." Conteúdo: v. 1 Norte e Nordeste; v. 2 Leste; v. 3 Sul e Centro-Oeste.

RAMOS, Graciliano. *Vidas Secas 70 anos*: edição especial. Fotografias de Evandro Teixeira. 1ª ed. Rio de Janeiro: Record, 2008. 208 p.

ROSA, João Guimarães. *Primeiras estórias*. Introdução de Paulo Rónai; poema de Carlos Drummond de Andrade; nota biográfica de Renard Perez; crônica de Graciliano Ramos. 5ª ed. Rio de Janeiro: J. Olympio, 1969. 176 p.

WASHINGTON, Booker T. *Memórias de um negro*. [Tradução de Graciliano Ramos.] São Paulo: Cia. Ed. Nacional, 1940. 226 p.

Obras traduzidas

Alemão
Angst [Angústia]. Surkamp Verlag, 1978.
Karges Leben [Vidas secas]. 1981.
Karges Leben [Vidas secas]. Verlag Klaus Wagenbach, 2013. Obra publicada com o apoio do Ministério da Cultura do Brasil / Fundação Biblioteca Nacional.
Kindheit [Infância]. Verlag Klaus Wagenbach, 2013. Obra publicada com o apoio do Ministério da Cultura do Brasil / Fundação Biblioteca Nacional.
Nach eden ist es weit [Vidas secas]. Horst Erdmann Verlag, 1965.
Raimundo im Land Tatipirún [A terra dos meninos pelados]. Zurique: Verlag Nagel & Kimche. 1996.
São Bernardo: roman. Frankfurt: Fischer Bucherei, 1965.

Búlgaro
Cyx Knbot [Vidas secas]. 1969.

Catalão
Vides seques. Martorell: Adesiara Editorial, 2011.

Dinamarquês
Tørke [Vidas secas]. 1986.

Espanhol
Angustia. Madri: Ediciones Alfaguara, 1978.
Angustia. México: Páramo Ediciones, 2008.
Angustia. Montevidéu: Independencia, 1944.
Infancia. Buenos Aires, Rosario: Beatriz Viterbo Editora, 2010.
Infancia. Buenos Aires: Siglo Veinte, 1948.
San Bernardo. Caracas: Monte Avila Editores, 1980.
Vidas secas. Buenos Aires: Editorial Futuro, 1947.
Vidas secas. Buenos Aires: Editora Capricornio, 1958.
Vidas secas. Havana: Casa de las Américas, [1964].
Vidas secas. Montevidéu: Nuestra América, 1970.
Vidas secas. Madri: Espasa-Calpe, 1974.
Vidas secas. Buenos Aires: Corregidor, 2001.
Vidas secas. Montevidéu: Ediciones de la Banda Oriental, 2004.

Esperanto
Vivoj Sekaj [Vidas secas]. El la portugala tradukis Leopoldo H. Knoedt. Fonto (Gersi Alfredo Bays), Chapecó, SC — Brazilo, 1997.

Finlandês
São Bernardo. Helsinki: Porvoo, 1961.

Flamengo
De Doem van de Droogte [Vidas secas]. 1971.
Vlucht Voor de Droogte [Vidas secas]. Antuérpia: Nederlandse vertaling Het Wereldvenster, Bussum, 1981.

Francês
Angoisse [Angústia]. Paris: Gallimard, 1992.
Enfance [Infância]. Paris: Gallimard.
Insomnie: Nouvelles [Insônia]. Paris: Gallimard, 1998.
Mémoires de Prison [Memórias do Cárcere]. Paris: Gallimard.
São Bernardo. Paris: Gallimard, 1936, 1986.
Secheresse [Vidas secas]. Paris: Gallimard, 1964.

Holandês
Angst [Angústia]. Amsterdam: Coppens & Frenks, Uitgevers, 1995.
Dorre Levens [Vidas secas]. Amsterdam: Coppens & Frenks, Uitgevers, 1998.
Kinderjaren [Infância]. Amsterdam: De Arbeiderspers, Uitgevers, 2007.
São Bernardo. Amsterdam: Coppens & Frenks, Uitgevers, 1996.

Húngaro
Aszaly [Vidas secas]. Budapeste: Europa Könyvriadó, 1967.
Emberfarkas [S. Bernardo]. Budapeste, 1962.

Inglês
Anguish [Angústia]. Nova York: A. A. Knopf, 1946; Westport, Conn.: Greenwood Press, 1972.
Barren Lives [Vidas secas]. Austin: University of Texas Press, 1965; 5ª ed, 1999.
Childhood [Infância]. Londres: P. Owen, 1979.
São Bernardo: a novel. Londres: P. Owen, 1975.

Italiano

Angoscia [Angústia]. Milão: Fratelli Bocca, 1954.
Insonnia [Insônia]. Roma: Edizioni Fahrenheit 451, 2008.
San Bernardo. Turim: Bollati Boringhieri Editore, 1993.
Siccità [Vidas secas]. Milão: Accademia Editrice, 1963.
Terra Bruciata [Vidas secas]. Milão: Nuova Accademia, 1961.
Vite Secche [Vidas secas]. Roma: Biblioteca Del Vascello, 1993.

Polonês

Zwiedle Zycie [Vidas secas]. 1950.

Romeno

Vieti Seci [Vidas secas]. 1966.

Sueco

Förtorkade Liv [Vidas secas]. 1993.

Tcheco

Vyprahlé Zivoty [Vidas secas]. Praga, 1959.

Turco

Kiraç [Vidas secas]. Istambul, 1985.

Bibliografia sobre Graciliano Ramos

Livros, dissertações, teses e artigos de periódicos

ABDALA JÚNIOR, Benjamin. *A escrita neorrealista*: análise socioestilística dos romances de Carlos de Oliveira e Graciliano Ramos. São Paulo: Ática, 1981. xii, 127 p. Bibliografia: p. [120]-127 (Ensaios, 73).

ABDALA JÚNIOR, Benjamin (Org.). *Graciliano Ramos*: muros sociais e aberturas artísticas. Rio de Janeiro: Record, 2017. 336 p. Bibliografia: p. [334]-335.

ABEL, Carlos Alberto dos Santos. *Graciliano Ramos, cidadão e artista*. Rio de Janeiro: UFRJ, 1983. 357 f. Tese (Doutorado) — Faculdade de Letras, Universidade Federal do Rio de Janeiro.

ABEL, Carlos Alberto dos Santos. *Graciliano Ramos, cidadão e artista*. Brasília, DF: Editora UnB, c1997. 384 p. Bibliografia: p. [375]-384.

ABREU, Carmem Lucia Borges de. *Tipos e valores do discurso citado em Angústia*. Niterói: UFF, 1977. 148 f. Dissertação (Mestrado) — Instituto de Letras, Universidade Federal Fluminense.

ALENCAR, Ubireval (Org.). *Motivos de um centenário*: palestras — programação centenária em Alagoas — convidados do simpósio internacional. Alagoas: Universidade Federal de Alagoas: Instituto Arnon de Mello: Estado de Alagoas, Secretaria de Comunicação Social, 1992. 35 p., il.

ALMEIDA FILHO, Leonardo. *Graciliano Ramos e o mundo interior*: o desvão imenso do espírito. Brasília, DF: Editora UnB, 2008. 164 p.

ALVES, Fabio Cesar. *Armas de papel*: Graciliano Ramos, as Memórias do Cárcere e o Partido Comunista Brasileiro. Prefácio de Francisco Alambert. São Paulo: Editora 34, 2016 (1ª edição). 336 p.

ANDREOLI-RALLE, Elena. *Regards sur la littérature brésilienne*. Besançon: Faculté des Lettres et Sciences Humaines; Paris: Diffusion, Les Belles Lettres, 1993. 136 p., il. (Annales Littéraires de l'Université de Besançon, 492). Inclui bibliografia.

AUGUSTO, Maria das Graças de Moraes. *O absurdo na obra de Graciliano Ramos, ou, de como um marxista virou existencialista*. Rio de Janeiro: UFRJ, Instituto de Filosofia e Ciências Sociais, 1981. 198 p.

BARBOSA, Sonia Monnerat. *Edição crítica de* Angústia *de Graciliano Ramos*. Niterói: UFF, 1977. 2 v. Dissertação (Mestrado) — Instituto de Letras, Universidade Federal Fluminense.

BASTOS, Hermenegildo. *Memórias do cárcere, literatura e testemunho*. Brasília: Editora UnB, c1998. 169 p. Bibliografia: p. [163]-169.

BASTOS, Hermenegildo. *Relíquias de la casa nueva*. La narrativa Latinoamericana: El eje Graciliano-Rulfo. México: Universidad Nacional Autónoma de México, 2005. Centro Coordinador Difusor de Estúdios Latinoamericanos. Traducción de Antelma Cisneros. 160 p. Inclui bibliografia.

BASTOS, Hermenegildo. BRUNACCI, Maria Izabel. ALMEIDA FILHO, Leonardo. *Catálogo de benefícios*: o significado de uma homenagem. Edição conjunta com o livro *Homenagem a Graciliano Ramos*, registro do jantar comemorativo do cinquentenário do escritor, em 1943, quando lhe foi entregue o Prêmio Filipe de Oliveira pelo conjunto da obra. Reedição da publicação original inclui os discursos pronunciados por escritores presentes ao jantar e artigos publicados na imprensa por ocasião da homenagem. Brasília: Hinterlândia Editorial, 2010. 125 p.

BISETTO, Carmen Luc. *Étude quantitative du style de Graciliano Ramos dans* Infância. [S.l.], [s.n.]: 1976.

BOSI, Alfredo. *História concisa da literatura brasileira*. 32ª ed. Editora Cultrix, São Paulo: 1994. 528 p. Graciliano Ramos. p. 400-404. Inclui bibliografia.

BRASIL, Francisco de Assis Almeida. *Graciliano Ramos*: ensaio. Rio de Janeiro: Org. Simões, 1969. 160 p., il. Bibliografia: p. 153-156. Inclui índice.

BRAYNER, Sônia. *Graciliano Ramos*: coletânea. 2ª ed. Rio de Janeiro: Civilização Brasileira, 1978. 316 p. (Coleção Fortuna Crítica).

BRUNACCI, Maria Izabel. *Graciliano Ramos*: um escritor personagem. Belo Horizonte: Autêntica Editora, 2008. Crítica e interpretação. 190 p. Inclui bibliografia.

BUENO, Luís. *Uma história do romance de 30*. São Paulo: Ed. da Universidade de São Paulo; Campinas: Editora da Unicamp, 2006. 712 p. Graciliano Ramos, p. 597-664. Inclui bibliografia.

BUENO-RIBEIRO, Eliana. *Histórias sob o sol*: uma interpretação de Graciliano Ramos. Rio de Janeiro: UFRJ, 1989. 306 f. Tese (Doutorado) — Faculdade de Letras, Universidade Federal do Rio de Janeiro, 1980.

BULHÕES, Marcelo Magalhães. *Literatura em campo minado*: a metalinguagem em Graciliano Ramos e a tradição brasileira. São Paulo: Annablume, FAPESP, 1999.

BUMIRGH, Nádia R.M.C. S. Bernardo *de Graciliano Ramos*: proposta para uma edição crítica. São Paulo: USP, 1998. Dissertação (Mestrado) — Faculdade de Filosofia, Letras e Ciências Humanas, Universidade de São Paulo.

CANDIDO, Antonio. *Ficção e confissão*: ensaio sobre a obra de Graciliano Ramos. Rio de Janeiro: J. Olympio, 1956. 83 p.

CANDIDO, Antonio. *Ficção e confissão*: ensaios sobre Graciliano Ramos. Rio de Janeiro: Editora 34, 1992. 108 p., il. Bibliografia: p. [110]-[111].

CARVALHO, Castelar de. *Ensaios gracilianos*. Rio de Janeiro: Ed. Rio, Faculdades Integradas Estácio de Sá, 1978. 133 p. (Universitária, 6).

CARVALHO, Elizabeth Pereira de. *O foco movente em Liberdade*: estilhaço e ficção em Silviano Santiago. Rio de Janeiro: UFRJ, 1992. 113 p. Dissertação (Mestrado) — Faculdade de Letras, Universidade Federal do Rio de Janeiro.

CARVALHO, Lúcia Helena de Oliveira Vianna. *A ponta do novelo*: uma interpretação da "mise en abîme" em *Angústia* de Graciliano Ramos. Niterói: UFF, 1978. 183 f. Dissertação (Mestrado) — Instituto de Letras, Universidade Federal Fluminense.

CARVALHO, Lúcia Helena de Oliveira Vianna. *A ponta do novelo*: uma interpretação de *Angústia*, de Graciliano Ramos. São Paulo: Ática, 1983. 130 p. (Ensaios, 96). Bibliografia: p. [127]-130.

CARVALHO, Lúcia Helena de Oliveira Vianna. *Roteiro de leitura*: *São Bernardo* de Graciliano Ramos. São Paulo: Ática, 1997. 152 p. Brochura.

CARVALHO, Luciana Ribeiro de. *Reflexos da Revolução Russa no romance brasileiro dos anos trinta*: Jorge Amado e Graciliano Ramos. São Paulo, 2000. 139 f. Dissertação (Mestrado) — Faculdade de Filosofia, Letras e Ciências Humanas, Universidade de São Paulo.

CARVALHO, Sônia Maria Rodrigues de. *Traços de continuidade no universo romanesco de Graciliano Ramos*. São Paulo: Universidade Estadual Paulista, 1990. 119 f. Dissertação (Mestrado) — Universidade Estadual Paulista Júlio Mesquita Filho.

CASTELLO, José Aderaldo. *Homens e intenções*: cinco escritores modernistas. São Paulo: Conselho Estadual de Cultura, Comissão de Literatura, 1959. 107 p. (Coleção Ensaio, 3).

CASTELLO, José Aderaldo. *A literatura brasileira*. Origens e Unidade (1500-1960). Dois vols. Editora da Universidade de São Paulo, SP, 1999. Graciliano Ramos, autor-síntese. Vol. II, p. 298-322.

CENTRE DE RECHERCHES LATINO-AMÉRICAINES. *Graciliano Ramos*: Vidas secas. [S.l.], 1972. 142 p.

CERQUEIRA, Nelson. *Hermenêutica e literatura*: um estudo sobre *Vidas secas* de Graciliano Ramos e *Enquanto agonizo* de William Faulkner. Salvador: Editora Cara, 2003. 356 p.

CÉSAR, Murilo Dias. *São Bernardo*. São Paulo: Imprensa Oficial do Estado, 1997. 64 p. Título de capa: *Adaptação teatral livre de* São Bernardo, *de Graciliano Ramos*.

[CINQUENTA] 50 anos do romance *Caetés*. Maceió: Departamento de Assuntos Culturais, 1984. 106 p. Bibliografia: p. [99]-100.

COELHO, Nelly Novaes. *Tempo, solidão e morte*. São Paulo: Conselho Estadual de Cultura, Comissão de Literatura, [1964]. 75 p. (Coleção Ensaio, 33). Conteúdo: O "eterno instante" na poesia de Cecília Meireles; Solidão e luta em Graciliano Ramos; O tempo e a morte: duas constantes na poesia de Antônio Nobre.

CONRADO, Regina Fátima de Almeida. *O mandacaru e a flor*: a autobiografia *Infância* e os modos de ser Graciliano. São Paulo: Arte & Ciência, 1997. 207 p. (Universidade Aberta, 32. Literatura). Parte da dissertação do autor (Mestrado) — UNESP, 1989. Bibliografia: p. [201]-207.

CORRÊA JUNIOR, Ângelo Caio Mendes. *Graciliano Ramos e o Partido Comunista Brasileiro*: as memórias do cárcere. São Paulo, 2000. 123 p. Dissertação (Mestrado) — Faculdade de Filosofia, Letras e Ciências Humanas, Universidade de São Paulo.

COURTEAU, Joanna. *The World View in the Novels of Graciliano Ramos*. Ann Arbor: Univ. Microfilms Int., 1970. 221 f. Tese (Doutorado) — The University of Wisconsin. Ed. Fac-similar.

COUTINHO, Fernanda. *Imagens da infância em Graciliano Ramos e Antoine de Saint-Exupéry*. Recife: UFPE, 2004. 231 f. Tese (doutorado) — Centro de Artes e Comunicação, Universidade Federal de Pernambuco. Inclui bibliografia.

COUTINHO, Fernanda. *Imagens da infância em Graciliano Ramos e Antoine de Saint-Exupéry*. Fortaleza: Banco do Nordeste do Brasil, 2012. 276p. (Série Textos Nômades). Esta edição comemora os 120 anos de nascimento de Graciliano Ramos.

COUTINHO, Fernanda. *Lembranças pregadas a martelo*: breves considerações sobre o medo em *Infância* de Graciliano Ramos. In *Investigações*: Revista do Programa de Pós-graduação em Letras e Linguística da UFPE. Recife: vol. 13 e 14, dezembro, 2001.

CRISTÓVÃO, Fernando Alves. *Graciliano Ramos*: estrutura e valores de um modo de narrar. Rio de Janeiro: Ed. Brasília; Brasília: INL, 1975. 330 p. il. (Coleção Letras, 3). Inclui índice. Bibliografia: p. 311-328.

CRISTÓVÃO, Fernando Alves. *Graciliano Ramos*: estrutura e valores de um modo de narrar. 2ª ed., rev. Rio de Janeiro: Ed. Brasília/Rio, 1977. xiv, 247 p., il. (Coleção Letras). Bibliografia: p. 233-240.

CRISTÓVÃO, Fernando Alves. *Graciliano Ramos*: estrutura e valores de um modo de narrar. Prefácio de Gilberto Mendonça Teles. 3ª ed., rev. e il. Rio de Janeiro: J. Olympio, 1986. xxxiii, 374 p., il. (Coleção Documentos Brasileiros, 202). Bibliografia: p. 361-374. Apresentado originalmente como tese do autor (Doutorado em Literatura Brasileira) — Universidade Clássica de Lisboa. Brochura.

CRUZ, Liberto; EULÁLIO, Alexandre; AZEVEDO, Vivice M. C. *Études portugaises et brésiliennes*. Rennes: Faculté des Lettres et Sciences Humaines, 1969. 72 p. facsims. Bibliografia: p. 67-71. Estudo sobre: Júlio Dinis, Blaise Cendrars, Darius Milhaud e Graciliano Ramos. Travaux de la Faculté des Lettres et Sciences Humaines de l'Université de Rennes, Centre d'Études Hispaniques, Hispano-Américaines et Luso-Brésiliennes (Series, 5), (Centre d'Études Hispaniques, Hispano--américaines et Luso-Brésiliennes. [Publications], 5).

DANTAS, Audálio. *A infância de Graciliano Ramos*: biografia. Literatura infantojuvenil. São Paulo: Instituto Callis, 2005.

DIAS, Ângela Maria. *Identidade e memória*: os estilos Graciliano Ramos e Rubem Fonseca. Rio de Janeiro: UFRJ, 1989. 426 f. Tese (Doutorado) — Faculdade de Letras, Universidade Federal do Rio de Janeiro.

D'ONOFRIO, Salvatore. *Conto brasileiro*: quatro leituras (Machado de Assis, Graciliano Ramos, Guimarães Rosa, Osman Lins). Petrópolis: Vozes, 1979. 123 p.

DUARTE, Eduardo de Assis (Org.). *Graciliano revisitado*: coletânea de ensaios. Natal: Ed. Universitária, UFRN, 1995. 227 p. (Humanas letras).

ELLISON, Fred P. *Brazil's New Novel*: Four Northeastern Masters: José Lins do Rego, Jorge Amado, Graciliano Ramos [and] Rachel de Queiroz. Berkeley: University of California Press, 1954. 191 p. Inclui bibliografia.

ELLISON, Fred P. *Brazil's New Novel*: Four Northeastern Masters: José Lins do Rego, Jorge Amado, Graciliano Ramos, Rachel de Queiroz. Westport, Conn.: Greenwood Press, 1979 (1954). xiii, 191 p. Reimpressão da edição publicada pela University of California Press, Berkeley. Inclui índice. Bibliografia: p. 183-186.

FABRIS, M. "Função Social da Arte: Cândido Portinari e Graciliano Ramos". *Rev. do Instituto de Estudos Brasileiros*, São Paulo, n. 38, p. 11-19, 1995.

FARIA, Viviane Fleury. *Um fausto cambembe*: Paulo Honório. Tese (Doutorado) — Brasília: UnB, 2009. Orientação de Hermenegildo Bastos. Programa de Pós-Graduação em Literatura, UnB.

FÁVERO, Afonso Henrique. *Aspectos do memorialismo brasileiro*. São Paulo, 1999. 370 p. Tese (Doutorado) — Faculdade de Filosofia, Letras e Ciências Humanas, Universidade de São Paulo. Graciliano Ramos é um dos três autores que "figuram em primeiro plano na pesquisa, com *Infância* e *Memórias do cárcere*, duas obras de reconhecida importância dentro do gênero".

FELDMANN, Helmut. *Graciliano Ramos*: eine Untersuchung zur Selbstdarstellung in seinem epischen Werk. Genève: Droz, 1965. 135 p. facsims. (Kölner romanistische Arbeiten, n.F., Heft 32). Bibliografia: p. 129-135. Vita. Thesis — Cologne.

FELDMANN, Helmut. *Graciliano Ramos*: reflexos de sua personalidade na obra. [Tradução de Luís Gonzaga Mendes Chaves e José Gomes Magalhães.] Fortaleza: Imprensa Universitária do Ceará, 1967. 227 p. (Coleção Carnaúba, 4). Bibliografia: p. 221-227.

FELINTO, Marilene. *Graciliano Ramos*. São Paulo: Brasiliense, 1983. 78 p., il. "Outros heróis e esse Graciliano". Lista de trabalhos de Graciliano Ramos incluída em "Cronologia": p. 68--75. (Encanto Radical, 30).

FERREIRA, Jair Francelino; BRUNETI, Almir de Campos. *Do meio aos mitos*: Graciliano Ramos e a tradição religiosa. Brasília, 1999. Dissertação (Mestrado) — Universidade de Brasília. 94 p.

FISCHER, Luis Augusto; GASTAL, Susana; COUTINHO, Carlos Nelson (Org.). *Graciliano Ramos*. [Porto Alegre]: SMC, 1993. 80 p. (Cadernos Ponto & Vírgula). Bibliografia: p. 79-80.

FONSECA, Maria Marília Alves da. *Análise semântico-estrutural da preposição "de" em* Vidas secas, S. Bernardo *e* Angústia. Niterói: UFF, 1980. 164 f. Dissertação (Mestrado) — Instituto de Letras, Universidade Federal Fluminense.

FRAGA, Myriam. *Graciliano Ramos*. São Paulo: Moderna, 2007. Coleção Mestres da Literatura. (Literatura infantojuvenil).

FREIXIEIRO, Fábio. *Da razão à emoção II*: ensaios rosianos e outros ensaios e documentos. Rio de Janeiro: Tempo Brasileiro, 1971. 192 p. (Temas de Todo o Tempo, 15).

GARBUGLIO, José Carlos; BOSI, Alfredo; FACIOLI, Valentim. *Graciliano Ramos*. Participação especial, Antonio Candido [et al.]. São Paulo: Ática, 1987. 480 p., il. (Coleção Autores Brasileiros. Antologia, 38. Estudos, 2). Bibliografia: p. 455-480.

GIMENEZ, Erwin Torralbo. O olho torto de Graciliano Ramos: metáfora e perspectiva. *Revista USP*, São Paulo, n° 63, p. 186--196, set/nov, 2004.

GUEDES, Bernadette P. *A Translation of Graciliano Ramos' Caetes*. Ann Arbor: Univ. Microfilms Int, 1976. 263 f. Tese (Doutorado) — University of South Carolina. Ed. fac-similar.

GUIMARÃES, José Ubireval Alencar. *Graciliano Ramos*: discurso e fala das memórias. Porto Alegre: PUC/RS, 1982. 406 f. Tese (Doutorado) — Instituto de Letras e Artes, Pontifícia Universidade Católica do Rio Grande do Sul.

GUIMARÃES, José Ubireval Alencar. *Graciliano Ramos e a fala das memórias*. Maceió: [Serviços Gráficos de Alagoas], 1988. 305 p., il. Bibliografia: p. [299]-305.

GUIMARÃES, José Ubireval Alencar. *Vidas secas*: um ritual para o mito da seca. Maceió: EDICULTE, 1989. 160 p. Apresentado originalmente como dissertação de Mestrado do autor. — Pontifícia Universidade Católica do Rio Grande do Sul. Bibliografia: p. [155]-157.

HAMILTON JUNIOR, Russell George. *A arte de ficção de Graciliano Ramos*: a apresentação de personagens. Ann Arbor: Univ. Microfilms Int., 1965. Tese (Doutorado) — Yale University. Ed. fac-similar, 255 f.

HESSE, Bernard Hermann. *O escritor e o infante*: uma negociação para a representação em *Infância*. Brasília, 2007. Tese (Doutorado) — Orientação de Hermenegildo Bastos. Programa de Pós-graduação de Literatura — Universidade de Brasília.

HILLAS, Sylvio Costa. *A natureza interdisciplinar da teoria literária no estudo sobre* Vidas secas. Rio de Janeiro: UFRJ, 1999. 105 f. Dissertação (Mestrado) — Faculdade de Letras, Universidade Federal do Rio de Janeiro.

HOLANDA, Lourival. *Sob o signo do silêncio*: Vidas secas e O estrangeiro. São Paulo: EDUSP, 1992. 91 p. Bibliografia: p. [89]--91. (Criação & Crítica, 8).

LEBENSZTAYN, Ieda. *Graciliano Ramos e a Novidade*: o astrônomo do inferno e os meninos impossíveis. São Paulo: Ed. Hedra em parceria com a Escola da Cidade (ECidade), 2010. 524 p.

LEITÃO, Cláudio Correia. *Origens e fins da memória*: Graciliano Ramos, Joaquim Nabuco e Murilo Mendes. Belo Horizonte, 1997. 230 f. Tese (Doutorado) — Universidade Federal de Minas Gerais.

LEITÃO, Cláudio. *Líquido e incerto*: memória e exílio em Graciliano Ramos. Niterói: EdUFF, São João del Rei: UFSJ, 2003. 138 p.

LIMA, Valdemar de Sousa. *Graciliano Ramos em Palmeira dos Índios*. [Brasília]: Livraria-Editora Marco [1971]. 150 p., il. 2ª ed. Civilização Brasileira, 1980.

LIMA, Yêdda Dias; REIS, Zenir Campos (Coord.). *Catálogo de manuscritos do arquivo Graciliano Ramos*. São Paulo: EDUSP, [1992]. 206 p. (Campi, 8). Inclui bibliografia.

LINS, Osman. *Graciliano, Alexandre e outros*. Vitral ao sol. Recife, Editora Universitária da UFPE, p. 300-307, julho, 2004.

LOUNDO, Dilip. *Tropical rhymes, tropical reasons*. An Anthology of Modern Brazilian Literature. National Book Trust, Índia. Nova Délhi, 2001.

LUCAS, Fabio. *Lições de literatura nordestina*. Salvador: Fundação Casa de Jorge Amado, 2005. Coleção Casa de Palavras, 240 p. "Especificações de *Vidas secas*", p. 15-35, "A textualidade contida de Graciliano Ramos", p. 39-53, "Graciliano retratado por Ricardo Ramos", p. 87-98. Inclui bibliografia.

MAGALHÃES, Belmira. *Vidas secas*: os desejos de sinha Vitória. HD Livros Editora Curitiba, 2001.

MAIA, Ana Luiza Montalvão; VENTURA, Aglaeda Facó. *O contista Graciliano Ramos*: a introspecção como forma de perceber e dialogar com a realidade. Brasília, 1993. 111 f. Dissertação (Mestrado) — Universidade de Brasília.

MAIA, Pedro Moacir. *Cartas inéditas de Graciliano Ramos a seus tradutores argentinos Benjamín de Garay e Raúl Navarro*. Salvador: EDUFBA, 2008. 164 p.: il.

MALARD, Letícia. *Ensaio de literatura brasileira*: ideologia e realidade em Graciliano Ramos. Belo Horizonte: Itatiaia, [1976]. 164 p. (Coleção Universidade Viva, 1). Bibliografia: p. 155--164. Apresentado originalmente como tese de Doutorado da autora — Universidade Federal de Minas Gerais, 1972.

MANUEL Bandeira, Aluisto [i.e. Aluisio] Azevedo, Graciliano Ramos, Ariano Suassuna: [recueil de travaux présentés au séminaire de 1974]. Poitiers: Centre de Recherches Latino-Américaines de l'Université de Poitiers, 1974. 167 p. (Publications du Centre de Recherches Latino-Américaines de l'Université de Poitiers). Francês ou português. Conteúdo: Roig, A. Manuel Bandeira, ou l'enfant père du poète, Garbuglio, J. C. Bandeira entre o Beco e Pasárgada, Vilhena, M. da C. Duas cantigas medievais de Manuel Bandeira, Mérian, J.-Y. Un roman inachevé de Aluisio Azevedo, Alvès, J. Lecture plurielle d'un passage de *Vidas secas*, David-Peyre, Y. Les personnages et la mort dans *Relíquias de Casa Velha*, de Machado de Assis, Moreau, A. Remarques sur le dernier acte de l'*Auto da Compadecida*, Azevedo-Batard, V. Apports inédits à l'oeuvre de Graciliano Ramos.

MARINHO, Maria Celina Novaes. *A imagem da linguagem na obra de Graciliano Ramos*: uma análise da heterogeneidade discursiva nos romances *Angústia* e *Vidas secas*. São Paulo: Humanitas, FFLCH/USP, 2000. 110 p. Apresentado originalmente como dissertação do autor (Mestrado) — Universidade de São Paulo, 1995. Bibliografia: p. [105]-110.

MAZZARA, Richard A. *Graciliano Ramos*. Nova York: Twayne Publishers, [1974]. 123 p. (Twayne's World Authors Series, TWAS 324. Brazil). Bibliografia: p. 121-122.

MEDEIROS, Heloísa Marinho de Gusmão. *A mulher na obra de Graciliano Ramos*. Maceió, Universidade Federal de Alagoas/ Dept° de Letras Estrangeiras, 1994.

MELLO, Marisa Schincariol de. *Graciliano Ramos*: criação literária e projeto político (1930-1953). Rio de Janeiro, 2005. Dissertação (Mestrado). História Contemporânea. Universidade Federal Fluminense (UFF).

MERCADANTE, Paulo. *Graciliano Ramos*: o manifesto do trágico. Rio de Janeiro: Topbooks, 1993. 167 p. Inclui bibliografia.

MIRANDA, Wander Melo. *Corpos escritos*: Graciliano Ramos e Silviano Santiago. São Paulo: EDUSP; Belo Horizonte: Editora UFMG, 1992. 174 p. Apresentado originalmente como tese do autor (Doutorado) — Universidade de São Paulo, 1987. Bibliografia: p. [159]-174.

MIRANDA, Wander Melo. *Graciliano Ramos*. São Paulo: Publifolha, 2004. 96 p.

MORAES, Dênis de. *O velho Graça*. Rio de Janeiro: J. Olympio, 1992. xxiii, 407 p., il. Subtítulo de capa: Uma biografia de Graciliano Ramos. Bibliografia: p. 333-354. Inclui índice. São Paulo: Boitempo Editorial, 2012. 2ª ed., 360 p.

MOTTA, Sérgio Vicente. *O engenho da narrativa e sua árvore genealógica*: das origens a Graciliano Ramos e Guimarães Rosa. São Paulo: UNESP, 2006.

MOURÃO, Rui. *Estruturas*: ensaio sobre o romance de Graciliano. Belo Horizonte: Edições Tendências, 1969. 211 p. 2ª ed., Arquivo, INL, 1971. 3ª ed., Ed. UFPR, 2003.

MUNERATTI, Eduardo. *Atos agrestes*: uma abordagem geográfica na obra de Graciliano Ramos. São Paulo, 1994. 134 p.

Dissertação (Mestrado em Geografia Humana) — Faculdade de Filosofia, Letras e Ciências Humanas, Universidade de São Paulo.

MURTA, Elício Ângelo de Amorim. *Os nomes (próprios) em Vidas secas*. Concurso monográfico "50 anos de Vidas secas". Universidade Federal de Alagoas, 1987.

NASCIMENTO, Dalma Braune Portugal do. *Fabiano, herói trágico na tentativa do ser*. Rio de Janeiro: UFRJ, 1976. 69 f. Dissertação (Mestrado) — Faculdade de Letras, Universidade Federal do Rio de Janeiro.

NASCIMENTO, Dalma Braune Portugal do. *Fabiano, herói trágico na tentativa do ser*. Rio de Janeiro: Edições Tempo Brasileiro, 1980. 59 p. Bibliografia: p. 55-59.

NEIVA, Cícero Carreiro. *Vidas secas e Pedro Páramo*: tecido de vozes e silêncios na América Latina. Rio de Janeiro: UFRJ, 2001. 92 f. Dissertação (Mestrado) — Faculdade de Letras, Universidade Federal do Rio de Janeiro.

NERY, Vanda Cunha Albieri. *Graça eterno*. No universo infinito da criação. (Doutorado em Comunicação e Semiótica). Pontifícia Universidade Católica de São Paulo, 1995.

NEVES, João Alves das. *Graciliano Ramos*. Coimbra: Atlântida, 1963. 212 p.

NOGUEIRA, Ruth Persice. *Jornadas e sonhos*: a busca da utopia pelo homem comum: estudo comparativo dos romances *As vinhas da ira* de John Steinbeck e *Vidas secas* de Graciliano Ramos. Rio de Janeiro: UFRJ, 1994. 228 f. Tese (Doutorado) — Faculdade de Letras, Universidade Federal do Rio de Janeiro.

NUNES, M. Paulo. *A lição de Graciliano Ramos*. Teresina: Editora Corisco, 2003.

OLIVEIRA, Celso Lemos de. *Understanding Graciliano Ramos*. Columbia, S.C.: University of South Carolina Press, 1988. 188 p. (Understanding Contemporary European and Latin American Literature). Inclui índice. Bibliografia: p. 176-182.

OLIVEIRA NETO, Godofredo de. *A ficção na realidade em São Bernardo*. 1ª ed. Belo Horizonte: Nova Safra; [Blumenau]: Editora da FURB, c1990. 109 p., il. Baseado no capítulo da tese do autor (Doutorado — UFRJ, 1988), apresentado sob o título: *O nome e o verbo na construção de* São Bernardo. Bibliografia: p. 102-106.

OLIVEIRA, Jurema José de. *O espaço do oprimido nas literaturas de língua portuguesa do século XX*: Graciliano Ramos, Alves Redol e Fernando Monteiro de Castro Soromenho. Rio de Janeiro: UFRJ, 1998. 92 p. Dissertação (Mestrado) — Faculdade de Letras, Universidade Federal do Rio de Janeiro.

OLIVEIRA, Luciano. *O bruxo e o rabugento*. Ensaios sobre Machado de Assis e Graciliano Ramos. Rio de Janeiro: Vieira & Lent, 2010.

OLIVEIRA, Maria de Lourdes. *Cacos de Memória*: Uma leitura de *Infância*, de Graciliano Ramos. Belo Horizonte, 1992. 115 f. Dissertação (Mestrado) — Universidade Federal de Minas Gerais.

PALMEIRA DOS ÍNDIOS. Prefeitura. *Dois relatórios ao governador de Alagoas*. Apresentação de Gilberto Marques Paulo. Recife: Prefeitura da Cidade do Recife, Secretaria de Educação e Cultura, Fundação de Cultura Cidade do Recife, 1992. 44 p. "Edição comemorativa ao centenário de nascimento do escritor Graciliano Ramos (1892-1953)." Primeiro trabalho publicado originalmente: Relatório ao Governador do Estado de Alagoas. Maceió: Impr. Official, 1929. Segundo trabalho publicado originalmente: 2º Relatório ao Sr. Governador Álvaro Paes. Maceió: Impr. Official, 1930.

PEÑUELA CAÑIZAŁ, Eduardo. *Duas leituras semióticas*: Graciliano Ramos e Miguel Ángel Asturias. São Paulo: Perspectiva, Secretaria da Cultura, Ciência e Tecnologia do Estado de São Paulo, 1978. 88 p. (Coleção Elos, 21).

PEREGRINO JÚNIOR. *Três ensaios*: modernismo, Graciliano, Amazônia. Rio de Janeiro: São José, 1969. 134 p.

PEREIRA, Isabel Cristina Santiago de Brito; PATRIOTA, Margarida de Aguiar. *A configuração da personagem no romance de Graciliano Ramos*. Brasília, 1983. Dissertação (Mestrado) — Universidade de Brasília. 83 p.

PINTO, Rolando Morel. *Graciliano Ramos, autor e ator*. [São Paulo: Faculdade de Filosofia, Ciências e Letras de Assis, 1962.] 189 p. fac-sím. Bibliografia: p. 185-189.

PÓLVORA, Hélio. "O conto na obra de Graciliano." Ensaio p. 53--61. *Itinerários do conto: interfaces críticas e teóricas de modern short stories*. Ilhéus: Editus, 2002. 252 p.

PÓLVORA, Hélio. *Graciliano, Machado, Drummond e outros*. Rio de Janeiro: F. Alves, 1975. 158 p.

PÓLVORA, Hélio. "Infância: A maturidade da prosa." "Imagens recorrentes em *Caetés*." "O anti-herói trágico de *Angústia*." Ensaios, p. 81-104. *O espaço interior*. Ilhéus: Editora da Universidade Livre do Mar e da Mata, 1999. 162 p.

PUCCINELLI, Lamberto. *Graciliano Ramos*: relações entre ficção e realidade. São Paulo: Edições Quíron, 1975. xvii, 147 p. (Coleção Escritores de Hoje, 3). "Originalmente a dissertação de Mestrado Graciliano Ramos — figura e fundo, apresentada em 1972 na disciplina de Sociologia da Literatura à Faculdade de Filosofia, Letras e Ciências Humanas da Universidade de São Paulo." Bibliografia: p. 145-146.

RAMOS, Clara. *Cadeia*. Rio de Janeiro: J. Olympio, 1992. 213 p., il. Inclui bibliografia.

RAMOS, Clara. *Mestre Graciliano*: confirmação humana de uma obra. [Capa, Eugênio Hirsch]. Rio de Janeiro: Civilização Brasileira, 1979. 272 p., il. (Coleção Retratos do Brasil, 134). Inclui bibliografia.

RAMOS, Elizabeth S. *Histórias de bichos em outras terras*: a transculturação na tradução de Graciliano Ramos. Salvador: UFBA, 1999. Dissertação (Mestrado) — Instituto de Letras, Universidade Federal da Bahia.

RAMOS, Elizabeth S. *Vidas Secas e The Grapes of Wrath* — o implícito metafórico e sua tradução. Salvador: UFBA, 2003. 162 f. Tese (Doutorado) — Instituto de Letras, Universidade Federal da Bahia.

RAMOS, Elizabeth S. *Problems of Cultural Translation in Works by Graciliano Ramos*. Yale University-Department of Spanish and Portuguese, Council on Latin American and Iberian Studies. New Haven, EUA, 2004.

RAMOS, Ricardo. *Graciliano*: retrato fragmentado. São Paulo: Globo, 2011. 2ª ed. 270 p.

REALI, Erilde Melillo. *Itinerario nordestino di Graciliano Ramos*. Nápoles [Itália]: Intercontinentalia, 1973. 156 p. (Studi, 4).

REZENDE, Stella Maris; VENTURA, Aglaeda Facó. *Graciliano Ramos e a literatura infantil*. Brasília, 1988. 101 p. Dissertação (Mestrado) — Universidade de Brasília.

RIBEIRO, Magdalaine. *Infância de Graciliano Ramos*. Autobiografia ou radiografia da realidade nordestina? In: *Identidades e representações na cultura brasileira*. Rita Olivieri-Gadot, Lícia Soares de Souza (Org.). João Pessoa: Ideia, 2001.

RIBEIRO, Maria Fulgência Bomfim. *Escolas da vida e grafias de má morte*: a educação na obra de Graciliano Ramos. Dissertação (Mestrado). Departamento de Letras e Artes, Universidade Estadual de Feira de Santana, 2003.

RISSI, Lurdes Theresinha. *A expressividade da semântica temporal e aspectual em* S. Bernardo *e* Angústia. Niterói: UFF, 1978. 142 f. Dissertação (Mestrado) — Instituto de Letras, Universidade Federal Fluminense.

SALLA, Thiago Mio. *As marcas de um autor revisor*: Graciliano Ramos à roda dos jornais e das edições de seus próprios livros. Revista de Núcleo de Estudos do Livro e da Edição, n. 5, p. 95-121. USP, 2015.

SALLA, Thiago Mio. *Graciliano Ramos e a cultura política*: mediação editorial e construção do sentido. São Paulo: Editora da Universidade de São Paulo/Fapesp, 2016. 584 p., il. Inclui bibliografia e índice onomástico.

SANT'ANA, Moacir Medeiros de. *A face oculta de Graciliano Ramos*. Maceió: Secretaria de Comunicação Social: Arquivo Público de Alagoas, 1992. 106 p., il. Subtítulo de capa: Os 80 anos de um inquérito literário. Inclui: "A arte e a literatura em Alagoas", do *Jornal de Alagoas*, publicado em 18/09/1910 (p. [37]-43). Inclui bibliografia.

SANT'ANA, Moacir Medeiros de. *Graciliano Ramos*: achegas bio-bibliográficas. Maceió: Arquivo Público de Alagoas, SENEC, 1973. 92 p., il. Inclui bibliografias.

SANT'ANA, Moacir Medeiros de. *Graciliano Ramos*: vida e obra. Maceió: Secretaria de Comunicação Social, 1992. 337 p., il. ret., fac-símiles. Dados retirados da capa. Bibliografia: p. 115-132.

SANT'ANA, Moacir Medeiros de. *Graciliano Ramos antes de Caetés*: catálogo da exposição biobibliográfica de Graciliano Ramos, comemorativa dos 50 anos do romance *Caetés*, realizada pelo Arquivo Público de Alagoas em novembro de 1983. Maceió: Arquivo Público de Alagoas, 1983. 42 p., il. Título de capa: Catálogo, Graciliano Ramos antes de *Cahetés*. Inclui bibliografia. Contém dados biográficos.

SANT'ANA, Moacir Medeiros de. *História do romance* Caetés. Maceió: Arquivo Público: Subsecretaria de Comunicação Social, 1983. 38 p., il. Inclui bibliografia.

SANT'ANA, Moacir Medeiros de. *O romance* S. Bernardo. Maceió: Universidade Federal de Alagoas, 1984. 25 p. "Catálogo da Exposição Bibliográfica 50 Anos de *S. Bernardo*" realizada pelo Arquivo Público de Alagoas em dezembro de 1984. Contém dados biográficos. Bibliografia: p. 17-25.

SANT'ANA, Moacir Medeiros de. *Vidas secas*: história do romance. Recife: Sudene, 1999. 150 p., il. "Bibliografia sobre *Vidas secas*": p. [95]-117.

SANTIAGO, Silviano. *Em liberdade*: uma ficção de Silviano Santiago. Rio de Janeiro: Paz e Terra, 1981. 235 p. (Coleção Literatura e Teoria Literária, 41).

SANTOS, Valdete Pinheiro. *A metaforização em* Vidas secas: a metáfora de base animal. Rio de Janeiro: UFRJ, 1979. 65 f. Dissertação (Mestrado) — Faculdade de Letras, Universidade Federal do Rio de Janeiro.

SÉMINAIRE GRACILIANO RAMOS, 1971, Poitiers. *Graciliano Ramos*: Vidas secas. Poitiers [França]: Centre de Recherches Latino-Américaines de l'Université de Poitiers, 1972. 142 p. (Publications du Centre de Recherches Latino-Américaines de l'Université de Poitiers). Seminários: fev.-jun. de 1971. Inclui bibliografia.

SERRA, Tânia Rebelo Costa. *Análise histórica de* Vidas secas *de Graciliano Ramos*. Brasília, 1980. 17 f.

SILVA, Bélchior Cornelio da. *O pio da coruja*: ensaios literários. Belo Horizonte: Ed. São Vicente, 1967. 170 p.

SILVA, Enaura Quixabeira Rosa e outros. Angústia *70 anos depois*. Maceió: Ed. Catavento, 2006. 262 p.

SILVA, Hélcio Pereira da. *Graciliano Ramos*: ensaio crítico-psicanalítico. Rio de Janeiro, Aurora, 1950. 134 p., 2ª ed. rev., Ed. G. T. L., 1954.

SILVEIRA, Paulo de Castro. *Graciliano Ramos*: nascimento, vida, glória e morte. Maceió: Fundação Teatro Deodoro, 1982. 210 p.: il.

SOUZA, Tânia Regina de. *A infância do velho Graciliano*: memórias em letras de forma, Florianópolis: Editora da UFSC, 2001.

STEGAGNO-PICCHIO, Luciana. *História da literatura brasileira*. Rio de Janeiro: Nova Aguilar, 2ª ed., 2004. 744 p. "O Nordeste em ponta seca: Graciliano Ramos." p. 531-533. Inclui bibliografia.

TÁTI, Miécio. "Aspectos do romance de Graciliano Ramos". *Temário — Revista de Literatura e Arte*, Rio de Janeiro, v. 2, n. 4, p. 1-19, jan.-abr., 1952.

UNIVERSIDADE DE BRASÍLIA. *Roteiro de* Vidas secas: seminário sobre o livro de Graciliano Ramos e o filme de Nelson Pereira dos Santos. Brasília, 1965. 63 p.

UNIVERSITÉ DE POITIERS. *Manuel Bandeira, Aluísio Azevedo, Graciliano Ramos, Ariano Suassuna*. Poitiers, 1974. Texto em francês e português. 167 p.

VENTURA, Susanna Ramos. *Escritores revisitam escritores*: a leitura de Fernando Pessoa e Ricardo Reis, por José Saramago, e de Graciliano Ramos e Cláudio Manuel da Costa, por Silviano Santiago. São Paulo, 2000. 194 p. Anexos. Dissertação (Mestrado) — Faculdade de Filosofia, Letras e Ciências Humanas, Universidade de São Paulo.

VERDI, Eunaldo. *Graciliano Ramos e a crítica literária*. Prefácio de Edda Arzúa Ferreira. Florianópolis: Ed. da UFSC, 1989. 184 p., il. Apresentado originalmente como dissertação de Mestrado do autor — Universidade Federal de Santa Catarina, 1983. Bibliografia: p. 166-180.

VIANA, Vivina de Assis. *Graciliano Ramos*. São Paulo: Nova Cultural, 1990. 144 p.

VIANNA, Lúcia Helena. *Roteiro de leitura: São Bernardo* de Graciliano Ramos. São Paulo: Ática, 1997. 152 p., il.

ZILBERMAN, Regina. *São Bernardo e os processos da comunicação*. Porto Alegre: Movimento, 1975. 66 p. (Coleção Augusto Meyer: Ensaios, 8). Inclui bibliografia.

Produções cinematográficas

Vidas secas — Direção de Nelson Pereira dos Santos, 1963.

São Bernardo — Direção, adaptação e roteiro de Leon Hirszman, 1972.

Memórias do cárcere — Direção de Nelson Pereira dos Santos, 1983.

Produção para rádio e TV

São Bernardo — novela em capítulos baseada no romance, adaptado para a Rádio Globo do Rio de Janeiro por Amaral Gurgel, em 1949.

São Bernardo — Quarta Nobre baseada no romance, adaptado em um episódio para a TV Globo por Lauro César Muniz, em 29 de junho de 1983.

A terra dos meninos pelados — musical infantil baseado na obra homônima, adaptada em quatro episódios para a TV Globo por Cláudio Lobato e Márcio Trigo, em 2003.

Graciliano Ramos — Relatos da Sequidão. DVD — Vídeo. Direção, roteiro e entrevistas de Maurício Melo Júnior. TV Senado, 2010.

Prêmios literários

Prêmio Lima Barreto, pela Revista Acadêmica (conferido a *Angústia*, 1936).

Prêmio de Literatura Infantil, do Ministério da Educação (conferido a *A terra dos meninos pelados*, 1937).

Prêmio Felipe de Oliveira (pelo conjunto da obra, 1942).

Prêmio Fundação William Faulkner (conferido a *Vidas secas*, 1962). Por iniciativa do governo do Estado de Alagoas, os

Serviços Gráficos de Alagoas S.A. (SERGASA) passaram a se chamar, em 1999, Imprensa Oficial Graciliano Ramos (Iogra).

Em 2001 é instituído pelo governo do Estado de Alagoas o ano Graciliano Ramos, em decreto de 25 de outubro. Neste mesmo ano, em votação popular, Graciliano é eleito o alagoano do século.

Medalha Chico Mendes de Resistência, conferida pelo grupo Tortura Nunca Mais, em 2003.

Prêmio Recordista 2003, Categoria Diamante, pelo conjunto da obra.

Exposições

Exposição Graciliano Ramos, 1962, Rio de Janeiro, Biblioteca Nacional.

Exposição Retrospectiva das Obras de Graciliano Ramos, 1963, Curitiba (10º aniversário de sua morte).

Mestre Graça: "Vida e Obra" — comemoração ao centenário do nascimento de Graciliano Ramos, 1992. Maceió, Governo de Alagoas.

Lembrando Graciliano Ramos — 1892-1992. Seminário em homenagem ao centenário de seu nascimento. Fundação Cultural do Estado da Bahia. Salvador, 1992.

Semana de Cultura da Universidade de São Paulo. Exposição Interdisciplinar Construindo Graciliano Ramos: *Vidas secas.* Instituto de Estudos Brasileiros/USP, 2001-2002.

Colóquio Graciliano Ramos — Semana comemorativa de homenagem pelo cinquentenário de sua morte. Academia de Letras da Bahia, Fundação Casa de Jorge Amado. Salvador, 2003.

Exposição O Chão de Graciliano, 2003, São Paulo, SESC Pompeia. Projeto e curadoria de Audálio Dantas.

Exposição O Chão de Graciliano, 2003, Araraquara, SP. SESC — Apoio UNESP. Projeto e curadoria de Audálio Dantas.

Exposição O Chão de Graciliano, 2003/04, Fortaleza, CE. SESC e Centro Cultural Banco do Nordeste. Projeto e curadoria de Audálio Dantas.

Exposição O Chão de Graciliano, 2003, Maceió, SESC São Paulo e Secretaria de Cultura do Estado de Alagoas. Projeto e curadoria de Audálio Dantas.

Exposição O Chão de Graciliano, 2004, Recife, SESC São Paulo, Fundação Joaquim Nabuco e Banco do Nordeste. Projeto e curadoria de Audálio Dantas.

4º Salão do Livro de Minas Gerais. Graciliano Ramos — 50 anos de sua morte, 50 anos de *Memórias do cárcere*, 2003. Câmara Brasileira do Livro. Prefeitura de Belo Horizonte.

Entre a morte e a vida. Cinquentenário da morte: Graciliano Ramos. Centenário do nascimento: Domingos Monteiro, João Gaspar Simões, Roberto Nobre. Exposição Bibliográfica e Documental. Museu Ferreira de Castro. Portugal, 2003.

Exposição Conversas de Graciliano Ramos, 2014, São Paulo, Museu da Imagem e do Som. Projeto e curadoria de Selma Caetano.

Exposição O Cronista Graciliano, 2015, Rio de Janeiro, Arte SESC. Projeto e curadoria de Selma Caetano.

Home page
www.graciliano.com.br
www.gracilianoramos.com.br

Este livro foi composto na tipografia Minion Pro,
em corpo 11,5/17,5, e impresso em
papel off-white no Sistema Cameron da
Divisão Gráfica da Distribuidora Record.